LA FIGLIA DELL'OROLOGIAIO

GLASS AND STEELE - ITALIANO, LIBRO 1

C.J. ARCHER

Traduzione di
MANGO HILL BOOKS

WWW.CJARCHER.COM

A PROPOSITO DI QUESTO LIBRO

Spirito indomito e lingua affilata, India Steele non ha alcuna intenzione di accettare in silenzio la propria rovina. Quando il suo ex fidanzato le ruba la bottega di orologeria di famiglia, lei si precipita a reclamare giustizia, solo per ritrovarsi, con grande indignazione, sollevata di peso da uno sconosciuto tanto arrogante quanto irresistibile.

Quell'uomo è Matthew Glass, un americano dal fascino sfrontato, le cui maniere brusche nascondono una sorprendente gentilezza... e un segreto disperato. Le propone un patto: aiutarlo a rintracciare un maestro orologiaio scomparso, in cambio di una ricompensa generosa.

La loro collaborazione li conduce attraverso i salotti scintillanti e le botteghe in penombra di Londra, tra voci di arti proibite e poteri misteriosi capaci di sfidare il tempo stesso.

A ogni passo, le scintille tra la rigorosa orologiaia inglese e l'audace avventuriero americano diventano più difficili da ignorare. Ma quando il pericolo si fa più vicino, India dovrà scegliere se fidarsi dell'uomo che ha sconvolto la sua vita o rischiare di perdere non solo il cuore, ma anche l'anima, nel segreto che li unisce entrambi.

CAPITOLO 1

LONDRA, PRIMAVERA 1890

C'erano diverse ragioni per cui mi ero innamorata di Eddie Hardacre, ma nel guardare il pittore che dava gli ultimi ritocchi alla scritta "E. HARDACRE, OROLOGIAIO" sull'insegna del negozio che era stato nelle mani della mia famiglia per oltre un secolo, non riuscivo a ricordarmene nemmeno una. Il mio ex fidanzato era peggio di un pirata. Almeno i pirati erano leali alla loro ciurma. La lealtà era uno strumento di scambio che Eddie impiegava ogni volta che aveva bisogno di guadagnarsi la fiducia di qualcuno. Qualcuno come il mio povero, sciocco e, ormai, defunto padre. E me.

Era giunto il momento di dire a Eddie cosa pensavo di lui. Avevo tenuto la rabbia repressa dentro di me abbastanza a lungo e, se non l'avessi sfogata, non sarei mai guarita. Inoltre, quello era il momento perfetto, poiché un cliente stava ispezionando uno degli orologi di mio padre. Eddie detestava le manifestazioni plateali di emozioni.

Gli avrei offerto la più plateale delle manifestazioni emotive che potessi concepire.

Mi sistemai i baveri della giacca, raddrizzai le spalle e marciai oltre la lucida carrozza nera del gentiluomo, entrando nel negozio che sarebbe dovuto essere mio.

Non riuscii ad andare oltre l'ingresso. La familiarità di quel luogo mi strinse il cuore. Il ricco profumo del legno lucidato si mescolava all'acuto sentore del metallo. I mille *tic tac*, che irritavano tanti clienti dopo pochi minuti, evocarono in me un fiume di ricordi. I ritmi individuali che si accavallavano nell'ambiente suonavano caotici, eppure avevano su di me un effetto calmante. Mi rassicuravano che tutto sarebbe andato bene, che ero tornata a casa. Erano due settimane che non sentivo il loro canto. Due settimane che non mettevo piede nel negozio. Due settimane da quando mio padre era morto.

Era il momento.

Dentro non era cambiato nulla. Il bancone si estendeva lungo la parete di fondo, lucido come sempre. Dietro, la porta del laboratorio era chiusa. Riconobbi ogni orologio appeso alle pareti e disposto sui tavoli, e tutte le vetrine sembravano piene degli stessi orologi, dalla varietà economica a cassa aperta alle savonnette, con le loro inconfondibili casse d'argento riccamente decorate. Perfino l'antico orologio di mio padre, in guscio di tartaruga e bronzo dorato, ticchettava ancora al suo ritmo unico: nessuno si era preso la briga di correggerlo. Era tre minuti indietro.

«Sarò da lei tra un momento» disse Eddie senza alzare lo sguardo dall'orologio che stava mostrando al gentiluomo. Che pessimo negoziante! Si dovrebbe sempre mantenere il contatto visivo con ogni cliente. Un sorriso caloroso e un saluto cordiale non guastavano mai.

Tuttavia fui contenta che non mi avesse vista subito. «Mi scusi, signore.» Mi rivolsi alla nuca scura del cliente. Non si voltò, ma non lasciai che questo mi fermasse. «Mi scusi, signore, ma a meno che non desideri finanziare un bugiardo e un truffatore, non dovrebbe acquistare nulla da quest'uomo.»

Eddie alzò lo sguardo con un sussulto. Il colore gli defluì dal volto. «India!» Borbottò un frettoloso «Mi scusi» al suo cliente e aggirò il bancone. Con il braccio teso per accompagnarmi alla porta, il colore gli inondò il viso con la stessa rapidità con cui era svanito. «Che piacere che tu mi venga a trovare qui ma, come vedi, sono piuttosto occupato. Passerò da te più tardi, mia cara.»

Mi chinai sotto il suo braccio, mi voltai per poterlo tenere d'occhio e indietreggiai verso il bancone. Volevo vedere il viso di Eddie diventare rosso rubino mentre informavo il suo cliente di quanto fosse spregevole. «Non sono più la *tua* cara, e non posso credere di aver mai voluto esserlo.» Un tempo lo consideravo bello, con i suoi riccioli biondi e gli occhi azzurri, e una volta mi ero ritenuta fortunata che avesse scelto me come sua sposa. La mia gratitudine era andata in frantumi, insieme al mio futuro, due settimane fa. Ora pensavo che fosse uno degli uomini più brutti che avessi mai visto.

«India!» Si scagliò verso di me, ma io ero pronta e mi spostai dietro il tavolo che reggeva la collezione di piccoli orologi da mensola. «Vieni qui subito.» Visto che non lo feci, batté un piede a terra come un bambino viziato a cui era stato negato qualcosa.

Gli feci un sorriso a labbra strette. «Se vuoi che me ne vada, dovrai prima prendermi.»

Lanciò un'occhiata oltre me, verso il gentiluomo che doveva essere rimasto piuttosto sbalordito dal mio comportamento. Non m'importava di ciò che potesse pensare quell'uomo. Ero sempre stata conosciuta come la figlia austera e perbene di Elliot Steele, ma i recenti avvenimenti mi avevano cambiata. Che i vecchi polverosi spettegolassero pure, al tavolo da pranzo della corporazione. Non importava più, dal momento che non ero più legata a loro né tramite mio padre né tramite il negozio.

Eddie scartò improvvisamente a sinistra. Io sgusciai e mi spostai più in là, attorno al tavolo. Lui ringhiò per la frustrazione.

Risi e mi avvicinai di un passo, sfidandolo a riprovarci. Una parte di me voleva che mi prendesse, così da poterlo costringere a mostrarsi per il bruto prepotente che sapevo essere , di fronte a un cliente.

«Stai facendo una scenata» sibilò Eddie.

«Bene.»

Si leccò le labbra e il suo sguardo si posò di nuovo sul gentiluomo dietro di me. Si schiarì la gola e raddrizzò le spalle, tentando di apparire come se avesse il controllo della situazione. «Andiamo, India, comportati da brava ragazza e lascia in pace questo signore. Non desidera assistere alle tue crisi isteriche.»

«Sono un po' troppo vecchia per essere chiamata ragazza, Eddie, non credi?»

«Assolutamente» disse, con tono stridente. «Ventisette anni sono decisamente oltre il fiore della giovinezza.»

Avrebbe potuto anche annunciare che ero troppo vecchia per sposarmi. Mi aveva sorpreso che non l'avesse usato come scusa per porre fine al nostro fidanzamento ma, d'altronde, conosceva la mia età prima di farmi la proposta. «E non sono nemmeno isterica» aggiunsi.

Eddie sorrise. Era pura e perversa crudeltà. Mi preparai alle sue prossime parole. «India e io un tempo eravamo fidanzati» disse al gentiluomo che era rimasto in silenzio dietro di me. «Ahimè, la sua natura piuttosto fantasiosa e sfrontata è emersa soltanto dopo il nostro fidanzamento. Suppongo che dovrei esserle grato di non aver nascosto il suo vero io fino a quando non è stato troppo tardi.» La sua risata era insipida come i suoi occhi azzurro pallido. «Ho dovuto rompere il nostro fidanzamento per non rischiare che i nostri figli ne fossero afflitti.»

«Hai rotto il nostro fidanzamento perché hai ottenuto quello che volevi, e quello che volevi non ero io. Era il negozio di papà.»

Udii appena il gentiluomo dietro di me schiarirsi la gola, sovrastato dal pulsare del sangue che mi martellava nelle orecchie. Anche Eddie doveva averlo sentito, e si ricompose. Si leccò di nuovo le labbra, un'abitudine che ora disprezzavo.

«Signore, mi scuso davvero.» Eddie chinò la testa imitando il piccolo uccello meccanico che emergeva a ogni ora dagli orologi a cucù. Sembrava tanto ridicolo quanto patetico. «India» mi sgridò. «Vattene! Ora!»

Misi una mano sul fianco, sorrisi e mi voltai per parlare con il gentiluomo e fare una scenata ancora più grande. Davanti a me stava un uomo molto abbronzato, con occhi marrone scuro, zigomi pronunciati e ciglia folte. Se non fosse stato per il suo cipiglio e per i segni di stanchezza intorno alla bocca e agli occhi, l'avrei definito bello. Era tutto ciò che Eddie non era: alto, bruno e con le spalle larghe. Indossava un abito nero di buona fattura che non risentiva della sua corporatura imponente, un cappello di seta e una cravatta di seta grigia. Mentre il suo abbigliamento urlava "gentiluomo", la sua postura comunicava tutt'altro.

L'uomo si appoggiava con un gomito al bancone come se fosse mezzo ubriaco e avesse bisogno di sostegno. Un gentiluomo si sarebbe raddrizzato in presenza di una donna, ma lui non lo fece. Forse non era inglese. La profonda abbronzatura lo suggeriva.

Mi ci volle un momento per ricordare cosa stavo per dire e, in quell'istante, lui parlò per primo. «Ho affari da sbrigare con Mr. Hardacre» disse con un accento inglese dell'alta società ma dalla imperfetta inflessione. Era sufficientemente affettato, ma la nitidezza era stata smussata e sostituita da una lieve cadenza strascicata. «La prego di portare la sua discussione con sé quando se ne andrà.» Tese la mano, indicandomi la porta.

All'improvviso ricordai cosa volevo dire. «Mr. Hardacre è un bugiardo e un farabutto.»

Eddie emise un suono soffocato, simile a un conato.

«Questo l'ha già sottolineato» disse il cliente. Sembrava annoiato, ma poteva essere un effetto dato dal suo accento.

«È a quest'uomo che vuole concedere i suoi affari?» insistetti.

«Al momento, sì.»

Eddie ridacchiò. La mia mano scivolò dal fianco e si strinse a pugno. Repressi il senso di disperazione che minacciava di sopraffarmi. Il mio piano per screditare Eddie si stava sgretolando sotto i miei occhi. «Allora sta aiutando e favorendo un uomo con la morale di un topo. Non gli importa di rovinare qualcuno pur di ottenere ciò che vuole, solo che alla fine lo ottenga, con ogni mezzo necessario.» Sentii quanto patetica e disperata suonassi, eppure non riuscii a fermare le parole che continuavano a riversarsi. Ero stanca di tenerle dentro, di sorridere e dire ai conoscenti che me la sarei cavata. Non me la stavo cavando affatto. *Ero* patetica e disperata. Non avevo un impiego, né soldi, né una casa. Avevo perso il mio fidanzato e mio padre a pochi giorni di distanza l'uno dall'altro, anche se in realtà il fidanzato non l'avevo mai avuto, a quanto pareva. Il nostro fidanzamento era stato uno stratagemma, un modo per convincere mio padre a cedere il negozio a Eddie.

«Mi dispiace, signorina» disse il gentiluomo, con un tono sinceramente comprensivo.

«Sono sicura che adesso le dispiaccia. Eddie non è migliore del fango sui suoi stivali.»

Sospirò e le piccole rughe agli angoli degli occhi si approfondirono. «No, intendo dire che mi dispiace di fare questo.»

Un paio di lunghe falcate lo portarono fino a me, così potei ammirare la sua notevole altezza e corporatura. Ma non per molto. Due grandi mani si serrarono intorno alla mia vita, mi sollevarono e mi gettarono su una di quelle spalle muscolose che stavo ammirando.

«Cosa sta facendo?» gridai. «È un oltraggio! Mi metta giù subito!»

Non lo fece. Con un braccio stretto dietro le mie cosce, si diresse verso la porta come se non fossi stata altro che un sacco di farina. Il sangue mi affluì alla testa. Il mio cappello pendeva, trattenuto dalle spille. Gli martellai la schiena con i pugni, ma non ottenni alcun effetto. Ero del tutto impotente e la cosa non mi piaceva affatto.

Dietro di me, Eddie scoppiò a ridere. Sentii i muscoli del gentiluomo tendersi e udii un brusco respiro. Non rallentò, tuttavia, ma si limitò a spalancare la porta e a depositarmi sul selciato. Inciampai e lui mi afferrò le spalle finché non riacquistai l'equilibrio, poi mi lasciò andare.

«Le mie scuse, signorina» disse con un cenno secco del capo. «Ma la sua conversazione si stava protraendo troppo a lungo, e io sono un uomo impegnato.»

Mi sistemai il cappello e raddrizzai la schiena, raccogliendo tutta la dignità di cui ero capace. Non era facile con tutti i negozianti e i loro clienti che spiavano da porte e finestre per vedere cosa avesse causato quel trambusto.

«Non m'importa!» Con mio orrore, la mia voce si spezzò. Non volevo piangere. Non più. Avevo versato abbastanza lacrime per Eddie e per le cose che avevo perso. «Non mi importa se la faccio arrivare in ritardo a un appuntamento, o se le faccio perdere un affare con Eddie. Voi siete un bruto! Un demonio! Potrete anche sembrare un gentiluomo, ma di certo non lo siete!»

«Cyclops» disse l'uomo a qualcuno sopra la mia spalla.

Mi voltai per vedere una figura gigantesca con una benda

nera su un occhio saltare agilmente giù dal sedile del cocchiere e avanzare verso di me. Trattenni un urlo e indietreggiai, ma lui mi afferrò un braccio. Cercai di liberarmi, ottenendo solo di ritrovarmi anche l'altro braccio bloccato, la presa che si stringeva su di me. La cicatrice rossa e bitorzoluta che scivolava da sotto la benda spiccava sulla sua pelle color carbone, il bianco dei denti ancora di più mentre li scopriva in un ringhio.

«Lasciatemi!» urlai, tirando più forte. «Mr. Macklefield! Aiuto!»

Mr. Macklefield, il sarto vicino, diede un'occhiata al gigante e fuggì di nuovo all'interno del suo negozio. Lungo la strada, i negozianti chiusero le porte. Persone che conoscevo da una vita si rintanarono dentro. Persino il pittore dell'insegna rimase immobile in cima alla scala, come se sperasse di non essere notato, lassù. Nessuno venne in mio soccorso. Non mi ero mai sentita più sola e vulnerabile.

Alzai lo sguardo sul gigante che mi bloccava entrambi i polsi e ricacciai indietro calde lacrime. «La prego, mi lasci andare» sussurrai.

«Non posso, signorina» disse con una voce tonante e un accento simile a quello del gentiluomo, ma proveniente più dai bassifondi che dalle dimore signorili. «Lei resti qui fuori con me e lasci che il Mr. Glass finisca la sua chiacchierata.»

Tirai su col naso. «Quindi non mi lascerete andare, anche se prometto di non rientrare?»

Scosse la testa.

«Non ci vorrà molto» disse il gentiluomo dietro di me.

«Capisco.» Inspirai, espirai e pestai con forza con il tacco lo stivale del gigante.

Lui trasalì e il suo unico occhio si spalancò, ma non mi lasciò andare.

Il gentiluomo rise sommessamente. «Bel colpo.»

Il gigante grugnì. «Niente male per una cosina così.»

Avrei dovuto essere spaventata a morte, ma il loro scherzare spensierato placò la mia paura. Non che mi sentissi sicura e fiduciosa, ma non avevo più la sensazione che il gigante o il suo padrone volessero farmi del male.

«Signore, se permette» disse Eddie con un viscido tono servile. «Concluderemo i nostri affari all'interno.»

«Devo prima farle alcune domande» disse il gentiluomo, Mr. Glass.

«Domande? Sull'orologio? Certo.»

«Signore» dissi sopra la spalla. Avevo solo pochi istanti per rovinare tutto a Eddie, come lui aveva rovinato molto di più a me. «Mason And Sons hanno una ripetizione minuti da tasca con coperchio ancora più raffinata di quella che stava ammirando lì... dentro.» Non riuscivo a chiamarla Orologeria Hardacre. Per me era ancora l'Orologeria Steele e lo sarebbe sempre stata. «Se vuole il mio consiglio, dovrebbe spendere i suoi soldi in quella bottega. Non solo riceverà un servizio eccellente, ma sosterrà una famiglia rispettabile.»

«India!» gridò Eddie. «Se non ti calmi, manderò a chiamare un gendarme.» Schioccò le dita a Jimmy, il ragazzo che occasionalmente faceva commissioni per i negozianti della strada. Era l'unico a non essersi ritirato al chiuso, ma ciò era dovuto al fatto che Jimmy non era autorizzato a entrare nei negozi. Nessuno dei negozianti, infatti, si fidava che non rubasse qualcosa. Nessuno da quando mio padre era morto ed Eddie mi aveva sfrattata, s'intende. Il ragazzo si avvicinò, le mani immerse nelle tasche, ma si tenne in disparte, chiaramente non disposto a prendere le parti di Eddie ma incapace di fare qualcosa per aiutarmi.

«Sono già stato da Mason And Sons» mi disse Mr. Glass, ignorando Eddie. «Non c'era niente di mio interesse, lì. Desidero esaminare *questo* orologio.»

«Venga, signore» disse Eddie, afferrando il braccio di Mr. Glass. L'uomo strinse lo sguardo su di lui ed Eddie lo lasciò andare con una rumorosa deglutizione. «Le farò un buon prezzo.»

«Non potete essere stato da Mason And Sons» insistei. «Mr. Mason ha davvero un esemplare più pregevole dello stesso orologio. L'ho visto ieri sera, e dubito che l'abbia già venduto.»

Mr. Glass si voltò verso di me con un'espressione incuriosita. Se prima sembrava stanco, ora era vigile. Era come se si fosse appena reso conto di qualcosa di monumentale importanza per lui, e ciò mi riguardava. Il suo sguardo si concentrò sul mio con un'intensità feroce e impetuosa. Esserne l'oggetto fu un'esperienza snervante, più della presenza fisica del suo cocchiere. Se non fossi stata trattenuta, me ne sarei andata, lieta di poter fuggire; da cosa, non lo sapevo.

«Conoscete Mr. Mason e il suo lavoro?» mi chiese.

«Sì. Era sia un amico che un rivale di mio padre.»

La loro era stata una relazione complicata. Pur rispettandosi e piacendosi a vicenda, dovevano competere per i clienti dell'élite londinese. Fortunatamente c'erano abbastanza benestanti in città da mantenere in affari sia loro che diversi altri orologiai. Mr. Mason era stato la prima persona da cui ero andata dopo che Eddie aveva rotto il fidanzamento, ma non aveva potuto assumermi dal momento che aveva già tre figli e una figlia impegnati nell'attività.

Mr. Glass chiuse gli occhi e si strofinò la fronte come per scacciare un dolore. Fu così strano, dopo il suo sguardo così intenso, che lanciai un'occhiata al servitore per capire se anche lui lo ritenesse fuori luogo.

Il cocchiere aggrottò le sopracciglia guardando il suo padrone. «Matt?» Chiamava il suo padrone per nome? Che accordo peculiare. «Ehm, signore? Ha bisogno di—»

«Sto bene» sbottò Mr. Glass.

«Non sembra affatto "bene"» borbottò il cocchiere, con un tono un po' ferito.

«Suo padre è un orologiaio?» mi chiese Mr. Glass, abbassando la mano. Si tastò la giacca, come se cercasse qualcosa in tasca. Forse era tabacco da fiuto o una pipa che desiderava fumare per far tornare il colore sulle guance. Sembrava piuttosto malaticcio.

«Era.» Allargai le mani per indicare le vetrine del negozio con gli orologi esposti sullo scaffale inferiore e gli scaffali superiori pieni di orologi di ogni forma e dimensione. «Possedeva questa bottega sotto il nome di Steele fino alla sua morte, due settimane fa.» Inghiottii il nodo che mi saliva in gola, ma le lacrime sgorgarono comunque.

«Lo ha lasciato a *me* nel suo testamento» si intromise rapidamente Eddie.

«Perché gli avevi assicurato che avresti mantenuto la

promessa di sposarmi, e quello sciocco di mio padre ti ha creduto. *Io* ti ho creduto» dissi con la voce rotta. Non m'importava più di quello che il gentiluomo o il suo servitore potessero pensare del mio comportamento. Due settimane prima ero stata troppo triste e scioccata per dire a Eddie cosa pensavo di lui, ma non più. Ero ancora triste, ma due settimane mi avevano dato il tempo di pensare. Ora non ero scioccata, ero furiosa.

«Non potevo sapere, allora, che eri una creatura così cocciuta» disse Eddie. «Se l'avessi saputo, non avrei mai chiesto la tua mano. Prendi questa scenata, per esempio. Non c'è bisogno di ulteriori prove della tua ostinazione.»

La rabbia mi invase il corpo. Mi sentivo come se stessi bruciando, dall'interno verso l'esterno. «Ciò che sono è la figlia e l'assistente di Elliot Steele, orologiaio.»

«No, questo è ciò che *eri*. Ora sei solo... patetica. Vattene, India. Nessuno ti vuole, qui.»

Strinsi i denti e mi liberai dalla presa dell'uomo che mi teneva. Con mia sorpresa, mi lasciò andare. Raggiunsi Eddie e lo schiaffeggiai prima che avesse il tempo di veder arrivare la mia mano.

Eddie indietreggiò, stringendosi la guancia. Mi fissò a bocca aperta, la sua espressione a metà tra la paura e lo shock, come se si fosse trovato davanti una creatura spaventosa e strana. Suppongo che, in un certo senso, lo fossi. In quel momento, di certo non mi sentivo me stessa. Mi sentivo... più leggera, liberata e, sì, davvero molto strana.

Mr. Glass si schiarì la gola. «Miss Steele?»

Sorrisi a lui e al suo servitore guercio. Il cocchiere ricambiò il sorriso. «Sì, Mr. Glass?» dissi.

«Le dispiacerebbe unirsi a me questo pomeriggio nella sala da tè del Brown's Hotel?»

«Io?» Il mio sorriso svanì. Lo fissai. «Ma... perché?»

«Sì» borbottò Eddie. «Perché lei?»

Mr. Glass lo ignorò. «Per discutere di suo padre.»

Stavo cercando di decidere se fosse sconveniente prendere il tè da sola con uno strano gentiluomo in un albergo elegante, e se mi importasse ancora di questo genere di cose, quando Eddie approfittò del mio silenzio. «Posso dirle io tutto ciò che desidera sapere su Elliot Steele. Lo conoscevo bene.»

«Oh, sta' zitto, Eddie.» Sembrava che avessi trovato qualcosa da dire, dopotutto. «Mi unirò a voi per il tè, Mr. Glass. Grazie.»

Gli occhi scuri brillarono per un istante e un piccolo sorriso gli sfiorò le labbra. Svanì rapidamente, però, e la sua mascella si irrigidì. Il muscolo si contrasse e non si rilassò. Era come se stesse sopportando un dolore. Un'inquietudine mi divorò le viscere. Non conoscevo quest'uomo, e aveva un servitore dall'aspetto piuttosto spaventoso, eppure avevo accettato di prendere il tè con lui. Sembrava che oggi fosse una giornata per fare cose fuori dal mio carattere. Accantonai l'ansia. Non ne avevo il tempo.

«Possiamo discutere di orologi» dissi a Mr. Glass, semplicemente per vedere la faccia di Eddie avvampare di nuovo di rabbia. «Se è una ripetizione minuti savonnette che cerca, ne può trovare pregevoli esempi in città. Orologi molto più raffinati che qui.»

«Erano gli orologi di tuo padre!» gridò Eddie. «Quell'orologio è squisito.»

«Le spinette del regolatore si bloccano e perde cinque secondi ogni dodici ore. Non sono mai riuscita a ripararlo.»

«Intendi dire che tuo padre non ci è riuscito» disse Eddie, compiaciuto.

«No, intendo dire che *io* non ci sono riuscita. Da tre anni a questa parte, ho fatto io tutte le riparazioni, da quando la vista di papà è peggiorata.»

«Beh, allora, adesso è il mio turno di ripararli. Elliot ha lasciato a *me* tutti i suoi appunti.»

«Sono vecchi di tre anni. I *miei* appunti non facevano parte dell'eredità.» Mi voltai sui tacchi, feci un cenno a Mr. Glass e un altro al suo servitore, e dissi: «Diciamo alle tre?»

«Perfetto» disse Mr. Glass con un sorriso che per un momento scacciò la stanchezza dai suoi occhi. «A più tardi, allora.»

Mi incamminai lungo la strada, sentendomi come se l'intera città mi stesse guardando. Girai l'angolo e tornai indietro, giusto in tempo per vedere Mr. Glass allontanarsi in carrozza. Si tolse i guanti e studiò qualcosa nella sua mano. Strinse le dita attorno ad essa, rovesciò la testa all'indietro e respirò profondamente, come se stesse finalmente ottenendo il riposo che agognava.

Non fu questo comportamento a farmi battere il cuore all'impazzata, tuttavia. Fu l'oggetto nella sua mano serrata, e il brillante bagliore violaceo che emetteva. Un bagliore che si infuse nella sua pelle e scomparve su per la manica.

CAPITOLO 2

«Mi ha detto ieri che mi avrebbe pagata» disse Mrs. Bray, la mia padrona di casa, mentre se ne stava sulla soglia della mia camera. «E il giorno prima, e quello ancora prima.» Incrociò le braccia sotto il seno prosperoso, sollevandolo al punto da rischiare di soffocarla, e mi scrutò dall'alto del suo naso sottile. «Non sono un istituto di carità, Miss Steele.»

E di certo non lo era. Voleva l'affitto per la minuscola stanza in soffitta in anticipo e, quando non la pagavo, mi ricordava ogni giorno che avrei dovuto lasciare la camera se non avessi tirato fuori il denaro. Ero riuscita a tenermi la stanza usando un misto di fascino e suppliche, ma io stessa non credevo che quella tattica avrebbe funzionato ancora a lungo. A giudicare dall'espressione arcigna e impietosa sul suo viso tirato, la sua pazienza si era esaurita.

La verità era che non avevo previsto di rimanere a lungo nella sua pensione dopo che Eddie mi aveva cacciata di casa, sopra il negozio, il giorno in cui avevano seppellito mio padre, *proprio quel giorno.* Pensavo che mi sarei assicurata al più presto un impiego come commessa presso un orologiaio. Mi ero presentata di persona a ognuno di questi nelle vicinanze, ma nessuno aveva posti disponibili, sebbene alcuni avessero espresso la loro solidarietà per la mia situazione. Purtroppo, la solidarietà non mi dava né da mangiare né un letto su cui dormire. Avevo bisogno di lavorare. Da qui le mie candidature presso altri negozianti. Finora, tre merciai, due drappieri, quattro fruttivendoli e un farmacista si erano rifiutati di assumermi senza referenze. Ero assolutamente stanca di sentirmi dire di no.

«Capisco, Mrs. Bray» dissi, raccogliendo da chissà dove un briciolo di dolcezza, «ma ho solo bisogno di un altro giorno. Ho intenzione di propormi come istitutrice.»

Sbruffò. «C'è da ridere.»

«Mi scusi?»

Si risollevò il seno con le braccia conserte. «I pezzi grossi assumono altri pezzi grossi come istitutrici. Lei è solo la commessa di un negoziante.»

In realtà, ero un'orologiaia e una riparatrice, ma non la corressi. Nessuno mi credeva mai quando sostenevo che mio padre mi aveva insegnato tutto quello che sapeva del suo mestiere. Nemmeno la mia amica, Catherine Mason, il cui padre e i cui tre fratelli possedevano la Mason E Figli. Mi aveva detto che nessun padre onorevole avrebbe permesso a sua figlia di sporcarsi le mani in laboratorio. Catherine mi piaceva, quindi non avevo discusso con lei su quel punto.

«Devo provare qualcosa di diverso» dissi a Mrs. Bray. «*Ho bisogno* di un impiego.»

«C'è sempre l'ospizio dei poveri per le donne indigenti.»

Rabbrividii. L'ospizio era per chi non aveva un tetto sopra la testa, istruzione e nessun altro mezzo possibile per mantenersi. Lavorare lì significava un letto su cui dormire e cibo due volte al giorno, anche se si trattava di un letto infestato dai pidocchi e di una zuppa d'avena sgradevole. Tuttavia significava anche lunghe ore passate in fabbrica a rischiare la vita e l'incolumità su macchinari pericolosi, avendo a che fare con uomini depravati che pensavano che le donne povere non fossero migliori delle prostitute. Una donna perfettamente sana che avevo conosciuto era finita in uno di quegli istituti dopo la morte del marito. Quando l'avevo rivista, un anno dopo, era in punto di morte, devastata dalla sifilide e tossiva sangue. L'ospizio era un luogo miserabile. Faceva sembrare la fredda soffitta di Mrs. Bray, con il tetto basso e l'odore persistente di urina di gatto, un palazzo.

Se non fossi riuscita a trovare un impiego altrove, l'ospizio diventava la mia unica scelta.

Presi i guanti e la borsetta dal letto, ma lei non mi lasciò passare. I suoi fianchi massicci riempivano l'apertura della porta. «Devo uscire per ora» le dissi, «ma tornando passerò dal Governesses' Benevolent Institution per vedere se c'è del lavoro per una donna istruita come me.»

Fece scorrere la lingua sui denti superiori, poi produsse un suono risucchiando l'aria. «Le ho detto che non troverà niente. Non è il tipo giusto per fare l'istitutrice.»

«Devo provare.»

«È ostinata, questo glielo concedo.» Risucchiò di nuovo l'aria tra i denti. «Ma deve fare i bagagli e portarli con sé.»

Trasalii. «Mi sta sfrattando?»

«Ho ricevuto la richiesta di un signore che desidera affittare questa stanza.» Uscì dalla porta e si diresse verso le scale con la sua andatura goffa e ondeggiante. «Ha quindici minuti.»

«Ma non ho nessun altro posto dove andare!»

«Ha degli amici. Chieda aiuto a quella bella ragazza che è venuta a trovarla la settimana scorsa.»

Rimasi in cima alle scale a fissare la sua schiena che si allontanava. I Mason non potevano permettersi di mantenermi, non con così tante bocche da sfamare. Avrei potuto dormire sul pavimento di Catherine. Avrebbero cercato di aiutarmi se avessero saputo della mia situazione, ma non volevo abbassarmi a mendicare. L'orgoglio era tutto ciò che mi restava.

«La prego, Mrs. Bray. Avrò i soldi entro la fine della giornata.»

Si fermò in fondo alle scale e scosse la testa. «Come?» gridò verso di me. «Non ha un lavoro e nient'altro da vendere. Anche se trovasse un impiego oggi, non la pagherebbero per settimane. Ho bisogno di quei soldi adesso, Miss Steele. Anch'io devo mangiare.» Si allontanò. «Ha quindici minuti, oppure chiamo un agente e la faccio arrestare per violazione di domicilio.»

Arrestata! A giudicare dalla sua espressione, parlava sul serio.

Tornai nella mia stanza e, intontita, preparai la borsa. Avendo venduto quanti più oggetti personali potevo per pagare cibo e affitto nelle ultime due settimane, i pochi effetti personali che mi restavano erano ben poca cosa. Possedevo due cambi di biancheria intima, una camicia da notte, un altro vestito, un cappotto, una spazzola per capelli, uno specchietto e dei pettini che erano appartenuti a mia madre. La mia borsa era così leggera che non ebbi problemi a portarla giù per le scale.

Mrs. Bray mi accompagnò fuori e chiuse la porta non appena ebbi varcato la soglia, quasi colpendomi la schiena. Camminai il più eretta possibile scendendo i gradini fino al marciapiede, con la mia malconcia valigia di pelle in mano. Dopotutto, era una casa tetra e umida. Avrei trovato un posto migliore dove vivere, non appena mi fossi assicurata un impiego. Nel frattempo, il pavimento di Catherine Mason sarebbe andato bene.

Non avrei comunque fatto affidamento a lungo sulla carità dei Mason. Non ne avrei avuto bisogno. Ero estremamente appetibile per un impiego, se solo qualcuno mi avesse dato l'opportunità di dimostrarlo senza referenze. Dopo l'incontro con Mr. Glass, avrei fatto domanda al Governesses' Benevolent Institution. Potevo persino chiedergli se qualcuno nella sua cerchia avesse bisogno dei servizi di una donna istruita. In effetti, questo incontro con Mr. Glass poteva rivelarsi piuttosto proficuo. Avevo una buona sensazione al riguardo.

Camminai dalla pensione vicino a King's Cross Road fino a Mayfair. Ci volle quasi un'ora, ma l'aria era ragionevolmente limpida e lasciava trapelare un po' di sole primaverile attraverso il grigio pallore. Conoscevo abbastanza bene la strada, avendo consegnato orologi a clienti facoltosi che vivevano lì. Avevo persino consegnato uno squisito orologio a un principe straniero quando aveva alloggiato al Brown's Hotel. Ciononostante, le facciate a colonnati dei grandiosi edifici non cessavano mai di stupirmi e di farmi sentire piccola.

Quando raggiunsi Albermarle Street, la mia valigia non mi sembrava più così leggera e le spalle e le braccia mi dolevano. Il portiere in livrea del Brown's Hotel mi aprì la porta d'ingresso. Ignorai l'arco interrogativo delle sue sopracciglia e l'occhiata eloquente rivolta al mio abito semplice e alla valigia, ed entrai con quella che speravo fosse un'aria sicura. Volevo almeno dare l'impressione di sapere dove stavo andando, anche se lo stomaco mi si era annodato. Il portiere ripose la mia valigia in una stanza sul retro e mi indirizzò alla sala da tè.

Ricevetti altri sguardi curiosi mentre scrutavo i volti in cerca di Mr. Glass. Le semplici commesse di negozio di solito non si mescolavano nella sala da tè del Brown's con signore e signori di buona famiglia. Mi sentivo come uno scialbo pezzo di tela di sacco in mezzo a sete colorate e pizzi delicati.

Scorsi Mr. Glass a un tavolo vicino alla finestra. Si alzò e mi salutò con un sorriso affascinante al quale non potei fare a meno di rispondere, nonostante il mio stomaco annodato. Doveva essersi riposato bene dal nostro ultimo incontro, perché non c'era più alcun segno di stanchezza nei suoi occhi. Erano limpidi e caldi come il suo sorriso. Non c'era nemmeno traccia del bagliore violaceo che avevo visto sulla pelle della sua mano nuda. Appariva esattamente come doveva: abbronzata, forte e del tutto normale.

«Grazie di essere venuta, Miss Steele» disse, scostando una sedia per me.

«Grazie a lei per l'invito, Mr. Glass, anche se non sono ancora sicura di cosa voglia chiedermi.»

«Ho delle domande su suo padre.»

«Così mi ha detto, ma cosa vuole sapere su di lui?»

Fummo interrotti dal cameriere, e il mio imbarazzo ritornò. Non solo non ero sicura se ci si aspettasse che pagassi il mio tè pomeridiano, ma tutti ai tavoli circostanti continuavano a fissarmi. Ero io la stranezza o lo era Mr. Glass, con il suo bell'aspetto e il suo modo di sedere un po' indolente? O eravamo entrambi insieme? Nessuno mi conosceva, ma era del tutto possibile che tra gli altri avventori ci fossero dei conoscenti di Mr. Glass e che il suo incontro con una donna come me stesse per diventare il pettegolezzo della settimana.

«Il vostro tè migliore, per favore» chiese Mr. Glass al cameriere, «e i vostri migliori pasticcini e... cose» aggiunse con un gesto vago della mano. «Non mi importa quali. A lei importa, Miss Steele?»

«Ehm, no.» Purché non ci si aspettasse che li pagassi. Malgrado la stranezza di Mr. Glass e i suoi modi disinvolti, lo inquadrai come un gentiluomo, e nessun gentiluomo avrebbe invitato una signora a prendere il tè per poi chiederle di pagare la sua parte.

Il cameriere si ritirò e Mr. Glass si sporse in avanti. Prese la piccola forchetta d'argento e la girò tra le dita. «Deve pensare che la mia richiesta di incontrarla sia strana» disse.

«Non più strana della mia accettazione. Non ho l'abitudine di prendere il tè con uomini sconosciuti.»

Alzò la forchetta in segno di resa. «Certo che no. Vedo che lei è una signora rispettabile.»

«L'ha capito dal nostro breve incontro di stamattina? L'incontro in cui ho rimproverato il mio ex fidanzato, tentato di rovinare i suoi affari e pestato il piede al suo servitore?»

«A essere onesti, Cyclops se lo meritava. Non pensavo che l'avrebbe afferrata così forte.» Lasciò andare la forchetta e si portò una mano al cuore. «Me lo meritavo più io. La prego di consentirmi di scusarmi sinceramente per come L'ho trattata. Non ero... in me. Di solito non sono così rude con le donne. È stato fuori luogo, e non posso che scusarmene ancora e ancora.»

«Scuse accettate. Ammetto di essere rimasta un po' sconvolta al momento, ma non mi sono fatta male. Le suggerisco di astenersi dal trascinare le donne in giro come un uomo delle caverne la prossima volta che non si sentirà in sé. Altre potrebbero non essere altrettanto indulgenti.»

Sorrise, cosa che speravo facesse. Mi piaceva così tanto il suo sorriso con quei denti bianchi perfetti contro la sua pelle liscia e bruna. Faceva brillare anche i suoi occhi. «Cercherò di trattenermi, sebbene io abbia un caratteraccio e non sia abituato alla delicata sensibilità delle donne inglesi.»

«Le donne approvano di essere maltrattate da dove viene lei?»

«Non molte, no. Di solito pestano i piedi, e non solo, se si trovano in una situazione del genere.» Riprese in mano la forchetta e ci giocherellò. Sembrava avere problemi a stare fermo. Doveva essere un uomo d'azione. Quelli del suo genere raramente sedevano nelle sale da tè con le signore. «Mi piace la sua franchezza, Miss Steele. È rinfrescante. Stavo iniziando a credere che tutti gli uomini e le donne inglesi parlassero per giri di parole senza dire ciò che pensano veramente.»

«Di solito non sono così schietta, ma stamattina ero arrivata al limite della sopportazione.» La diga era crollata dopo aver visto i sorrisi compiaciuti di Eddie e aver ascoltato la sua risata insulsa. La mia rabbia non aveva avuto altro sfogo che esplodere. Fu solo più tardi, seduta in silenzio nella mia soffitta, che mi ero resa conto che la mia rabbia era in gran parte diretta contro me stessa: rabbia per aver accettato la proposta di un uomo che non amavo e che non avrei mai potuto amare. «Da dove viene, Mr. Glass? Il suo accento è insolito.»

«Il mio accento è un miscuglio, così mi è stato detto, grazie alle diverse origini dei miei genitori e ai nostri viaggi. Sono arrivato di recente dall'America.»

«America? Che emozione!»

Ridacchiò. «Non particolarmente.»

«Lo è quando il viaggio più lungo che hai fatto è stato a Cheshunt.»

Mi guardò con aria vacua.

«È un po' a nord di Londra.»

Il cameriere arrivò con un'alzata d'argento carica di fette di torta, tramezzini e pasticcini. Non ne avevo mai visti così tanti tutti insieme prima d'ora, o presentati in modo così grazioso. Il mio stomaco brontolò. Non mangiavo da quella mattina, e anche allora si era trattato solo di una fetta di pane ammuffito che Mrs. Bray stava per buttare via.

Mr. Glass mi scrutò da sotto le lunghe ciglia ma non commentò. Attese che il cameriere versasse il tè e ci lasciasse con la teiera prima di esortarmi a riempire il mio piatto.

Presi un pasticcino delicato e lo mangiai in due bocconi prima ancora che lui avesse iniziato. Avvicinò un po' di più l'alzata e io presi una fetta di torta e mangiai anche quella. A un suo ulteriore invito, scossi la testa.

«Sono sazia, grazie» mentii. Mia madre mi aveva sempre detto di non abbuffarmi, e per lo più seguivo il suo consiglio. Cercai di non guardare i dolci per paura di mostrare il mio rammarico.

«Può darsi, ma non posso certo mangiarli tutti da solo» disse. «La prego, mi aiuti, o andranno sprecati.»

Se voleva essere così galante, allora tanto valeva.

Sorseggiò il suo tè, e dovetti reprimere una risatina. Sembrava fuori posto in una stanza piena prevalentemente di donne, con una graziosa tazza da tè a fiori in una mano e un pasticcino nell'altra. Mi chiesi se facesse questo genere di cose in America. Se avessi dovuto indovinare, avrei detto che era un gentiluomo di campagna con quelle sue mani abbronzate.

«Le dispiace se inizio a farle qualche domanda adesso?» disse.

«Faccia pure. È per questo che sono qui.»

Posò la tazza con delicatezza, come se avesse paura di romperla. Ne fissò il contenuto per un momento, e quando alzò gli occhi, tornò quello sguardo intenso che mi aveva rivolto quella stessa mattina. Un brivido mi percorse la schiena e mi gelò la pelle. Non riuscivo a decidere se mi piacesse essere guardata in quel modo. «Quanti anni aveva suo padre?» chiese.

Era una domanda strana con cui iniziare. «Quarantanove. Perché?»

Si appoggiò allo schienale della sedia mormorando a bassa voce: «Maledizione.»

«Perché?» ripetei. «E comunque, perché vuole sapere di mio padre? Cosa c'entra con l'acquisto di un nuovo orologio?»

Gli angoli delle labbra gli si contrassero, ma non abbozzò un vero e proprio sorriso. «Lo stomaco pieno rende curiosi.»

Inarcai un sopracciglio e attesi una risposta.

Si sporse di nuovo in avanti e prese la tazza da tè. «Sto cercando un uomo che ho incontrato cinque anni fa. Era un orologiaio e ha realizzato per me un orologio che ora necessita di essere riparato.»

«Ha smesso di funzionare?»

«Sta rallentando.»

«Ha provato a caricarlo?»

«Le sembro forse uno sciocco?»

«Le mie scuse.» Sorseggiai il mio tè e tenni lo sguardo basso. Lo sentii sospirare di nuovo e agitarsi sulla sedia, come se si stesse pentendo di avermi invitata qui. «Perché non ha mostrato il suo orologio a Eddie?» chiesi. «Forse sarebbe stato in grado di ripararlo.»

«Non questo orologio.»

«Perché no? È americano? Alcuni orologi americani sono diversi dai nostri, ma un buon orologiaio può capire cosa bisogna correggere senza danneggiare i meccanismi. Eddie non è un cattivo orologiaio, è solo limitato nei tipi di orologi che può riparare. Non ha fatto l'apprendistato da mio padre. Vuole che gli dia un'occhiata io? Posso assicurarle che, sebbene sia solo una donna, ho fatto l'apprendistato dal miglior orologiaio della città, forse del paese. L'unica ragione per cui non mi è stato permesso di entrare nella corporazione e non posso definirmi un mastro orologiaio è a causa delle loro regole arcaiche che non ammettono membri di sesso femminile. È stato il motivo per cui—»

«Miss Steele.» Alzò una mano per fermarmi. Mi morsi la lingua. «La ringrazio per la sua offerta, ma questo è un orologio speciale. L'artefice originale è l'unico al mondo in grado di ripararlo».

«È piuttosto arrogante fare una simile affermazione.»

«Ciò nonostante, vorrei trovarlo.»

Stavo per insistere affinché me lo mostrasse, ma decisi di lasciar perdere. Non faceva alcuna differenza per me se pensava che solo una persona al mondo potesse ripararlo. «Mi parli di questo arrogante orologiaio. Finora, corrisponde alla descrizione di diversi uomini della corporazione».

Lui parve trovarlo divertente. Sorrise e le sue spalle si rilassarono. «Ammetto che ho girato per tutta Londra senza sapere bene cosa stessi facendo e dove stessi andando.» Si protese in avanti. «Le dispiacerebbe aiutarmi a restringere la mia ricerca?»

«Ne sarei lieta. Suppongo che lei non conosca il nome di quell'uomo.»

«Si faceva chiamare Chronos.»

«Il dio greco del tempo? Possiamo aggiungere ridicolo ad arrogante. Prosegua.»

I suoi occhi si incresparono agli angoli. «L'ho incontrato in un saloon in New Mexico, cinque anni fa. Era inglese e mi disse che veniva da Londra.» I suoi occhi si rabbuiarono all'improvviso, e si fece serio mentre studiava la tazza da tè. «Era già un uomo anziano allora, quindi non poteva essere suo padre».

«Mio padre non ha mai lasciato l'Inghilterra, in ogni caso. Ha vissuto sopra la sua bottega per tutta la vita, come suo padre prima di lui, e anche il padre di suo padre. Ora ce l'ha Eddie,» sputai.

Il suo sguardo si acuì. «Suo nonno è un orologiaio?»

«Lo era. È morto».

Mi fissò senza battere ciglio. Indietreggiai di fronte a quella intensità. «Quando è morto?»

«Prima che io nascessi, quindi non poteva essere neanche lui il suo misterioso Chronos.»

Si passò una mano sugli occhi e lungo il viso, poi espirò. Doveva essere un orologio davvero speciale per suscitare una tale reazione. Potevo percepire la sua ansia da parte a parte del tavolo.

«Vediamo se ho capito bene» dissi. «Cinque anni fa, le è stato dato un orologio da un inglese in America il quale sostiene che nessun altro possa ripararlo. Lei si rifiuta di lasciare che chiunque altro tenti di aggiustarlo, quindi ha viaggiato fin qui per trovarlo. Non sa il suo nome, né dove vivesse a Londra di preciso, e sa solo che dev'essere anziano.»

«Ha capito benissimo» disse, palpando distrattamente la tasca della giacca.

Non menzionai il fatto che potesse essere morto. Senza dubbio ci aveva già pensato, e non volevo vedere la delusione adombrare quel bel viso. «Allora è venuto dalla persona giusta. Conosco tutti gli orologiai importanti di Londra, e anche la maggior parte di quelli che non lo sono.»

«Avevo la sensazione che lei mi avrebbe potuto aiutare» disse. «La pagherò per il suo tempo, naturalmente. Potrebbero volerci diversi giorni per trovare l'uomo giusto.»

Pagarmi! Ah, ora capivo perché aveva scelto me invece di Eddie, o di chiunque altro. Doveva aver percepito la mia disperazione quella mattina e immaginato che avessi il tempo da dedicare a un simile progetto. «Se insiste» dissi, nel modo più garbato che riuscii a trovare mentre cercavo di trattenere un sorriso.

«Qual è la paga attuale per un commesso a Londra?» domandò.

«Uno con esperienza potrebbe sperare in una sterlina. Non conosco altri tipi di assistenti.»

«Una sterlina allora». Mi tese la mano. «Affare fatto?»

Gli strinsi la mano con fermezza, come mio padre mi aveva sempre insegnato a fare quando stringevo la mano a un uomo dopo una transazione particolarmente lucrosa. «Affare fatto» ripetei, imitando il suo accento.

Rise piano. «Prenda un altro pasticcino, Miss Steele. Poi cominciamo».

Mangiai una fetta, mi tamponai gli angoli della bocca con il tovagliolo, e mandai giù il tutto con un sorso di tè. Non mi stavo comportando in modo molto signorile, ma non ero una signora e lui non sembrava farci caso.

«La maggior parte degli orologiai si trova tradizionalmente a Clerkenwell e St. Luke's» dissi, «ma se ne trovano alcuni sparsi anche altrove. Il mio antenato aprì la sua attività su St. Martin's Lane e da allora siamo sempre stati lì.»

«Finché il suo ex fidanzato non gliel'ha portata via.»

Non riuscii a sostenere il suo sguardo. Una cosa era stata vuotare il sacco quando ero arrabbiata con Eddie, ma tutt'altra era sentirmi ricordare il mio comportamento scandaloso, e per di più da un gentiluomo. «Mio padre pensava che solo un uomo potesse gestire l'attività.» Non so perché volessi spiegargli la situazione. Sembrava importante che lui sapesse che papà mi amava, ma che era stato ingannato. «A lui piacevano la precisione, l'organizzazione e l'ordine, così cambiò il testamento quando mi fidanzai, pensando di potersi fidare che Eddie avrebbe mantenuto la parola. Nessuno si aspettava che morisse improvvisamente prima del matrimonio. E per essere onesti con papà, Eddie era stato molto dolce fino ad allora. È stato solo al funerale che ha mostrato quale verme schifoso fosse.»

Mr. Glass rimase in silenzio e io desiderai di non aver spiattellato di nuovo i miei problemi. Doveva ritenermi patetica quanto mi sentivo io. «Mia madre mi diceva sempre che Dio punisce le persone così dopo la morte» disse lui.

«Vorrei che Eddie avesse la sua punizione in *questa* vita, dove potrei vederla e godermela.»

Un angolo della sua bocca si sollevò. «Lei e io la pensiamo allo stesso modo.» Alzò la tazza da tè in segno di saluto. Trovandola vuota, riempì sia la mia che la sua.

«Si fermerà a Londra a lungo dopo aver trovato il vecchio orologiaio?» mi sentii chiedere con un filo di voce.

Scosse la testa. «Ho degli affari di cui occuparmi a casa.»

Peccato. «Mi dica che aspetto ha il suo orologiaio» dissi. «A parte essere anziano, intendo.»

«Aveva occhi azzurri, capelli bianchi, e per il resto era anonimo. Ho avuto la sensazione che stesse fuggendo da qualcosa o da qualcuno.»

«Perché dice così?»

«Perché la maggior parte della gente che finisce a Broken Creek, nel New Mexico, di solito sta fuggendo da qualcosa o da qualcuno.»

«È per questo che si trovava lì, Mr. Glass?»

I suoi occhi brillarono, ma nessun sorriso gli sfiorò le labbra. «Ero in visita per il paesaggio.»

«È bello?»

«Per alcuni.»

Non aggiunse altro, e io ebbi la sensazione che non volesse più discutere del suo passato a Broken Creek.

«Allora mi dica quali orologiai ha già visitato» dissi. «Questo restringerà la nostra ricerca».

«Il mio avvocato mi ha informato che la maggior parte vive a Clerkenwell, come lei stessa ha notato. Ho iniziato da lì stamattina». Elencò una mezza dozzina di nomi che riconobbi, sebbene non ne conoscessi nessuno personalmente. «Ho deciso di fare un salto da Masons' e Hardacre's tornando a casa. Anzi, mi era stato detto che si chiamava Steele's e sono rimasto sorpreso nel vedere un pittore cambiare l'insegna. Sono contento che lei fosse lì, Miss Steele. Il nostro incontro ha un'aria di casualità fortunata.»

Sorrisi. «Concordo. Ho avuto una buona sensazione riguardo a ciò fin dal nostro incontro.»

«Anche quando l'ho trattata bruscamente?»

«Forse è iniziata dopo quello.»

Discutemmo se tornare dagli orologiai di Clerkenwell, ma alla fine decidemmo di investigare gli orologiai di classe migliore in altre parti della città. Mr. Glass insistette sul fatto che l'uomo incontrato cinque anni prima era istruito, con un accento da ceto medio e non da bassifondi. Dopo aver passato gran parte della mattinata a Clerkenwell, aveva già imparato la differenza.

Fortunatamente conoscevo bene la maggior parte di quegli orologiai, dato che papà era in buoni rapporti con loro ai tempi in cui ancora apprezzava e rispettava i membri della corporazione. Una fitta di colpa per il mio ruolo nella sua rottura con la corporazione mi attanagliò lo stomaco. Aveva litigato con gli altri membri per via della *mia* domanda di ammissione.

Una volta che la teiera fu vuota e la maggior parte dei deliziosi dolcetti sparita, Mr. Glass si batté la tasca della giacca e si alzò. Il cameriere portò cappello e guanti, e Mr. Glass pagò per entrambi. Mi scortò fino all'ingresso dell'hotel, ma io rimasi indietro per recuperare la mia valigia. Avevo pianificato di aspettare che se ne fosse andato, ma lui sembrava aspettare che uscissi io per prima.

«Alloggia qui al Brown's?» gli chiesi.

«No, ho una casa non lontano da qui» disse.

Non chiesi come qualcuno che non aveva mai messo piede sul suolo inglese fino a due giorni prima potesse avere una casa, ma forse c'era un legame di famiglia da qualche parte. Avrebbe spiegato parte dell'accento e il fatto che avesse un avvocato.

«Grazie, Miss Steele. Ho gradito la Sua compagnia oggi» disse.

Oh, cielo. Voleva che me ne andassi per prima. Dovevo andarmene e tornare a prendere la valigia dopo che se ne fosse andato, o lasciare che la vedesse e sapesse che ora ero una senzatetto?

La decisione fu presa per me dal facchino che avevo incontrato all'ingresso. Depositò la valigia ai miei piedi. «Avete quasi dimenticato il vostro bagaglio» disse con un luccichio malizioso negli occhi.

Il mio viso avvampò. «Grazie. Molto gentile da parte sua averlo recuperato per me.»

Fece un inchino e se ne andò. Serrando i denti, mi voltai verso Mr. Glass. Stava guardando accigliato la mia valigia. Visto che ormai il danno era fatto, tanto valeva darci un'altra spintarella. Non avevo nulla da perdere.

«Mr. Glass, posso essere così audace da chiederle un anticipo sulla paga? È solo che ho delle spese, sa, e nessun altro impiego al momento.»

Sbatté lentamente le palpebre. «Certo. Le darò subito l'intera paga della settimana. Basterà a coprire le spese?»

Una settimana intera! Che uomo generoso. «Assolutamente. Grazie.»

Si guardò intorno. «Finga di commuoversi» disse a bassa voce.

Mi ci volle un momento per capire che voleva condurre la transazione in modo da proteggere la mia reputazione. Tirai su col naso e mi toccai con un dito gli occhi dallo sguardo abbassato mentre lui, furtivamente, nascondeva alcune monete nel suo fazzoletto. Me lo porse, e io lo usai per asciugare le mie finte lacrime prima di lasciarlo cadere nella borsetta. La transazione fu molto clandestina, e fui quasi certa che nessuno avesse notato e tratto la conclusione sbagliata... o quella giusta, a seconda dei casi.

«Miss Steele, ho ragione a supporre che lei oggi sia diretta verso una nuova dimora?» Fece un cenno verso la valigia.

«Sto andando a casa della mia amica, Catherine Mason.» Non era proprio una bugia, e sarebbe stato troppo imbarazzante dirgli che ero stata cacciata dalla pensione in cui avevo alloggiato nelle ultime due settimane.

«È la Catherine Mason di Masons And Sons?» chiese. «Vive sopra la bottega di famiglia?»

«Nella casa accanto. Suo fratello maggiore ora vive sopra la bottega con la moglie e il figlio. Non ci metterò molto con l'omnibus.»

«Se desidera aspettare qui, posso farla accompagnare da Cyclops.»

«Grazie, è molto generoso da parte sua, ma non posso assolutamente abusare ulteriormente della sua cortesia. L'anticipo sulla paga è più che sufficiente. Inoltre, la fermata dell'omnibus non è lontana da qui ed è una bella giornata per una passeggiata.»

Lui guardò il cielo attraverso la finestra frontale. «Lei la chiama una bella giornata? Il cielo è grigio e mi sembra così vicino da sentirmi soffocare.»

«Non sarebbe un cielo londinese se fosse blu e alto.» Raccolsi la valigia e il facchino mi tenne aperta la porta.

Mr. Glass mi seguì fuori e giù per i gradini. «Verrò a prenderla domattina a casa dei Mason» disse, sfiorandosi con il pollice la tasca della giacca in quello che mi parve un gesto distratto. Era almeno la terza volta che lo faceva quel pomeriggio. Qualunque cosa ci fosse lì dentro doveva essere importante, forse si trattava di quello strano oggetto luminoso.

«Faccia attenzione ai borseggiatori» dissi.

Alla sua espressione accigliata, feci un cenno verso la tasca della sua giacca. Lui mise le mani dietro la schiena. «Non c'è niente lì dentro» disse rigidamente. «Solo un fazzoletto.»

«Ne porta due?»

«Le donne in lacrime sono comuni in America.»

Quasi mi sfuggì uno scoppio di riso, ma lo ricacciai indietro. Sembrava alquanto serio e anche un po' infastidito. Non riuscivo a immaginare come il mio avvertimento potesse irritare qualcuno, ma lasciai perdere.

«A che ora domani?» chiesi.

«Le nove sono troppo presto?»

«Non per me.» Chiaramente non era come altri uomini della sua levatura che dormivano fino a mezzogiorno.

Mi fece un cenno secco del capo e io proseguii per la mia strada. Non potei fare a meno di lanciare un'occhiata dall'angolo della strada, ma Mr. Glass se n'era già andato. La fermata dell'omnibus era davvero vicina, e non dovetti aspettare a lungo prima che ne sferragliasse uno. La fortuna mi sorrise quel pomeriggio perché riuscii a trovare un posto all'interno, di fronte a un gentiluomo che leggeva un giornale. Quando la vista di mio padre era peggiorata, avevo preso a leggergli il giornale ogni sera, ma non ne avevo più comprato uno dalla sua morte. Avevo dovuto risparmiare ogni centesimo.

Scorsi rapidamente la prima pagina in cerca di qualcosa di interessante. C'erano diversi articoli, ma un titolo spiccava sopra tutti gli altri: FUORILEGGE AMERICANO AVVISTATO IN INGHILTERRA.

Il petto mi si strinse. Il sangue mi si gelò nelle vene. No, certamente no. Sicuramente l'affascinante e distinto Mr. Glass non era un fuorilegge. Sicuramente il suo recente arrivo qui e quello dell'uomo ritratto nello schizzo del giornale con la scritta RICERCATO erano solo una coincidenza. Era difficile dire se fossero la stessa persona, dal disegno in bianco e nero. Il fuorilegge aveva una barba e dei baffi ispidi, e indossava un grande cappello calato sul viso. *Ecco* che aspetto aveva un fuorilegge. Non era ben vestito e rasato di fresco. I fuorilegge del Selvaggio West erano sudici e rozzi. Si comportavano come... uomini delle caverne.

Oh, Dio.

In cosa mi ero cacciata?

CAPITOLO 3

*L*essi quanto più potei dell'articolo prima che l'uomo e il suo giornale scendessero dall'omnibus. Sosteneva che si sapesse molto poco del fuorilegge, neppure il suo nome. Era stato soprannominato Dark Rider dalla *Las Vegas Gazette* perché nessuno gli aveva visto il volto e i suoi crimini venivano commessi durante la notte. Il Dark Rider aveva assaltato diligenze, rubato cavalli e ucciso un uomo di legge che si era messo sulle sue tracce. Un resoconto colorito del fallito arresto occupava gran parte dell'articolo, ma ciò che attirò la mia attenzione fu il paragrafo finale. Veniva offerta una ricompensa di duemila dollari per la sua cattura. Non sapevo a quanto ammontasse in moneta inglese, ma era una cifra impressionante. Doveva essere ben più della sterlina in monete che ora giaceva nella mia borsetta. Non riuscii a smettere di pensare a quella somma e al fuorilegge per il resto del tragitto fino a casa dei Mason.

«Certo che puoi restare,» disse Catherine, quando mi condusse in cucina. «Vero, mamma?»

Mrs. Mason abbozzò un debole sorriso di saluto, poi affondò un pugno in un ammasso di pasta. «Purché a tuo padre non dispiaccia.»

«E perché dovrebbe dispiacergli? India è la mia più vecchia amica, e ora ha bisogno di noi.» Catherine mi strinse la mano e alzò gli occhi al cielo.

«Sarà a casa a momenti» disse Mrs. Mason, assestando un colpo particolarmente forte all'impasto. I Mason non avevano servitù, e ogni volta che vedevo Catherine o sua madre, indossavano un grembiule e si trovavano in cucina. La loro casa era perennemente inondata di odori deliziosi.

«Non voglio essere di disturbo.» Mi mordicchiai il labbro inferiore. Forse venire qui era stato un errore. I Mason non avevano molta carità da offrire. «Sarà solo per una notte. Dormirò sul pavimento e mangerò gli avanzi della tavola. Ah, e posso pagarvi. Il mio nuovo datore di lavoro mi ha dato in anticipo la paga di una settimana.»

Mrs. Mason smise di impastare. «Un penny o due aiuterebbero a tranquillizzare Mr. Mason.» Sorrise, questa volta in modo più genuino. «Sei una cara amica per la nostra Catherine e qui sei sempre la benvenuta. È solo che...» Scosse la testa e guardò verso la porta.

«Cosa c'è, mamma?» la incalzò Catherine.

«Sei una giovane donna, India, e abbiamo ancora in casa due giovanotti impressionabili. Tutto qui.»

«Oh. Non ci avevo pensato» dissi.

Catherine rise. «Ronnie e Gareth non interessano per nulla a India, mamma. Lei può aspirare a molto di meglio dei miei fratelli tonti.»

Sua madre tornò all'impasto. «Eppure.»

«Ronnie e Gareth sono come fratelli per me» spiegai Speravo che bastasse a rassicurarla che non avevo intenzione di incastrare i suoi figli in un matrimonio. Ammisi a me stessa che mi feriva il suo pensiero che potessi farlo. Doveva anche immaginare, però, che i suoi figli non avrebbero avuto alcun interesse per me, a prescindere dai metodi che potessi usare per cercare di intrappolarli. Come Catherine, i ragazzi Mason erano attraenti e di carnagione chiara. Potevano scegliere tra molte ragazze. Io ero troppo vecchia per loro, innanzitutto, e troppo scialba con i miei capelli castani e lisci, la bassa statura e un girovita che si rifiutava di ridursi a una misura più alla moda, non importava quanto stringessi i lacci del corsetto.

Catherine mi condusse per mano su per le scale fino alla sua stanza. Chiuse la porta e si gettò sul letto. Batté la mano sul materasso accanto a sé. «Ronnie ha sentito dire che hai affrontato Eddie. È vero? Raccontami cos'è successo.» Le sue lunghe ciglia chiare si agitarono sui grandi occhi azzurri con innocente stupore. Non sorprendeva che avesse diversi pretendenti a contendersi la sua mano. Qualche anno più giovane di me, e parecchio più alta e carina, i giovani la seguivano sempre come cuccioli. Sembrava gradire l'attenzione, ma immaginavo che dopo un po' potesse diventare stancante.

«Ci ho provato» le dissi. «Sono riuscita a rovinare una transazione con un suo cliente.» Anche se non ero più sicura che, dopotutto, Mr. Glass fosse lì per acquistare un orologio.

Catherine ridacchiò coprendosi la bocca con una mano. «Brava. Quell'orribile ometto è… be', è orribile. Adesso papà si rifiuta di mandargli qualsiasi cliente, anche se si tratta di qualcosa che noi non abbiamo e sa che da Steele… cioè, da Hardacre… ce l'hanno.»

«Tuo padre è un uomo d'onore.»

Posò la sua mano sulla mia, che tenevo in grembo, e mi rivolse un sorriso compassionevole. «Sono contenta che tu la pensi ancora così. So che non è stato facile perdonarlo dopo la decisione della corporazione, ma dovette adeguarsi alla maggioranza.»

«Non lo biasimo.»

Devo essere sembrata convincente, perché parve credermi. La verità era che biasimavo eccome Mr. Mason per non essersi opposto a loro. Mio padre aveva raccontato che era rimasto seduto in silenzio e non aveva detto una parola durante la riunione dei membri anziani della corporazione quando la mia domanda di adesione era stata messa ai voti. Appena una settimana prima, Mr. Mason mi aveva esortata a farne richiesta. Quel voltafaccia mi aveva lasciata senza parole. I rapporti tra le nostre due famiglie non erano più stati gli stessi, anche se la mia amicizia con Catherine era rimasta immutata, grazie al cielo. Conoscevo così poche altre donne della mia età che la perdita della sua amicizia sarebbe stata peggiore della rottura del mio fidanzamento con Eddie.

«Parlami del tuo nuovo impiego» disse Catherine. «Ha a che fare con gli orologi?»

«In un certo senso.»

«Bene. Hai un vero talento per le riparazioni di precisione, così dice papà. Era piuttosto colpito da quanto in fretta hai imparato tutto. Ti portava sempre come esempio del perché le donne dovrebbero poter svolgere lavori da uomini, se lo desiderano.» Arricciò il naso. «Scusa, India, ma sono contenta che abbia smesso. Cominciavo a sentirmi piuttosto inadeguata accanto alla tua perfezione.»

«Non sono affatto perfetta» mi schernii.

«Papà ha sempre apprezzato l'intelligenza più della bellezza.» Si diede un colpetto sui suoi vaporosi riccioli biondi. «Alcuni uomini sono così, sai» aggiunse, come se tali uomini fossero una rarità.

«La maggior parte preferisce un po' di entrambe» dissi ridendo, «ma non troppo di nessuna delle due».

Scoppiò di nuovo a ridere.

«Saremmo una combinazione formidabile se fossimo una persona sola» dissi, ancora sorridendo. «Con la tua bellezza e la mia abilità da orologiaia, tutti i gentiluomini nel raggio di miglia comprerebbero i nostri orologi.»

«Smettila di sminuirti così, India». Mi diede un colpetto sul gomito. «Sei carina. Non so perché pensi di non esserlo.»

«Perché accanto a te, non lo sono.»

«Fesserie.» Ridacchiò a quella parola decisamente poco da signorina. «Quell'Eddie Hardacre ha molto di cui rispondere, sempre a sminuirti come faceva. Non so cosa ci hai visto in lui.»

«Nemmeno io» dissi con un sospiro. «Suppongo sia perché è stato il primo uomo a dedicarmi attenzione e il primo a chiedermi di sposarlo.»

«È stato solo il primo perché tu intimidisci la maggior parte degli altri uomini.»

«Non è vero!»

«Sì che è vero. Chiedi a Ronnie e Gareth. Li spaventi a morte.»

«Questo perché non cado ai loro piedi e non corro a destra e a manca per compiacerli come fanno le altre ragazze.»

«Quello e la tua lingua svelta. Pensano che li prenderai in giro.»

Alzai gli occhi al cielo, ma le sue parole furono un vero shock. Davvero gli uomini mi trovavano intimidatoria? Tutti gli uomini, o solo sciocchi senza cervello come i suoi fratelli minori?

«Dov'è il negozio?» chiese lei. Vedendo la mia espressione interrogativa, aggiunse: «Il negozio dove lavorerai?»

«Non è un negozio. È un incarico a breve termine per aiutare un gentiluomo a trovare un certo orologiaio che ha conosciuto alcuni anni fa. So che sembra strano» dissi quando lei mi guardò sbattendo le palpebre. «Ma il gentiluomo sembra molto gentile e paga bene. Non sarà un gran lavoro, e posso continuare a cercare un altro impiego mentre mi porta in giro da ogni orologiaio della città.»

«Vedi cosa intendo? Non ci avrei mai pensato. Che furbizia da parte tua. Duuunque…» Mi diede un'altra gomitata. «Questo gentiluomo è affascinante?»

«Molto. Ed è anche amabile e ricco. Abbiamo preso il tè da Brown's.»

Trasalì. «Allora devi indossare qualcosa di più carino di quel vecchio vestito.» Balzò in piedi e aprì il cassetto dove teneva i suoi abiti.

«Catherine, non entrerò in nessuno dei tuoi vestiti, lo sai.»

«Oh». Chiuse il cassetto e mi squadrò con occhio critico. «Allora faremo qualcosa con i tuoi capelli. È da un po' che voglio modernizzare la tua acconciatura.»

Sospirai e mi arresi alle sue cure. Mi tolse le forcine e passò le mani tra le ciocche.

«Il tuo affascinante datore di lavoro sarà sorpreso nel vederti domani. Penso che possiamo stringere un po' di più anche la tua vita.»

Gemetti. «Non è un partito, Catherine.»

«Ogni uomo non impegnato è un partito.» Si fermò, con le mani tra i miei capelli. «Non è sposato, vero?»

«Non ha menzionato una moglie, ma non gliel'ho chiesto.»

«Devi accertartene, come prima cosa. Ora, che altro puoi dirmi di lui?»

Le dissi il suo nome e che era americano, forse con qualche ascendenza inglese. Emise gridolini di ammirazione, come immaginavo, e saltellò sulle punte quando le dissi che aveva una casa a Mayfair. Le raccontai tutto ciò che ricordavo della nostra conversazione.

Non le dissi che c'era una buona probabilità che fosse un fuorilegge del selvaggio West in fuga.

* * *

«Non dovrebbe stare qui.» La voce sibilante di Mr. Mason si sentiva a malapena sopra il tramestio di pentole e padelle in cucina, mentre Mrs. Mason lavava i piatti. Aveva congedato tutti noi, tranne sua moglie, dopo il pasto serale. Durante la cena, mi aveva lanciato strane occhiate, come se mi vedesse sotto una nuova luce. Era così strano che per poco non gli chiesi se ci fosse qualcosa che non andava, ma poi decisi di lasciar perdere. Doveva semplicemente sentirsi a disagio ad avermi in casa sua senza mio padre, e forse anche a lui mancava la sua compagnia. Ero tornata in cucina per un bicchier d'acqua, ma mi fermai sentendo il sussurro di Mr. Mason.

«È troppo in amicizia con Catherine,» continuò lui.

«India è una brava ragazza, assennata» disse Mrs. Mason. «Catherine potrebbe imparare una cosa o due da lei.»

Mi sporsi più vicino. «Tu non capisci» disse lui con pesantezza. Sebbene non potessi vederlo, lo immaginai seduto al tavolo, a passarsi le mani sulla testa calva.

«Allora spiegamelo.»

«Io… non posso.»

Una sedia strisciò e dei passi si avvicinarono. Mi nascosi in un recesso buio e aspettai che se ne andasse prima di tornare nella stanza di Catherine. Sentivo le gambe pesanti come tronchi, il cuore dolente. Perché Mr. Mason non mi voleva lì? Ero davvero una minaccia per i suoi figli? Pensava che non fossi più una donna virtuosa ora che mio padre era morto? Non riuscivo a pensare ad altra ragione; nient'altro era cambiato dall'ultima volta che lo avevo visto. Quindi perché non mi voleva più vicino alla sua famiglia?

«Non hai portato la brocca» disse Catherine quando tornai nella sua stanza.

«Non ho più sete.»

* * *

I NASI dell'intera famiglia Mason erano premuti contro la finestra del salotto quando Mr. Glass arrivò con la sua carrozza. Gli uomini snocciolavano termini come *accoppiatore, alberi* e *assi* come se fossero carrozzieri e non orologiai, mentre le donne discutevano di quanto dovesse guadagnare all'anno per permettersi un veicolo così elegante.Aprii la porta e uscii ad accoglierlo.

«Buongiorno, signorina» disse Cyclops dal sedile del cocchiere. «Mi perdoni se non scendo, ma mi è rimasto solo un piede buono e non voglio rischiarlo.» Sfoggiò un sorriso largo quanto il viso e si tirò giù il berretto.

Qualcuno che odorava di pancetta mi si affiancò alle spalle. «India,» mi sussurrò all'orecchio Mrs. Mason. «Come donna rispettabile e buona amica dei tuoi poveri genitori defunti, sento che è mio dovere assicurarmi che tu sappia quello che stai facendo.»

«Perché proprio ora? Sapevate già da ieri che Mr. Glass sarebbe venuto a prendermi.»

«Sì. Be'. Ora ho visto il suo cocchiere e ho dei dubbi. Sei sicura che non sia un pirata? Ha un occhio solo.»

«Non *credo* che i pirati abbiano sorrisi così amabili». La mia risposta impertinente poteva essere una piccola presa in giro, ma in verità, il mio cuore batteva all'impazzata. Non era da me salire in una carrozza con uomini sconosciuti. Se i miei genitori fossero stati qui, non me l'avrebbero permesso o avrebbero insistito per accompagnarmi. Sapevo che i Mason non si sarebbero comportati con me come avrebbero trattato la loro figlia, ma era gentile da parte di Mrs. Mason agire come la mia coscienza. In questa occasione, tuttavia, avrei scelto di ignorarla. Non potevo permettermi di essere cauta. Non era più in gioco solo la sterlina, ma i duemila dollari americani.

Le lunghe gambe di Mr. Glass si dispiegarono dall'abitacolo e scese sul marciapiede. «Buongiorno, Miss Steele. Mr. Mason» aggiunse, porgendo la mano al padre di Catherine. «Lieto di rivederla, signore.»

Mr. Mason mi aveva evitato per tutta la mattina. Be', forse non proprio *evitato*. Era andato nel suo laboratorio prima che mi svegliassi. Se da un lato volevo sapere con certezza perché non mi riteneva più una buona influenza per Catherine, dall'altro non volevo sentirmi dire in faccia che ero un cattivo esempio. I miei nervi a fior di pelle non avrebbero sopportato altra tensione. Inoltre, ero grata di non essere stata cacciata di casa.

Mr. Glass strinse la mano a ogni membro della famiglia Mason man mano che il capofamiglia li presentava. «Sta ancora cercando l'artefice del suo orologio?» chiese Mr. Mason.

«Esatto» disse Mr. Glass.

«La mia offerta di ieri è ancora valida. Vedrò se posso ripararlo per voi.»

«Vi ringrazio, ma preferisco che sia l'orologiaio originale a farlo.»

«La maggior parte degli orologi non differisce molto l'uno dall'altro, sapete. Sono sicuro di potermela cavare anche se è un modello che non ho mai visto prima». Rise' nervosamente, facendo tremare le gote.

«Non questo orologio.» Mr. Glass abbassò il predellino della carrozza per me, poi mi porse la mano. «Dove andiamo come prima tappa, Miss Steele?»

«Oxford Street, dalla parte di Marble Arch.» dissi. «Sapete dov'è, Mr. Cyclops? Non è lontano da Mayfair.»

Cyclops studiò una mappa sporca e molto stropicciata stesa sulle sue ginocchia. «So dov'è. E sono solo Cyclops, signorina, niente signore.»

Mr. Mason si aggiustò il panciotto abbottonato sullo stomaco. Mrs. Mason era un'eccellente sarta e poteva modificare moltissimi capi d'abbigliamento, ma non poteva allargare all'infinito il panciotto del marito per accomodare la sua crescente circonferenza.

«Cosa rende questo orologio particolarmente speciale?» insistette Mr. Mason. La risata nervosa era svanita, e ora sembrava ansioso di cogliere ogni parola che cadeva dalle labbra di Mr. Glass.

Mr. Glass gli rivolse un sorriso, ma le sue spalle si erano fatte piuttosto rigide. «Se lo sapessi, non avrei bisogno di trovare l'orologiaio originale.»

Salì in carrozza e Gareth ripiegò il predellino e chiuse lo sportello. Cyclops fece allontanare il cavallo dal marciapiede prima che Mr. Mason potesse pronunciare un'altra parola. Il pover'uomo rimase lì, a bocca aperta, con gli occhi che saettavano tra Mr. Glass e me. Era impallidito leggermente, cosa che non era sfuggita neppure all'attenzione di sua moglie. Lei gli afferrò il braccio, ma lui non parve registrare la sua presenza.

Salutai Catherine con la mano dal finestrino e cercai di non mostrare quanto fossi ansiosa. A giudicare dalla sua espressione, lei era abbastanza in ansia per entrambe.

Mr. Glass sistemò le gambe in modo da non toccare le mie gonne. «Spero che si sia ritemprata, Miss Steele. Abbiamo molto da fare stamattina.»

«Ci sono diversi orologiai a Oxford Street e dintorni» dissi. «Cyclops può rimanere vicino a Marble Arch e da lì possiamo muoverci a piedi. Ci vorrà più della mattinata, però. Come ha detto lei, c'è molto da fare.»

Appoggiò il gomito sul bordo del finestrino e si passò il dorso di un dito sulle labbra, pensieroso. Ombre guizzarono nei suoi occhi stanchi. «Possiamo tornare questo pomeriggio dopo pranzo.»

«Ci sono delle ottime trattorie in zona. Possiamo pranzare in una di quelle e riprendere subito le nostre indagini.»

«Preferisco tornare a casa per un'ora o due.»

Stavo per protestare, obiettando che nessuno aveva bisogno di tanto tempo per pranzare, ma mi trattenni. Forse i pranzi lunghi erano un'usanza americana. Non spettava a me contraddirlo, visto che mi pagava. Né spettava a me chiedergli perché fosse così stanco quella mattina, sebbene la curiosità mi avrebbe probabilmente spinta a farlo prima o poi nel corso della giornata.

«Come desidera, Mr. Glass» dissi. «Ma dobbiamo visitare un bel po' di orologiai, e io avrei bisogno anche di un po' di tempo per me.»

«Per fare acquisti?»

«Per chiedere informazioni presso le agenzie di collocamento, e anche presso le pensioni.»

Inarcò le sopracciglia. «Non alloggia dai Mason?»

A un certo punto avrei dovuto dirglielo che non sarebbe venuto a prendermi lì l'indomani mattina, ma esitai comunque.

Alla fine, riuscii a parlare solo evitando di guardarlo direttamente. «Non voglio disturbare i Mason più di quanto non abbia già fatto.»

Rimase in silenzio per un lungo tempo, durante il quale sentivo il suo sguardo su di me mentre fingevo di interessarmi al paesaggio che scorreva fuori dal finestrino. «Può stare a casa mia per tutta la durata del suo impiego» disse infine.

Sussultai e scattai con lo sguardo verso di lui. Rimasi senza parole, cosa che accadeva di rado.

Lui sorrise, facendo sprofondare il mio cuore che già batteva all'impazzata. «Allora?» chiese.

«Io… io…» Sembravo un'idiota, ma non riuscivo a pensare a una scusa per rifiutare. Vivere sotto lo stesso tetto di uno straniero che era molto probabilmente un pistolero? Sarei stata pazza a considerarlo. «Non dovrei. Non sarebbe appropriato.»

«Non mi sembra che lei sia nella posizione di preoccuparsi di ciò che è appropriato.» Al mio secondo sussulto, si limitò a scrollare le spalle. «O sbaglio?»

«No-o» ammisi, evasiva, «ma non è educato farlo notare a una donna in ristrettezze economiche.»

«Le mie scuse. Le regole di cortesia qui sono numerose. Non le conosco ancora tutte.»

«Siete perdonato.»

«Quindi è un rifiuto definitivo alla mia offerta?»

Avrei dovuto dire di sì senza esitazione. Avrei dovuto insistere per trovare una sistemazione per conto mio.

Ma sarebbe stato meraviglioso non doversi preoccupare di questo problema per un'intera settimana. E vivere nella stessa casa di Mr. Glass mi avrebbe reso più facile spiarlo e scoprire la verità. Se avessi chiuso a chiave la porta di notte e dormito con un coltello sotto il cuscino, sarei dovuta essere al sicuro. Inoltre, l'articolo di giornale non aveva detto che il fuorilegge attaccasse le donne, ma solo che rubava cavalli e rapinava diligenze, a parte l'omicidio, s'intende. Non avevo nulla di valore che potesse rubarmi, e non ero uno sceriffo. Se avessi scoperto qualcosa che lo collegava all'uomo del giornale, l'avrei detto solo alla polizia senza lasciar trapelare il minimo sospetto.

«Alloggerò da voi solo se vivrò negli alloggi della servitù e se direte a tutti che sono la vostra governante o cameriera» dissi.

«Ho donne delle pulizie a ore, non cameriere, ma mia cugina è venuta con me e alloggia in casa. La presenza di un'altra donna vi fa sentire più a vostro agio?»

«Sì, è così.»

«Allora consideratevi un'ospite temporanea al numero sedici di Park Street, Mayfair.»

La rapidità con cui la decisione era stata presa fu vertiginosa. Ci volle un attimo perché realizzassi che stavo per vivere come una duchessa in uno degli indirizzi migliori di Londra per una settimana. Quando finalmente me ne resi conto, dovetti mordermi l'interno del labbro per nascondere un sorriso.

Mr. Glass non nascose il suo. «È una bella casa» disse, con tono scherzoso. «Un po' più grande di quanto sia abituato, ma mi piace.»

«Grazie» dissi. «È molto gentile da parte vostra. Oh, a proposito.» Aprii la borsetta e ne estrassi il suo fazzoletto. «Grazie per questo. Non so dove sarei senza di esso.»

«Lieto di essere stato d'aiuto.»

Il modo in cui lo disse non mi fece sentire affatto avvilita per la mia situazione. Al contrario, mi sentii come se gli avessi fatto un favore accettando la sua offerta di lavoro. E supponevo fosse vero. Le uniche altre persone che avrebbero potuto indicare tutti gli orologiai della città avevano già un impiego stabile e non sarebbero state disponibili per un compito così lungo.

Si mise in tasca il fazzoletto e, mentre allontanava la mano, fece per toccare la tasca della giacca che aveva toccato più volte il giorno prima, ma si fermò. Mi guardò e sorrise di nuovo, ma non mi ingannò. Stava controllando se me n'ero accorta. Ricambiai il sorriso, fingendo di non aver notato nulla.

Cyclops accostò sul ciglio della strada vicino a Marble Arch e Mr. Glass mi aiutò a scendere dalla carrozza. «Non più di tre ore» gridò Cyclops dall'alto. «Signore.»

Mr. Glass alzò una mano in un gesto di congedo e attese sul marciapiede che il traffico diminuisse. Dopo un istante, dissi: «Dovremo tentare la sorte in quello spazio.»

Con una mano a tenere il cappello e l'altra a sollevare le gonne, attraversammo di corsa verso il lato di Oxford Street. «Il traffico è così intenso anche da dove venite voi?» domandai mentre passavamo davanti a un negozio di tessuti dove una deliziosa seta rossa era stata esposta per catturare al meglio la luce del mattino.

«No» disse Mr. Glass.

Distolsi lo sguardo dalle sete alla sua risposta secca. Mi ci volle un momento per capire che non avrebbe voluto darmi troppe informazioni su di sé, se era un fuorilegge. L'idea mi entusiasmava e mi preoccupava allo stesso tempo.

«Vivete in una città o in un villaggio?» incalzai comunque.

«Al momento in una grande città, ma ho vissuto in tutto il mondo.»

«Davvero? Dove, di preciso?»

«Francia, Italia, Prussia e ora in America.»

«Dove in America?»

«Un po' qui e un po' là.» Aggirò un ragazzo che portava una cassa vuota sulla spalla e attese che lo raggiungessi. Accorciò il passo per tenere il mio ritmo.

«Avete menzionato un posto nel New Mexico» continuai. «Broken Creek, era così?»

«Sì.»

«Per quanto tempo ci avete vissuto?»

«Non ci ho vissuto.»

«Allora dove vivevate?»

«Fate un sacco di domande, Miss Steele.»

«Sono curiosa per natura, ma se devo vivere a casa vostra, mi sentirei più a mio agio se vi conoscessi meglio.» Ecco. Non suonava affatto sospettosamente indiscreto, solo prudente.

«Questa sembra la nostra prima tappa» disse, indicando con un cenno del capo l'insegna che sporgeva dalla porta di un negozio ancora a qualche vetrina di distanza. Stava chiaramente evitando di rispondere.

Il negozio di Mr. Thompson non era dissimile da quello di mio padre o di Mr. Mason, anche se un po' più piccolo. L'affitto era più alto su Oxford Street e non c'era spazio per un laboratorio sul retro. Sapevo per certo che Mr. Thompson non produceva più orologi da tasca o da muro, ma vendeva quelli fabbricati nelle industrie di Clerkenwell.

Mr. Thompson alzò lo sguardo dall'armadietto dove stava sistemando degli orologi e sorrise a Mr. Glass. Si voltò verso di me e il sorriso svanì. «Miss Steele! Che cosa ci fate qui?» Indietreggiò e aggirò il bancone, mettendolo tra noi.

«Buongiorno, Mr. Thompson» dissi, avvicinandomi al banco.

Lui si spostò di lato, lontano da me. Lo seguii, ma lui si allontanò ancora un po' e si diede un gran da fare con la selezione di catenelle da orologio disposte su un tappetino di velluto. Il suo sguardo mi scrutava di sottecchi. Non vedevo Mr.Thompson da due anni, e chiaramente non ero cambiata, altrimenti non mi avrebbe riconosciuta. All'epoca era stato amichevole con me, quindi perché quel comportamento strano, adesso?

«Questo è Mr. Glass» dissi. «Sta cercando un particolare orologiaio che andò in America circa cinque anni fa.»

Mr. Thompson lanciò un'occhiata a Mr. Glass e fece un cenno di saluto col capo.

«Sarebbe più anziano di voi, Mr. Thompson» disse Mr. Glass. «Conoscete qualche orologiaio che si trovava in America in quel periodo? Sarebbe piuttosto vecchio, ora. Forse vostro padre?»

Mr.Thompson, che aveva all'incirca l'età di mio padre, scosse la testa. «Mio padre era un candelaio, non un orologiaio. E non conosco nessuno che sia stato in America. Desiderate acquistare un orologio nuovo, signore? O una pendola?»

«Non oggi.»

Mr. Thompson si schiarì la gola, guardò me e poi la porta, con ostentazione. Non avrebbe potuto essere più chiaro nemmeno se avesse urlato *Fuori!* a squarciagola.

Uscii dal negozio a passo svelto, con Mr. Glass alle calcagna. Riflettei sull'accoglienza di Mr. Thompson finché non raggiungemmo l'orologiaio successivo, un negozio stretto, poco più largo di una porta, incastrato tra un gioielliere e un tabaccaio.

Mr. Baxter, il proprietario, era stato amico di mio padre e uno dei pochi a venire al suo funerale, sebbene non si fosse trattenuto dopo la cerimonia. Mi aspettavo un saluto cordiale e caloroso, almeno, dato che era un uomo impetuoso e generoso, dal carattere imponente quanto il suo torace a botte. Eppure anche lui rimase dietro il bancone, come se fosse stato uno scudo dietro cui nascondersi, se necessario. A differenza di Mr. Thompson, Mr. Baxter riusciva a malapena a guardarmi, e sembrava piuttosto a disagio, cosa che non gli avrei mai associato.

Facemmo le nostre domande, lui diede risposte sbrigative, e io e Mr. Glass ce ne andammo senza essere più vicini a trovare Chronos. Dovemmo attraversare la trafficata Oxford Street per raggiungere il negozio successivo sulla mia lista, uno che temevo già da prima e che ora mi rendeva ancora più ansiosa, dopo essere stata accolta in modo così strano sia da Mr. Thompson che da Mr. Baxter. Non potevo nemmeno descrivere le loro accoglienze come gelide. Era come se diffidassero di me. Forse si aspettavano che fossi venuta a discutere a proposito del loro rifiuto ad accogliermi nella corporazione. Dopotutto, avevano votato contro la mia ammissione, insieme agli altri membri.

Ma era l'orologiaio successivo sulla mia lista quello che era stato più veemente nel rifiutarmi, secondo quanto disse mio padre dopo essere tornato a casa la notte del voto. Mr. Abercrombie era il presidente della corporazione e manteneva quella posizione da alcuni anni perché nessuno osava contraddirlo. Aveva ereditato da suo padre una fortuna, assieme al negozio, e poteva quindi permettersi di acquistare i migliori strumenti e materiali. La regina aveva acquistato un orologio da suo padre una trentina d'anni prima, e da allora Mr. Abercrombie aveva vissuto agiatamente grazie a quella fama. Ora vantava la clientela di principi e lord e aveva quattro dipendenti che lavoravano solo nel suo negozio. Esercitava il potere con mano ferrea all'interno della corporazione e ogni altro membro si piegava ai suoi desideri. Se non voleva che un orologiaio entrasse a far parte della corporazione, allora non sarebbe stato ammesso. Ogni membro avrebbe votato come consigliava Mr. Abercrombie. E se un orologiaio non poteva appartenere alla corporazione, non poteva vendere legalmente orologi in Inghilterra. Ecco perché mio padre era rimasto così turbato quando la mia domanda era stata respinta, e spiegava perché avesse dato il negozio a Eddie invece che a me. Eddie, in quanto uomo, era stato ammesso.

Abercrombie's Fine Watches And Clocks era tre volte più grande del negozio di Mr. Thompson e occupava un angolo prominente. Mr. Glass mi tenne aperta la porta, ma io scossi la testa.

«Entrate voi e fate le vostre domande senza di me» dissi. «La mia presenza non è richiesta.»

Lui guardò indietro, dall'altra parte della strada verso Baxter's, aggrottò leggermente la fronte, poi annuì. «Molto bene.»

Osservai attraverso la vetrina. La figura snella di Mr. Abercrombie stava al centro del negozio, con le mani dietro la schiena. Con i baffi impomatati e gli occhialini a pince appollaiati sulla punta del naso, sembrava rispettabile come qualsiasi suo nobile cliente. Fece cenno a uno dei suoi dipendenti di prendere cappello e soprabito di Mr. Glass, ma lui rifiutò. Parlò e Mr. Abercrombie rispose con un'espressione interrogativa a cui fece seguire altre parole, presumibilmente per offrirsi di dare un'occhiata all'orologio speciale di Mr. Glass. Sebbene fosse di spalle, vidi Mr. Glass sospirare. Doveva essere stanco di sentire le stesse risposte.

Mr. Abercrombie allargò le mani per indicare la sua meravigliosa merce. Il mio sguardo seguì il movimento, e non riuscii a smettere di fissare la splendida pendola a colonna in mogano con il quadrante d'ottone esposta dietro il bancone. Era un pezzo davvero spettacolare.

Un movimento catturò la mia attenzione e, all'improvviso, Mr. Abercrombie si precipitò fuori dalla porta. Mi afferrò un braccio prima che potessi scappare.

«Siete proprio *voi*!» Mi scrutò da sopra gli occhialini. Se il suo sguardo rabbioso non mi fece indietreggiare, il suo alito puzzolente ci riuscì di certo. «Che cosa ci fate qui, Miss Steele?»

Deglutii e cercai di liberarmi, ma mi teneva troppo stretta. «Sto solo facendo acquisti, Mr. Abercrombie. Lasciatemi andare, per favore, o urlerò.»

«Avanti, urlate pure. Dirò a tutti che mi avete derubato.»

Sussultai. «Perché fareste una cosa simile? Perché mi odiate così tanto?»

La sua unica risposta fu quella di stringere ancora di più le dita. Sussultai mentre le unghie mi trafiggevano la manica e la pelle.

«Lasciate andare Miss Steele» giunse il ringhio basso da dietro Mr. Abercrombie. Non avevo visto Mr. Glass uscire dal negozio, ma ora apparve sopra la spalla dell'orologiaio, un cipiglio cupo a solcargli la fronte, gli occhi neri come nuvole temporalesche.

«La conoscete?» chiese Mr. Abercrombie, senza lasciarmi. «Che cos'è questa storia? Che sta succedendo?»

«Ho detto, lasciatela andare. *Adesso*.»

Se fossi stata al posto di Mr. Abercrombie, e Mr. Glass mi avesse parlato in modo così spaventoso, avrei fatto ciò che mi veniva chiesto, e in fretta. Ma Mr. Abercrombie non lo fece. «Ditemi cosa volete veramente o l'accuserò di furto» minacciò.

«Non potete accusarmi di aver rubato se non ho nulla di vostro» sbottai. «Lasciatemi andare, Mr. Abercrombie. Mi state facendo male.» In effetti, il sangue aveva smesso di fluire nell'avambraccio e nella mano. Le dita mi pulsavano.

Mr. Abercrombie mi tirò contro di sé, mi sogghignò in faccia e fece scivolare qualcosa nella mia tasca. Non avevo bisogno di guardare per sapere che si trattava di un orologio.

«Al ladro!» gridò Mr. Abercrombie. «Qualcuno chiami un agente! Ho preso una ladra.»

CAPITOLO 4

L'urlo di Mr. Abercrombie spronò all'azione i clienti e i negozianti. Una donna gridò, un'altra si strinse al fianco il figlioletto e alcune porte si chiusero con fermezza. Tre uomini, però, si precipitarono verso di noi. Uno, un macellaio a giudicare dal suo grembiule insanguinato, brandiva un coltellaccio.

«Non sono una ladra!» urlai, cercando disperatamente di liberarmi dalla presa di Mr. Abercrombie.

Il suo labbro si arricciò in un ghigno, ma Mr. Glass glielo cancellò dal volto con un pugno.

Le dita dell'orologiaio si aprirono di scatto, lasciandomi andare. Lui barcollò di lato con un gemito di agonia, stringendosi la mascella. Prima che potessi raccogliere le idee e le gonne, Mr. Glass mi afferrò la mano e mi trascinò via di corsa. L'altra sua mano era premuta contro la giacca, sulla tasca interna.

«Fermateli! Al ladro!» tuonò qualcuno alle nostre spalle.

Non osai guardarmi indietro. Era già abbastanza difficile tenere il passo di Mr. Glass mentre schivava quelli che tentavano di fermarci e altri ostacoli sul nostro cammino. Purtroppo le voci dietro di noi non si facevano più distanti, per quanto corressimo veloci.

E io non potevo correre più in fretta. Il maledetto corsetto mi impediva di fare respiri profondi. Il petto mi doleva per il bisogno d'aria. Sentivo la faccia come se stesse per esplodere per il caldo e la gola mi si stringeva. Non osai chiedergli di rallentare, però. Se mi avessero presa, sarei finita in prigione per chissà quanto tempo. Le prigioni di Londra non erano che inferni infestati da pidocchi e impregnati di malattie.

I passanti e gli ostacoli si diradarono non appena lasciammo la zona dei negozi. Ci trovammo in una strada stretta dove si affacciavano le scuderie dietro le grandi case di Mayfair. Cocchieri alla guida di carrozze vuote abbassarono lo sguardo sugli uomini che ancora ci inseguivano, ma non si fermarono ad aiutare.

Uno stalliere si fece avanti sulla strada e alzò i pugni. Mr. Glass avrebbe potuto facilmente spingere da parte quel ragazzo smilzo, ma sfrecciò a sinistra sotto un arco, finendo dritto in un cortile senza altre uscite.

Imprecò con un forte accento americano e definì Londra più confusa di "un favo progettato da api ubriache". Lo avrei rimproverato per il suo linguaggio scurrile, se ne avessi avuto il fiato. Ma così com'ero, dovevo lottare per ogni respiro. La vista mi si annerì ai bordi e dovetti stringergli la mano per restare in piedi. Una parte di me era sollevata per essermi fermata, eppure sapevo che significava la fine. Eravamo in trappola.

Il macellaio e altri due uomini stavano sotto l'arco, ghignando come volpi. «Adesso vi abbiamo presi» ringhiò il macellaio. Con il grembiule insanguinato e il mostruoso coltello in mano, sembrava che non desiderasse altro che farci a pezzettini.

«Tornatevene indietro e nessuno si farà male» disse Mr. Glass con quella voce bassa e autoritaria che aveva usato con Abercrombie. Non aveva funzionato allora e non funzionò nemmeno stavolta. Il macellaio e i suoi colleghi si avvicinarono a passo costante.

Indietreggiai contro un muro di mattoni, con Mr. Glass al mio fianco. «Riesce a correre?» mormorò lui.

Non avevo ancora ripreso fiato e avevo l'impressione che scintille luminose mi danzassero davanti agli occhi, ma annuii. Dovevo correre. Non c'erano altre scelte.

«Li distrarrò mentre lei sgattaiola via» disse. «Costeggi il muro fino all'arco. Giri a sinistra e poi a destra. Mi aspetti lì.»

Gli strinsi la mano, sperando che capisse che volevo chiedergli come pensava di raggiungermi con tre uomini di mezzo. Ma lui non capì la stretta e si limitò a spingermi di lato, al sicuro.

Il macellaio e uno dei suoi amici si avvicinarono a Mr. Glass. Il terzo uomo si diresse verso di me con aria minacciosa. Il sudore gli imperlava il viso e i capelli e respirava pesantemente. Lo sguardo nei suoi occhi non era uno di quelli che avessi mai visto prima. Erano vitrei, annebbiati, con le pupille che occupavano quasi tutto il bianco. Sembrava ignaro della rissa che stava scoppiando vicino a lui e completamente concentrato su di me. Non aveva senso cercare di dirgli che c'era stato un errore. Non potevo ragionare con qualcuno in preda a una pazzia febbrile.

Inciampai all'indietro, ma in qualche modo mantenni l'equilibrio. Con le braccia aperte, si leccò le labbra e avanzò verso di me. Potevo provare a girargli intorno, come aveva suggerito Mr. Glass, ma non sarei stata abbastanza veloce. Dovevo affrontarlo e in qualche modo avere la meglio su di lui.

La mia migliore possibilità era fargli lo sgambetto. Con un po' di fortuna, lo slancio lo avrebbe proiettato contro il muro alle mie spalle. Per farlo, però, dovevo incoraggiarlo a correre verso di me.

Mi sollevai le gonne e scattai alla mia sinistra. Con un ghigno distorto, l'uomo si lanciò al mio inseguimento. Corsi un po', guardandomi alle spalle. Quando fu quasi su di me, mi spostai di lato e allungai il piede.

Cadde, ma non colpì la parete. Non aspettai di accertarmi se si fosse ripreso: corsi fuori attraverso l'arco e girai a sinistra, poi a destra, dove mi appiattii con la schiena contro il muro e inspirai quanta più aria possibile nei polmoni.

Un attimo dopo, si avvicinarono dei passi in corsa. Tesi di nuovo il piede, ma era Mr. Glass. Impugnava il coltello del macellaio. Senza una parola, mi strinse di nuovo la mano e corremmo insieme lungo la strada.

Nessuno ci seguì. Non c'erano più passi dietro di noi, solo il suono del mio respiro — non il suo — e il lontano rombo delle ruote delle carrozze. Se non avessi tenuto la mano di Mr. Glass, sarei andata a sbattere contro qualcosa. Le stelline nella mia visuale si erano trasformate in macchie nere. Data la situazione, la mia spalla non tardò a urtare un muro mentre giravamo un altro angolo.

Inciampai, ma Mr. Glass mi sostenne. La testa mi girava e non riuscivo a vederlo bene attraverso la foschia nera. Mi sentii cadere e atterrai sul selciato. O forse mi aveva adagiata lui. Non ero più sicura di molto, tranne del fatto che dovevo respirare o avrei perso completamente i sensi.

«Si sbottoni il panciotto» ordinò Mr. Glass.

Cercai di dire: «Come, scusi?» ma tutto ciò che ne uscì fu un rantolo soffocato.

«Si sbottoni il panciotto. E anche il vestito.»

Quando rimasi semplicemente a fissare la sua sagoma sfocata, sperando di trasmettergli in qualche modo il mio sconcerto per il suo suggerimento, lui schioccò la lingua. Forti dita agili mi slacciarono il panciotto. Cercai di scacciarle con la mano, ma il mio colpo fu inefficace.

Mr. Glass finì con il panciotto e passò alla fila di bottoni lungo il vestito. Quelli si rivelarono più difficili da slacciare in fretta e lui,con un grugnito e uno strattone, rinunciò del tutto a cercare di essere delicato. I bottoni volarono in tutte le direzioni, piovendo sul selciato accanto a me.

«Le mie scuse, Miss Steele, ma se non respira, sverrà. O morirà.» Doveva essersi tolto i guanti a un certo punto, perché le sue dita nude sfiorarono la curva dei miei seni sopra il corsetto.

Il mio petto si strinse ancora di più. Piccole venature di calore si diffusero sulla mia pelle, concentrandosi nel punto in cui le sue dita indugiavano. Tossii e lui si mise al lavoro per sciogliere i lacci del corsetto sulla mia schiena. Aria deliziosa si riversò nel mio corpo, gonfiandomi il petto come un pallone. Inspirai un respiro dopo l'altro finché lentamente l'oscurità si ritirò e le vertigini si dispersero, lasciandomi molto consapevole dell'uomo accovacciato di fronte a me: la pelle liscia delle sue guance, il calore del suo respiro, le pagliuzze dorate nei suoi occhi, che continuavano a guardarmi con serietà e qualcos'altro che non riuscivo a decifrare.

Il suo pollice mi accarezzò la pelle, vicino al seno. Una parte di me desiderò che la sua mano esplorasse, che mi toccasse ovunque, di sentire le sue braccia intorno a me. Il pensiero dei nostri battiti cardiaci che si fondevano fece accelerare di nuovo il mio, ma questa volta non per mancanza di respiro.

Quei pensieri erano pura follia. Chiaramente ero turbata da tutto quell'esercizio vigoroso.

«Grazie, Mr. Glass.» Un sussurro fu tutto ciò che riuscii a produrre.

Lui sbatté le palpebre rapidamente, poi ritrasse le mani. L'aria fresca si precipitò a sostituire il suo calore, ma potevo ancora sentire l'impronta che le sue mani avevano lasciato sulla mia pelle. «È abbastanza in forze per continuare?»

«Non sverrò, anche se devo sistemare il mio abbigliamento.» Mi allungai all'indietro e riallacciai i lacci del corsetto.

«Certo.» Raccolse i bottoni e la mia borsetta, che dovevo aver lasciato cadere a un certo punto. «Mi scuso davvero per...» Si schiarì la gola. «Per tutto.»

«Va tutto bene, ma se la sento menzionare questa cosa a qualcuno, non solo negherò, ma la castrerò di notte mentre dorme.»

Rise piano. «Non c'è bisogno di arrivare a tali estremi. Le avrei dato la mia parola.»

Non ero sicura che la parola di un fuorilegge valesse molto, ma tenni la battuta per me. Dopotutto, mi aveva salvata.

Mentre sistemavo la giacca sul vestito sbottonato come meglio potevo, lui versò i bottoni nella mia borsetta. Alzai lo sguardo e lo vidi picchiettarsi sulla tasca. Quando si accorse che lo stavo guardando, si fermò e raccolse i guanti e il coltello del macellaio. Mi porse la mano e ci alzammo insieme.

Voltò la testa e si toccò le tempie con le dita, ma non prima che vedessi quanto fosse impallidito.

«Sta bene, Mr. Glass?» chiesi. «Anche lei ha esagerato con lo sforzo?»

«Sto bene. Non faccia storie.»

«Non considero certo una piccola domanda sulla sua salute "fare storie", soprattutto quando ha una così brutta cera.»

Sbuffò rumorosamente. «Sto bene. Andiamo. Dovremmo

muoverci in fretta.» Mi porse la borsetta e si infilò il coltello nella cintura dei pantaloni. «Ma non c'è bisogno di correre. Penso che siamo più vicini a casa mia che a Cyclops e a Marble Arch, quindi andremo lì.»

«Sa dov'è Park Street da qui?» chiesi.

«Sì.»

«È già stato in queste strade?» Dato che eravamo ancora tra scuderie, rimesse e attività al servizio di cavalli e carrozze, ne dubitavo. Non troppi gentiluomini si sarebbero presi la briga di venire qui dietro.

«Il mio senso dell'orientamento è eccellente. Dobbiamo andare da questa parte.»

Dato che non conoscevo molto bene Mayfair, lasciai che mi guidasse. Era ancora pallido, a parte le occhiaie scure che gli erano apparse sotto gli occhi. Sembrava stare abbastanza bene solo poco tempo prima, quindi dubitavo che il nostro incontro con il macellaio ne fosse la causa. Piuttosto, sembrava che non dormisse come si deve da giorni.

«Ha spaventato quegli uomini dopo aver preso il coltello del macellaio?» chiesi, guardandomi alle spalle. Non c'erano suoni di inseguitori.

Dopo pochi passi, disse: «Non erano in condizione di seguirci.»

Sussultai. «Li ha feriti?»

Mi guardò di sottecchi. «Ha importanza?»

«Io... non lo so. Erano solo uomini innocenti e rispettosi della legge, che cercavano di fermare qualcuno che pensavano fosse un ladro.» Ed erano tre contro uno solo. *Come* li aveva sconfitti?

«Erano dei giustizieri» disse lui. «Il loro tipo di giustizia non è mai innocente ed è raramente rispettoso della legge.»

«Forse nel suo paese.»

Continuò a camminare a passo svelto e pensai che la conversazione fosse finita, quando aggiunse: «Si sarebbero divertiti con lei, Miss Steele, prima di consegnarla alle autorità.»

«Come fa a saperlo?» Ma anche mentre lo dicevo, sapevo che aveva ragione. L'avevo visto negli occhi dell'uomo che mi si era avvicinato. Rabbrividii e incrociai le braccia sul petto. «Grazie, ancora una volta, per avermi aiutata a fuggire.»

«Non c'è bisogno di ringraziarmi.»

«Invece sì. Mi dispiace anche che sia rimasto coinvolto.»

«Se non fosse stato per me, lei non si sarebbe trovata lì. È anche colpa mia.»

La sua logica era un po' fallace, dato che non poteva sapere che accoglienza avrei ricevuto. «Ancora non capisco perché Mr. Abercrombie abbia fatto una cosa del genere. Perché accusarmi di furto?»

«È quello che vorrei sapere» mormorò così piano che quasi non lo sentii.

«Non lo vedevo da anni e tutta la faccenda della corporazione si è risolta a suo favore. Dovrei essere io quella arrabbiata, non lui.»

«Dovrà spiegarmi questo sistema di corporazioni a casa. Non è la prima volta che ne parla.»

Entrammo in Park Street e controllammo la strada in entrambe le direzioni prima di avanzare.

«Meno male che non è conosciuto qui» dissi. «O la polizia starebbe già bussando alla sua porta.» Ero al sicuro finché risiedevo con Mr. Glass e stavo lontana da Oxford Street, ma una volta conclusi i nostri affari, avrei dovuto fare attenzione. Anche se i Mason non avrebbero creduto ad Abercrombie se avesse detto loro che avevo rubato, non volevo coinvolgerli, se potevo evitarlo. «Spero che a Mr. Abercrombie non venga in mente di cercarmi e di continuare con la ridicola accusa di furto.»

«Mi occuperò io di Abercrombie» disse Mr. Glass.

«Occuparsi di lui in che senso?»

«Lasci fare a me.»

Intendeva forse fare del male ad Abercrombie? O minacciarlo, in stile Selvaggio West?

Non ebbi modo di chiederglielo di nuovo. Avevamo raggiunto il numero sedici, una residenza a schiera di mattoni rossi e crema che si stagliava verso il cielo grigio. Sbirciai oltre la recinzione di ferro nero che costeggiava i gradini fino all'ingresso di servizio. Le persiane erano abbassate e nessuna luce filtrava dai bordi. Non doveva essere il giorno della donna delle pulizie.

Al bussare di Mr. Glass alla porta principale rispose un valletto o un maggiordomo. Non riuscii a capire chi fosse perché solo la sua testa apparve da dietro la porta, come se stesse nascondendo il resto del corpo.

«Sei solo tu» disse l'uomo, aprendo di più la porta. «Meno male. Non sono ancora vestito per bene.»

«Perché no?» disse Mr. Glass. «È quasi mezzogiorno. E se avessimo avuto visite?»

«Non ne abbiamo avute.»

«Ma avremmo potuto.» Si fece da parte per lasciarmi passare.

L'uomo, che indossava solo pantaloni, camicia e panciotto, si raddrizzò in tutta la sua altezza. Era solo un po' più alto di me, con una corporatura massiccia, un viso squadrato e un naso storto. I suoi piccoli occhi scintillarono come zaffiri nello scrutarmi dalla testa ai piedi. Mi sentii a esposta, con il vestito sbottonato sotto il panciotto.

«È lei?» chiese con un accento simile a quello di Cyclops.

«Questa è Miss Steele, sì. Miss Steele, questo è Duke, il mio maggiordomo. O valletto.»

«Entrambi?» dissi, sorridendo. «Piacere di conoscerla, Mr. Duke. È un nome, un cognome o un titolo?»

«Solo Duke.» Grugnì. «Perché l'hai portata qui?»

Mr. Glass gli passò davanti spingendolo. «I maggiordomi e i valletti non fanno domande.»

Duke emise un altro grugnito e mi squadrò da sotto una fronte pesante.

«Miss Steele rimarrà qui finché il suo lavoro con me non sarà completato.»

«Ma—»

«Non è in discussione.» Mr. Glass si girò verso di lui. «È chiaro? Non una parola.»

Le labbra di Duke si strinsero, ma solo per un secondo. «Hai una faccia da morto, s... signore.» Mi fissò di nuovo, concentrandosi sul mio petto. Non mi ero allacciata stretta il corpetto e l'abito era ancora sbottonato sotto il panciotto. Doveva averlo capito. «Dovevi chiedere dell'orologiaio, non spassartela con la signorina che dovrebbe aiutarti.»

«Duke!» scattò Mr. Glass.

«Ho detto spassartela, non fo—»

«DUKE!»

Duke ridacchiò. Feci del mio meglio per sembrare scioccata, ma era difficile mantenere un'espressione seria. Mr. Glass sembrava terribilmente imbarazzato e non avevo mai visto un servitore parlare in modo così insolente al suo padrone. Non credevo che un tale comportamento potesse essere attribuito al fatto di essere americano. Più servitori di Mr. Glass incontravo, più mi convincevo che non fosse veramente il loro datore di lavoro, ma che stesse solo recitando una parte. Forse era il capo della loro banda.

Quel pensiero mi cancellò il sorriso dal viso. Deglutii a fatica e incrociai di nuovo le braccia sul petto. Iniziavo ad avere seri dubbi sul rimanere in quella casa. Un conto era dormire sotto lo stesso tetto di Mr. Glass, sapendo che Cyclops probabilmente dormiva nelle scuderie, ma un'altra cosa era sapere che anche questo malvivente non sarebbe stato lontano dalla mia camera da letto.

«Hai offeso Miss Steele» disse Mr. Glass a Duke. «Chiedi scusa.» Quando Duke esitò, Mr. Glass estrasse il coltello del macellaio.

Ingoiai un urlo e mi coprii la bocca con le mani.

Duke si limitò a grugnire di nuovo. «Mi scusi, signorina. Era solo uno scherzo.»

Mr. Glass lanciò il coltello al suo uomo. Duke lo afferrò facilmente per il manico. «Potrebbe tornare utile in cucina» disse Mr. Glass.

Duke ispezionò la lama. «C'è del sangue sopra.»

«Non mio né di Miss Steele.»

«Solo tu potevi uscire per fare delle semplici domande e tornare con un coltello grande quanto il mio avambraccio.» Studiò attentamente il viso di Mr. Glass, poi lanciò un'occhiata alla pendola. «Sembri stanco e non è ancora ora.»

«Ora di cosa?» chiesi.

«Niente» dissero entrambi.

«Vai a prendere Cyclops» ordinò Mr. Glass al suo uomo. «Ci sta aspettando a Marble Arch.»

Duke sembrava sul punto di protestare, ma ci ripensò. Prese

un cappello dall'attaccapanni e ci passò accanto per raggiungere la porta d'ingresso.

«Quando torni, prepara una stanza per Miss Steele» disse Mr. Glass. «E assicurati di vestirti come si deve d'ora in poi. Abbiamo un'ospite.»

«Sissignore.» Duke fece il saluto militare. «Ci sarà altro? Tè, torta e un orologiaio per accompagnare?»

«Il pranzo, e smettila di fare lo scemo. Dov'è Willie?»

Willie? C'erano altri servitori malavitosi? Dio, aiutami.

«Fuori» disse Duke. «Non so dove.» Fece un cenno alla pendola. «Farai meglio ad andare a... riposare. Mi occuperò io di Cyclops e della stanza.» Era il tono più sincero che avesse usato da quando eravamo entrati, come se fosse genuinamente preoccupato che Mr. Glass si riposasse.

Doveva essere malato, altrimenti lo sforzo di oggi non gli avrebbe fatto questo effetto repentino. Sembrava ancora più pallido, ora, e le ombre sotto gli occhi spiccavano come un bassorilievo. Delle rughe erano apparse sulla sua fronte e intorno alla bocca, dove prima non ce n'erano.

«Ha davvero un bruttissimo aspetto» gli dissi mentre Duke se ne andava. «La prego, vada a riposare. Aspetterò nel, ehm...» Guardai la porta che si apriva dall'atrio d'ingresso.

«Salotto.» Mi rivolse un sorriso tirato e indicò la stanza. «Sarò da lei tra qualche minuto. Faccia come se fosse a casa sua, dato che lo sarà, per il prossimo futuro.»

Mi diressi verso il salotto ma mi fermai sulla soglia. Lui stava salendo le scale con un'andatura affaticata e la testa china. Una volta sparito alla vista, lo seguii senza fare rumore, guardandomi intorno per scorgere eventuali altri servitori. Mr. Glass si fermò in cima al pianerottolo. Sembrava senza fiato, come se quella breve salita lo avesse sfinito. Eppure, subito dopo aver attaccato tre delinquenti, era apparso a malapena sudato. Che tipo di malattia aveva un decorso così strano e ritardato?

Qualcosa non quadrava, ma non erano affari miei e tutto questo non aveva niente a che fare con il motivo per cui lo stavo seguendo. Volevo scoprire dove si trovavano le sue stanze private per poterci tornare un'altra volta e cercare prove della sua occupazione in America nonché del motivo del suo arrivo in

Inghilterra. Non c'era momento migliore. Era troppo malato per notarmi e i servitori erano fuori.

Sbirciai dietro l'angolo al terzo livello e dovetti ritirarmi subito. Si era fermato verso la fine del corridoio, con la mano premuta contro una porta e la testa bassa. Le tre rampe di scale lo avevano sfiancato.

Quando guardai di nuovo, mi aspettavo che fosse sparito, entrato nella stanza, ma era seduto per terra, con le gambe distese davanti a sé e la schiena contro il muro. Teneva un oggetto luminescente nel palmo della mano e una catena pendeva dalle sue dita. Era come se stesse reggendo un piccolo sole i cui raggi gli stavano infondendo nella mano una luce violacea. La luce avanzò lungo le vene e su per la manica, come l'avevo vista fare in carrozza, il giorno prima.

Continuai a guardare, affascinata e terrorizzata al contempo da quello strano fenomeno. Mr. Glass sembrava sapere cosa stava accadendo. Non mostrava paura. Anzi, pareva crogiolarsi nei raggi dell'oggetto e diventare più sano di secondo in secondo. Improvvisamente il suo petto si espanse mentre prendeva un'enorme boccata d'aria e il colore tornò a vivacizzare il suo viso. Non era più esangue bensì pieno di vita mentre la luce brillante fuoriusciva dal colletto e gli saliva lungo il collo fino al mento, alle guance e infine alla fronte. Il volto e le mani — forse il suo intero corpo — erano una mappa di vene infuocate e splendenti.

Dopo un altro respiro profondo, chiuse di scatto il coperchio dell'oggetto, estinguendo la luce. Lo sollevò per la catena e poi se lo infilò nella tasca interna. Anche da lontano, potei vedere che era un normale orologio d'argento.

No, non normale. Poteva sembrare un semplice orologio, ma non c'era nulla di normale in quel bagliore.

Mr. Glass si alzò e scomparve nella stanza. Non mi aveva vista, per fortuna. Non ero pronta ad affrontarlo riguardo a questo segreto. Perché doveva essere un segreto, altrimenti perché non me ne avrebbe parlato fin dall'inizio, dato che molto probabilmente era anche legato all'orologiaio che aveva bisogno di trovare.

«Chi sei?» La voce femminile e aspra alle mie spalle mi fece sobbalzare. Il cuore quasi mi scoppiò fuori dal petto. Feci per voltarmi ad affrontarla, ma lei mi afferrò entrambi i gomiti e mi strattonò all'indietro contro il suo corpo. Odorava di tabacco e lillà, una combinazione a dir poco bizzarra. «E perché stai spiando?»

CAPITOLO 5

«*L*asciami andare.» Mi divincolai, ma per essere una donna era dannatamente forte. «Ne ho avuto abbastanza di venire trattenuta oggi.» Feci per schiacciarle le dita dei piedi con il tacco, ma lei intuì la mossa e saltò indietro, senza lasciarmi andare.

«Ho chiesto chi sei e perché stai spiando.» La voce profonda, quasi mascolina, unita all'odore di tabacco, mi fece domandare se, dopotutto, non si trattasse di un uomo.

«Mi chiamo India Steele e non sto spiando. Sono un'ospite di Mr. Glass e sto cercando la ritirata.»

La sua presa si allentò abbastanza da permettermi di liberarmi. Mi voltai verso di lei, incerta se fosse più opportuno un sorriso o un rimprovero. Alla fine, non riuscii a controllare la mia espressione sbigottita.

Era decisamente una donna. La sua figura era formosa come la mia e non poteva certo essere scambiata per quella di un uomo. Eppure, indossava larghi pantaloni da uomo e un panciotto di pelle di foggia maschile sopra una semplice camicia bianca. I capelli neri erano raccolti in modo disordinato sulla testa, come se ci avesse dormito sopra. Anche vestita con abiti maschili, aveva un grazioso viso ovale, nonostante l'espressione accigliata e le labbra serrate.

«La ritirata è da quella parte.» Con un cenno del capo indicò la direzione opposta alla camera di Mr. Glass.

«Grazie.» Cercai di oltrepassarla, ma lei mi afferrò il braccio.

Mi liberai con uno strattone e ricambiai la sua espressione corrucciata con una altrettanto torva. «Le ripeto che oggi ne ho avuto abbastanza di essere fermata contro la mia volontà. La prego di lasciarmi passare.»

Lei si limitò a incrociare le braccia e ad allargare la posizione. «Non sono sicura di doverlo fare prima di aver parlato con Matt.»

«Matt?»

«Matthew. Mr. Glass.» Quindi anche lei era in rapporti tanto confidenziali da dargli del tu. Avrei dovuto sospettarlo.

Decisi di cambiare tattica e le porsi la mano. «Dato che non c'è nessuno a fare le presentazioni, perché non ci presentiamo da sole?» Sorrisi. La sua espressione si fece ancora più torva. «Mi chiamo India Steele.»

«Così hai detto.»

«E tu sei?»

«Una che non si fida.»

Ritirai la mano. «Posso chiedere perché?»

La sua espressione accigliata scomparve. Si schiarì la gola e parve un po' meno sicura di sé. «Parli come una vera signora inglese, ma non ti vesti come una di loro.»

Non le dissi che *lei* parlava come una donna ma si vestiva come un uomo. Finché non avessi saputo come avrebbe accolto una simile battuta, era meglio tenerla per me. Soprattutto perché mi trovavo in una situazione piuttosto precaria, vivendo nella casa di un uomo di cui non mi fidavo.

«Cosa vuoi dire?» chiesi.

«Sei... allentata nella zona dei cuccioli.»

«Cuccioli?»

Indicò il mio petto.

«Oh.» Il viso mi si accese e ancora una volta mi ritrovai a incrociare le braccia sul seno. «Ecco perché ho bisogno della ritirata. Mi serve un cestino da cucito e una stanza privata.»

Soppesò la mia risposta storcendo la bocca di lato. Con le

mani sui fianchi, si voltò e si allontanò. Dopo pochi passi, si fermò e mi guardò da sopra la spalla. «Allora, andiamo.»

La seguii. «Grazie, Miss…»

«Willie Johnson. Chiamami Willie, non Miss Qualcosa. Capito?»

«Ehm, sì, hai espresso i tuoi desideri molto chiaramente.»

Si fermò e si girò verso di me, il suo viso a un soffio dal mio. «Mi stai prendendo in giro?»

Cercai di non sussultare per la puzza di tabacco del suo alito. «Niente affatto.» Sperai che mi credesse. Sarà stata anche una donna, ma non mi sentivo più al sicuro con lei che con gli altri servitori di Mr. Glass. Sembrava più feroce di Duke. «Dimmi, signo… Dimmi, Willie, sei la governante qui? O forse la cuoca?»

Mi guardò sbattendo le palpebre, poi scoppiò in una risata sguaiata che mi costrinse a indietreggiare per evitare il suo alito. «Io, cucinare? Neanche per sogno. Preferirebbero morire di fame piuttosto che mangiare quello che preparo io. Quanto a pulire, no grazie.» Sbuffò, poi si asciugò il naso con il dorso della mano. Cominciavo a chiedermi se fosse stata allevata dagli orsi. «Ecco qua.» Indicò una porta vicina con un cenno del capo.

L'aprii ma non entrai. «Questa non è la ritirata.»

«È la mia stanza. O una delle tante. Matt mi ha dato la *suite della signora*, come l'ha chiamata lui, anche se gli ho detto che non avevo bisogno di tutto questo spazio.» Mi fece cenno di entrare prima di lei. «Ago e filo sono lì dentro, ma ho pensato a qualcosa di meglio.»

Andai avanti io. La stanza era un ampio salotto con una chaise longue posizionata sotto una finestra, un tavolo, due poltrone accanto al camino, un tavolino da tè su ruote, uno scrittoio e una vetrinetta vuota. La carta da parati a strisce color salvia e crema si abbinava a quella del divano, e tutto si intonava con i piccoli fiori verdi delle tende e dei cuscini. Era un ambiente fin troppo femminile per la donna che mi stava accanto. Forse era per quello che sembrava inutilizzato. Ne aveva anche l'odore, stantio e chiuso. Niente tabacco, però.

Willie chiuse la porta. «Vieni con me in camera da letto e spogliati.» Indicò una porta comunicante. «Avanti, non fare la schizzinosa adesso.»

La seguii fino alla porta della camera da letto, ma non entrai. Questa stanza non odorava di inutilizzato. Anzi, il profumo di lillà era piuttosto forte. «Non sto facendo la schizzinosa, mi sto solo chiedendo cosa hai in serbo per me.»

Willie frugò in un grosso baule ai piedi del suo letto e tirò fuori un abito di cotone marrone con un colletto rovesciato di pizzo color crema. Lo scosse e me lo mostrò. «È davvero brutto, ma ti starà bene.»

Avevamo più o meno la stessa taglia, è vero, e sebbene l'abito non fosse particolarmente grazioso, non era neanche brutto come sosteneva lei. Non aveva alcun ornamento, a eccezione dell'ampio colletto. E, soprattutto, era certamente in condizioni migliori del mio vestito senza bottoni. Avrei detto che non era mai stato indossato. «Me lo presti?» le chiesi.

«Tienilo. Io non indosso vestiti, corsetti e cose da signore. Una ragazza non ci può correre, né portare una pistola alla fondina.»

«Vero, ma sono ottimi se vuoi fare lo sgambetto a qualcuno.» Mi lanciò uno sguardo vuoto. «Non si vedono i piedi sotto queste gonne.» Le feci una dimostrazione.

«Preferisco correre o combattere.»

Sospirai. «A volte, anche io.»

Presi l'abito e lei mi lasciò sola per cambiarmi. Mi stava bene, anche se era un po' corto. Le caviglie erano visibili. Se mia madre fosse stata lì, mi avrebbe fatto cambiare, ma era morta da tempo. E poi, chi è nel bisogno non può fare lo schizzinoso.

Stavo controllando il mio abito per vedere se il tessuto fosse rovinato in qualche punto, quando Willie rientrò senza bussare. «Cristo, è solo un vestito. Perché ci metti tanto?»

«Ho finito.»

Willie mi squadrò dalla testa ai piedi. «È sempre brutto, ma sta meglio a te che a me.»

«Ehm, grazie. Credo.»

«Lascia pure i tuoi vestiti nel mio salotto, li riprenderai più tardi. Immagino che dovrei offrirti qualcosa da bere, visto che sei un'ospite e tutto il resto.»

«Grazie! Una tazza di tè sarebbe deliziosa.» Ero assetata dopo i miei sforzi, e ora che mi sentivo di nuovo vestita in modo appropriato, ero pronta ad affrontare la casa al completo davanti a una tazza di tè.

Speravo solo che Mr. Glass non riposasse a lungo. Mi piaceva la sua compagnia e mi sentivo più a mio agio in sua presenza. I suoi servitori — o qualunque cosa fossero — mi facevano saltare i nervi.

Willie mi ricondusse al salotto, poi scomparve dopo avermi ordinato: «Aspetta qui.» Riuscì a infondere le parole di un tono d'acciaio, tanto che non osai muovermi. Chiaramente non si fidava di me.

E io non mi fidavo di lei. Né di nessuno di loro.

Ma per il momento avrei aspettato pazientemente, e avrei continuato le mie indagini più tardi. Non sarebbe stato saggio farmi sorprendere di nuovo a curiosare in giro.

Passeggiai per la stanza, che era graziosa come quella di Willie, anche se arredata nei toni del blu e dell'oro. Anche questa, però, aveva un odore stantio che mi fece venire voglia di aprire le finestre. Dopo aver ispezionato oziosamente i ninnoli per alcuni minuti, non ce la feci più. Tolsi il fermo a una delle ante e aprii la finestra.

Respirai profondamente e osservai le lucide carrozze nere che passavano sferragliando con a bordo gentiluomini dall'aspetto distinto. Signore eleganti, vestite con abiti raffinati, camminavano reggendo ombrellini per proteggersi dal sole primaverile, e le bambinaie spingevano carrozzine sul marciapiede. Nessuno aveva fretta. Nessun negoziante gridava per decantare le meraviglie della propria merce e i carri delle consegne non si spintonavano per farsi spazio. Era davvero incantevole qui, a Mayfair.

Una carrozza si fermò davanti al numero sedici e Duke saltò giù dal sedile del cocchiere, dove era seduto accanto a Cyclops. Cyclops mi vide e mi salutò con la mano, ma Duke, seguendo il suo sguardo, si acciglò.

«Perché hai aperto la finestra?» urlò.

«Per l'aria fresca» risposi gridando.

«La chiami aria fresca, questa?» Guardò verso il cielo e arricciò il naso. «Voi inglesi siete pazzi.»

Sentii la porta d'ingresso aprirsi prima ancora che la raggiungesse. Mi sporsi dalla finestra per vedere chi avesse aperto a Duke, ma non riuscii a vedere bene.

«Meglio?» chiese Duke.

«Smettila di agitarti» fu la risposta di Mr. Glass. «E stai zitto quando c'è Miss Steele.»

Non riuscii a sentire se Duke lo avvertì che ero affacciata alla finestra aperta o no. La porta si chiuse e, qualche momento dopo, entrambi entrarono nel salotto. Mr. Glass appariva molto rinvigorito. I suoi occhi erano brillanti e la pelle tornata del suo colore normale, non pallida o illuminata da venature di luce viola. Mi sorrise. Io ricambiai il sorriso, chiedendomi se Duke dovesse tacere riguardo allo strano orologio o a proposito di qualcos'altro.

«Vedo che vi siete cambiata, Miss Steele» disse Mr. Glass. «Dovete aver conosciuto mia cugina.»

Al suo riferimento al mio abbigliamento, sentii di nuovo il calore salire alle guance, anche se non fece menzione del motivo per cui avevo dovuto cambiarmi. Fui contenta che avesse notato il mio cambio d'abito senza soffermarsi sulla questione. Anzi, era riuscito a cambiare argomento senza soluzione di continuità. Fu una transizione fluida, e mi chiesi se fosse stata studiata per alleviare il mio imbarazzo per il nostro precedente incontro.

«*Willie* è vostra cugina?» chiesi.

«Da parte di madre.»

«Non me l'ha detto. In effetti, non mi ha detto quasi nulla. Pensavo fosse una persona di servizio.»

Mr. Glass parve addolorato. «Vi ha minacciata?»

«In un certo senso. Ma poi mi ha dato questo vestito, quindi immagino che ora tra noi vada tutto bene.»

«Non ci scommetterei la fattoria, Miss Steele» disse Duke. «Odia i vestiti. Per come la vede lei, le state facendo un favore.»

«Allora forse potremo diventare amiche, dato che gli amici si fanno favori a vicenda.»

Duke scoppiò a ridere. «Non ha mai avuto un'amica. A casa, tutte le ragazze hanno paura di lei, e anche la maggior parte degli uomini.»

Mr. Glass annuì. «È vero. Terrorizza persino me quando va su tutte le furie. Ma non preoccupatevi, è raramente a casa. È improbabile che la vediate molto durante la vostra permanenza da noi.»

«Parli del diavolo» disse Duke, mentre Willie entrava portando un vassoio carico di teiera, tazze e fette di torta. «E guardate un po'! È diventata tutta femminile per noi, e ha pure preparato il tè. Dev'essere l'influenza di avere una vera signora in casa.»

«Sei fortunato che ho in mano questo vassoio, Duke, o ti avrei già dato un pugno.» Willie posò il vassoio con un colpo secco che fece tintinnare le delicate porcellane.

Duke ridacchiò. «Devo preparare una stanza e il pranzo. Vieni ad aiutarmi, Willie.»

«Arrangiati. Non sono la cameriera.»

«Ti sembra forse che *io* indossi un grembiule?»

«Duke» lo interruppe bruscamente Mr. Glass. «Basta. Willie… fai quello che vuoi. Come al solito.»

Duke se ne andò, ridacchiando, e Willie servì il tè. Il piccolo sorriso sulle sue labbra svanì all'improvviso.Si raddrizzò, anche se non aveva finito di riempire la seconda tazza. Il tè gocciolò dal beccuccio sul piattino.

«Cosa intende con "preparare una stanza"?» chiese.

«Miss Steele è al momento senza alloggio» disse Mr. Glass. «Le ho offerto una stanza qui finché i nostri affari non saranno conclusi e non lasceremo Londra.»

Lei lo fulminò con lo sguardo, poi rivolse quello stesso sguardo me. «Lo hai costretto tu a farlo?»

«No!» protestai, tenendo d'occhio la teiera. La sua presa sul manico, con le nocche sbiancate, sembrava minacciosa. Non mi sarei sorpresa se l'avesse usata come arma.

«Sei un dannato sciocco, Matt.» Gli puntò contro la teiera, facendo ondeggiare il tè all'interno. «Basta che una ragazzina sbatta le ciglia e mostri le poppe e tu ti fai in quattro per aiutarla.»

Le narici di Mr. Glass si dilatarono. «Non osare» ringhiò.

«Be', è la verità.» Willie tirò su col naso, ma perse un po' del suo slancio. «Ancora più vero quando è tutta indifesa, come la signorina qui.»

«Mi scusi» dissi, alzandomi. Non ero alta, ma ero più alta di

Willie. Sfortunatamente, la mia altezza superiore non la preoccupò. Mi guardò con un'aria divertita, come se pensasse che il mio tentativo di intimidazione fosse ridicolo. «Prima di tutto, non sono indifesa. Sebbene possa essere senza un impiego stabile o un alloggio, posso assicurarvi che è solo una situazione temporanea. In secondo luogo, non ho *mostrato* nulla a Mr. Glass. E sbattere le ciglia è ridicolo. Nessuna donna che si rispetti lo farebbe.»

Willie sogghignò. «Sembra che siamo d'accordo su qualcosa.»

«Finisco io di versare il tè» disse Mr. Glass. «Puoi andare.»

Willie incrociò le braccia e si sedette pesantemente sul divano. Vi si spaparanzò con le gambe divaricate, come se stesse cercando di occupare più spazio possibile. Considerando che ci ero seduta io, sospettai che il suo scopo fosse costringermi a spostarmi. Mi rannicchiai in un angolo, le mie gonne che le sfioravano il ginocchio.

«Io resto qui» annunciò. «Potresti aver bisogno che ti salvi da lei.»

«Willie» ringhiò lui. «Vattene o ti dimezzo la paga.»

Lei si sporse in avanti, con le mani sulle ginocchia, poi si alzò. «Non c'è bisogno di essere così villano. Sto solo badando a te, come tu hai fatto tante volte per me.»

Lui sospirò e si passò una mano tra i capelli. Era l'atteggiamento più esasperato che l'avessi visto mostrare in tutto il giorno, e considerando che giornata era stata, era piuttosto sorprendente. «Lo so, Willie. Ma, in questo momento, devo parlare con Miss Steele. Abbiamo del lavoro da fare, e preferirei non sprecare un altro minuto.»

Willie si morse il labbro, poi improvvisamente gettò le braccia al collo di suo cugino. L'improvvisa esplosione di affetto sorprese lui tanto quanto me. Sollevò le sopracciglia e impiegò diversi secondi prima di darle dei colpetti guardinghi sulla spalla, come se fosse un animale pericoloso che non sapeva come accarezzare.

«Vado ad aiutare Duke, se hai bisogno di me» disse lei, staccandosi.

«Cerca di non litigare con lui.»

«Lo farò, se lo farà anche lui.»

Mr. Glass sospirò mentre lei usciva dal salotto.

«È un bel piccolo tornado» dissi.

«Più che altro un ciclone.» Ma sorrise mentre prendeva la teiera e continuava a versare. «Mi dispiace per il suo comportamento, Miss Steele. Willie è... difficile.»

«È certamente un personaggio unico.»

«La sua educazione non è stata ideale per una giovane donna. Non l'ho conosciuta finché non abbiamo compiuto entrambi quindici anni, e a quel punto era troppo tardi. Era già incallita nelle sue abitudini.»

«Si veste da uomo da prima dei quindici anni?» Sebbene l'età di Willie fosse difficile da stabilire, mi parve che Mr. Glass fosse verso la fine dei vent'anni quando era in buona salute. Prima, quand'era salito di sopra, era sembrato invece molto più vecchio.

«Sì, e si comporta anche da uomo.»

«Perché?»

Mi porse la tazza ma non incrociò il mio sguardo. «Ha scoperto che è più facile essere un uomo capriccioso e sboccato che una donna capricciosa e sboccata.»

Sorseggiai il mio tè e misi da parte i pensieri su Willie. Furono sostituiti da pensieri sul mio nuovo datore di lavoro e sulla sua sorprendente guarigione. Non poteva aver dormito nel breve tempo in cui eravamo stati separati, quindi la sua ritrovata salute doveva essere frutto dell'opera di quell'orologio luminoso.

«Sono lieta di vedervi molto meglio» dissi. «Non mi aspettavo di trovarvi in piedi per un po'. Prima sembravate molto malato.» Se non mi avesse parlato dell'orologio ora, doveva certamente volerlo tenere segreto.

«Tengo un tonico nella mia stanza» disse, il suo sguardo fisso nel mio. «Un piccolo sorso e sono guarito.» Sorrise con disinvoltura. Se non avessi visto la scena con l'orologio, sarei stata completamente ingannata dai suoi modi affascinanti. «So che non sono affari miei» continuò, sedendosi in una poltrona di fronte a me, «ma dato che sono una specie di complice, vorrei sapere di cosa si trattava quella faccenda con Abercrombie. Avete affermato di non sapere perché vi ha accusata di furto, ma sicuramente ci deve essere una ragione.»

«Non lo so. Davvero, non lo so. L'intero episodio è stato molto strano e preoccupante. A mio padre non è mai piaciuto, questo lo posso dire. Definiva Abercrombie un borioso presuntuoso, pieno di sussiego. Abercrombie è piuttosto ricco, vedete, e detiene una grande influenza nella Gilda degli Orologiai in qualità di suo maestro.»

«Che cos'è questa gilda?»

«È una delle diverse corporazioni di mestiere che operano da secoli qui in Inghilterra. Il titolo ufficiale è la Venerabile Compagnia degli Orologiai, ma nessuno la chiama più così oggigiorno. C'è una Gilda degli Ingegneri, una Gilda dei Sarti, una Gilda dei Falegnami, una Gilda dei Gioiellieri e dozzine di altre. Chiunque crei qualcosa e venda quella creazione deve appartenere a una compagnia. È la legge. Nessuna iscrizione, nessuna licenza per vendere. Non ne avete in America?»

«Ci sono organizzazioni nei diversi stati, ma non hanno lo stesso potere di controllo. L'unica funzione della gilda è determinare chi può e non può vendere i propri prodotti?»

«Le gilde si occupano anche delle vedove e delle famiglie dei membri defunti con fondi di assistenza, e assegnano premi per la qualità della manifattura. Un membro ha diritto al premio solo se partecipa, ovviamente, e c'è una quota di iscrizione, ma i nomi dei vincitori vengono pubblicati su tutti i principali giornali e riviste. I guadagni che questo premio genera possono essere enormi.»

«Chi decide il vincitore?»

«Il maestro della gilda e altri membri eletti nel comitato, noto come la Corte degli Assistenti. Potrebbe non sorprenderla sapere che Mr. Abercrombie ha vinto sia il premio per il Miglior Orologio da Tasca sia quello per il Miglior Orologio da Tavolo negli ultimi tre anni.»

«Ha imbrogliato?»

«Probabilmente ha comprato i voti o ha fatto minacce.»

«È per questo che a suo padre non piaceva?»

«Una delle ragioni.» Mescolai lentamente il tè nella tazza e cercai di reprimere quel pozzo di disperazione che minacciava di traboccare ogni volta che pensavo a mio padre, alla gilda e alla perdita della nostra bottega a favore di Eddie. «Quando mio padre si ammalò, mi incoraggiò a fare domanda di ammissione. Sapeva che per mantenere la bottega in funzione da sola, dopo la sua morte, avrei dovuto appartenere alla gilda. Rifiutarono la mia domanda.»

«Aveva le qualifiche necessarie?»

«Certo. Fui l'apprendista di mio padre per anni. Il test d'ingresso richiede al candidato di smontare il meccanismo di un orologio e rimontarlo. È molto semplice e lo avrei superato facilmente, ma non mi fu data l'opportunità. Gettarono via la mia domanda senza nemmeno prenderla in considerazione.»

«Perché?»

«Perché sono una donna.»

Lui considerò la cosa con un'espressione accigliata. «Ma ho visto qui delle negozianti che sono sicuro realizzino i propri articoli: sarte, gioielliere, modiste. Non devono appartenere anche loro alle rispettive gilde?»

«Sì, ma le loro corporazioni ammettono le donne. La Gilda degli Orologiai no.»

«E perché no?»

«Dovrebbe chiederlo a loro. È ridicolo. Sono un'eccellente orologiaia, ma sembra che pensino che io non possa che realizzare un prodotto inferiore, svalutando la loro reputazione.» Mi faceva ancora ribollire il sangue a pensarci. La loro logica era fallace e arcaica, ma non c'era niente che potessi fare. Una revisione del loro statuto poteva essere avviata solo se tutti i membri acconsentivano a una votazione.

«Ah. Ora capisco,» disse.

«Cosa capisce?»

«Perché suo padre ha lasciato la bottega a Hardacre. Deve averlo visto come l'unico modo per conservare la bottega per lei, supponendo che presto lo avrebbe sposato.»

«Solo che non ci siamo sposati,» sbottai. «Eddie ha ingannato mio padre, e anche me.» Non mi sarei mai più fatta ingannare da un piccolo verme bugiardo e doppiogiochista.

«Doveva essere piuttosto credibile,» disse lui a bassa voce.

«Lo era, ma questo non scusa la mia cecità.» La verità era che avevo voluto credere che Eddie mi amasse. Avevo ventisette anni e non avevo mai conosciuto l'affetto di un uomo. Un anno prima, avevo abbandonato la speranza di sposarmi e avevo accettato la mia condizione di zitella. E poi Eddie era entrato con leggerezza nella mia vita con i suoi sorrisi, il suo bel viso e la sua brama di compiacere. Niente era di troppo disturbo o troppo noioso, dall'accompagnarmi al mercato al guardarmi riparare un orologio nel laboratorio.

Eppure non aveva mai riso alle battute a cui ridevo io. Avrei dovuto prenderlo come un segno che non era adatto a me, come minimo. Una vita senza risate sarebbe stata pura fatica. Fu la prova della mia disperazione l'aver accettato di sposarlo, nonostante la sua mancanza di umorismo.

Mr. Glass posò la sua tazza e si mosse sulla sedia. Il silenzio si protrasse aumentando il disagio, e desiderai che non avessimo affatto sollevato l'argomento di Eddie. Mi concentrai sul sorseggiare il mio tè finché finalmente Mr. Glass parlò.

«La Gilda degli Orologiai conserva i registri dei membri precedenti?»

«Suppongo di sì, ma non sono sicura di quanto il loro registro sarebbe utile per trovare il suo orologiaio, dato che non ne conosce il nome. Penso che possiamo essere abbastanza sicuri che non sia Chronos.»

«Concordo.» Sospirò. «Vogliamo discutere del percorso che faremo questo pomeriggio?» Tirò fuori dalla tasca un pezzo di carta piegato e spostò di lato la tazza da tè per fare spazio sul tavolo. La carta si rivelò essere una mappa di Londra.

«È sicuro di essere in condizione di uscire di nuovo questo pomeriggio?» chiesi.

Le sue spalle si irrigidirono. «Certo. Non ho niente che non va.»

«Ma—»

«La mappa, Miss Steele. La prego di indicare dove pensa che dovremmo andare ora.»

Sospirai e studiai la mappa. «Proveremo l'area a sud di Hyde Park e fino a Westminster,» dissi, disegnando un cerchio con il dito intorno alla zona. «Dovrebbe essere abbastanza per oggi.»

«Lontano da Oxford Street,» disse con un cenno di assenso.

«Sì,» dissi a voce bassa. «Molto lontano.»

«Mentre siamo fuori, passeremo dai Mason a recuperare i suoi effetti personali.»

«E accennare ai problemi che Mr. Abercrombie sta cercando di creare. Non sopporterei se sentissero le voci da un'altra fonte prima, o se Mr. Abercrombie li avvicinasse cercandomi.»

«Non darà seguito alla faccenda.» Piegò la mappa e la rimise in tasca.

«Non può esserne sicuro.»

Mi fece un sorriso sbilenco, pieno di malizia e mistero. «Sì, posso.»

* * *

LE VISITE del pomeriggio non ci avvicinarono a trovare l'orologiaio di Mr. Glass. Fortunatamente, non venni né attaccata né snobbata, anche se ciò avrebbe potuto essere dovuto al fatto che rimasi in carrozza per la maggior parte del tempo. Scesi solo al negozio di Mr. Healy, per sgranchirmi le gambe e vedere come stava. Era stato un buon amico di mio padre e gentile con me il giorno del funerale. Volevo che sapesse che stavo bene. Fui sollevata quando mi accolse con un sorriso.

Ci fermammo a casa dei Mason nel tardo pomeriggio, e Mrs. Mason ci accolse con una tazza di tè e fette di torta alle noci. «Gareth, porta questo a tuo papà e a tuo fratello in bottega,» disse, porgendo a suo figlio un vassoio carico di teiera e torta.

Gareth scomparve e, pochi minuti dopo, Mr. Mason tornò da solo, portando la sua tazza da tè. Ci salutò con sorrisi tirati e strinse la mano a Mr. Glass.

«Nessun successo?» chiese.

«Non ancora,» disse Mr. Glass. Ero contenta di vedere che non era sopraffatto dalla stanchezza, quel pomeriggio. Sembrava stare piuttosto bene. «Ma Miss Steele mi assicura che abbiamo appena scalfito la superficie. Non avevo idea che Londra fosse così grande.»

«È la città più grandiosa d'Europa,» disse Mr. Mason gonfiando il petto.

«A parte Parigi,» disse Catherine sognante. «Desidero così tanto vedere Parigi un giorno.Non è vero, India?»

«Non ci ho mai pensato prima,» dissi. «Suppongo di sì, ma dubito che lascerò mai Londra. Parlo solo inglese, tanto per cominciare, né conosco nessuno fuori da questa città.»

Catherine sbuffò un piccolo respiro. «Sei così convenzionale tutto il tempo.»

La guardai sbattendo le palpebre. Per convenzionale, sospettavo intendesse noiosa. Era così che mi vedeva? Come una zitella compassata senza sogni, né ambizioni o speranze? Era così che *tutti* mi vedevano?

«Parigi è davvero una città bellissima.» La voce ricca e profonda di Mr. Glass interruppe i miei pensieri egocentrici.

«Ci è stato?» Catherine si sporse in avanti, la tazza da tè fermatasi a mezz'aria verso le labbra.

«Ci ho vissuto, molti anni fa.»

«Che emozione.»

«Basta così, Catherine,» la rimproverò Mr. Mason. «Mr. Glass ha cose più importanti di cui discutere che i tuoi voli di fantasia. Parigi non è per gente come te.»

Catherine si lasciò cadere contro lo schienale della sedia con il broncio. Le rivolsi un sorriso di comprensione, ma lei distolse lo sguardo.

La conversazione si arenò, così decisi di andare al sodo della nostra visita. «Mr. Glass mi ha offerto alloggio a casa sua,» dissi ai Mason. «Sono venuta a prendere le mie cose.»

La mascella di Catherine cadde, ma si riprese rapidamente. «Meraviglioso! Vieni di sopra e le prenderemo insieme.»

Mrs. Mason fece un suono di disapprovazione con la lingua. «Sono sicura che l'accordo sia del tutto rispettabile,» disse, «ma sento di dover protestare. Cosa penserà la gente?»

«India sa quello che fa,» disse in fretta Mr. Mason. «Non preoccuparti, mia cara.»

Sua moglie lo guardò torva. Lui sorseggiò il suo tè.

«Non penseranno niente, perché nessuno che conosco lo verrà a sapere,» dissi seccata. «E anche se fosse, che importa? Il mio futuro è già rovinato. Eddie ci ha già pensato. Un piccolo scandalo in più non mi macchierà ulteriormente.»

Mrs. Mason emise uno sbuffo e si diede da fare, raccogliendo tazze da tè e piatti, con le guance rosse. Senza dubbio stava contemplando ogni sorta di scenario licenzioso che coinvolgeva me e Mr. Glass. Probabilmente erano simili a quelli che avevo contemplato io stessa, in particolare dopo l'incidente del corsetto. A volte la mia pelle sembrava ancora portare le impronte delle sue mani.

«Comprendo le sue preoccupazioni,» disse Mr. Glass. «E sono lieto che Miss Steele abbia dei buoni amici in voi due. Ma state certi, mia cugina, Miss Willemina Johnson, alloggia con me e farà da chaperon. È una donna rispettabile, responsabile e di alta moralità e garantirà che Miss Steele sia trattata con cortesia in ogni momento. Miss Steele, direbbe che la mia descrizione di Willie è accurata, basata sulle sue prime impressioni?»

Mi guardarono tutti. Fortunatamente le mie guance non sembravano più così calde, ma feci una fatica del diavolo a mantenere un'espressione seria. Willie probabilmente sarebbe caduta a terra dalle risate se avesse sentito la descrizione fatta da suo cugino. «È tutto questo e anche di più,» assicurai ai Mason. «È molto dolce e gentile.»

Mr. Glass mi sorrise. Speravo di essere l'unica a notare il lampo malizioso nei suoi occhi.

«Ho intenzione di cercare un alloggio permanente e un impiego nei prossimi giorni,» dissi. «Non voglio gravare ulteriormente sulla vostra bontà.»

«Non sei un peso, India,» disse Catherine, toccandomi il ginocchio.

«Affatto,» disse Mrs.a Mason, dopo un momento imbarazzato. Suo marito sorseggiò il suo tè.

«Allora è deciso,» disse Catherine, alzandosi. «Vieni, India, andiamo a prendere le tue cose.»

Su nella sua stanza, mi aiutò a fare i bagagli mentre le raccontavo che l'orlo del mio vestito si era scucito, così Willie me ne aveva prestato uno dei suoi finché non avessi potuto ripararlo più tardi. Sembrava quasi non ascoltare.

«È così affascinante,» disse alla fine, chiudendo la mia valigia e fissando la fibbia.

«Mr. Glass? Non me ne ero accorta.»

«Sciocchezze! Certo che te ne sei accorta. E pensare che alloggerai da lui, a casa sua. Che opportunità!»

«So a cosa ti riferisci, Catherine, e penso che tu sia impazzita. Non ho intenzione di gettarmi addosso a Mr. Glass.»

«Forse si getterà lui addosso a te.»

Questo ci fece ridere entrambe finché non crollammo sul letto, senza fiato.

Una volta che ci fummo riprese, tornammo giù in salotto con la mia valigia. Toccai la mano di Catherine prima di entrare, desiderando una sorta di rassicurazione da una persona che conoscevo e di cui mi fidavo. Nonostante le nostre risate, ero ansiosa riguardo al soggiorno a casa di Mr. Glass. Lui e gli altri membri della casa non erano affatto come noi. Erano audaci e sfacciati, e parlavano di fondine e... cuccioli. Potevano essere dei fuorilegge. Forse mi stavo cacciando in qualcosa di troppo profondo per potermene tirare fuori.

Catherine mi strinse la mano in segno di comprensione, anche se non conosceva la vera ragione della mia ansia. Doveva credermi nervosa per la possibilità di essere rapita.

Catherine e i suoi genitori ci accompagnarono alla porta. Abbracciai ognuno di loro a turno e promisi di rivederli presto. Tutti tranne Mr. Mason mi abbracciarono con entusiasmo. «Un'altra cosa,» dissi prima di andarcene. «Mr. Abercrombie è stato qui a cercarmi?»

«Miss Steele, non ce n'è bisogno,» disse Mr. Glass con uno sguardo duro e un cenno di diniego della testa. «La faccenda sarà sistemata entro domattina.»

«Abercrombie?» disse Mr. Mason. «No. Perché?»

«Non ha alcuna importanza,» intervenne Mr. Glass.

«In realtà, ce l'ha,» dissi. «Ha cercato di farmi arrestare per furto.»

«Santo cielo!» Mrs. Mason si premette l'orlo del grembiule contro il mento. «È terribile.»

Spiegai brevemente l'accaduto e assicurai loro che non gli avevo rubato nulla. «Volevo solo che lo sapeste da me prima di sentirlo da qualcun altro.» Anche se Mr. Glass mi aveva assicurato che tutto sarebbe stato sistemato, non vedevo come. Dovevo proteggermi, e questo significava coinvolgere i Mason.

«Certo, certo.» Mr. Mason annuì eccessivamente, il che fece

solo tremolare le sue guance come una ciotola di gelatina. Sembrava piuttosto allarmato, e questo mi preoccupò.

«Se Abercrombie dovesse venire qui a cercarti, non gli diremo dove sei andata,» disse sua moglie.

Le sorrisi e cercai di incrociare lo sguardo di suo marito, ma lui non mi stava guardando. «Grazie.»

Mr. Glass ripose la mia valigia sul retro della carrozza mentre io salivo. Salì dopo di me e la carrozza sobbalzò in avanti.

«Non era necessario menzionare l'incidente con Abercrombie,» disse. «*Farò* in modo che non la disturbi più.»

«Non vedo come possa farlo. Forse se condividesse come intende procedere, potrei avere più fiducia.»

Si sfilò i guanti, un dito dopo l'altro. «Ho una certa influenza in questa città.»

«Ma non è mai stato qui prima!»

«Questo è irrilevante.»

Feci schioccare la lingua. Era più facile ottenere risposte dalle statue. «Perdoni il mio dubbio, Mr. Glass, ma trovo difficile fidarmi di qualcuno che non fornisce spiegazioni soddisfacenti.»

La sua fronte si corrugò. Il suo sguardo si agganciò al mio. «Spero che non sia vero, Miss Steele.» La sua voce bassa e profonda rimbombò dal suo petto. «Non voglio che si senta insicura a casa mia.»

«Oh.» Scacciai la sua preoccupazione con un gesto della mano. «Quella è tutta un'altra questione.»

«So che Willie, Duke e Cyclops sono... diversi da voi inglesi, ma ha la mia parola che non le faranno del male.»

«Sono lieta di sentirlo.»

«A meno che non li contrariate.»

Mi irrigidii. Sapeva che sospettavo di lui? Mi stava avvertendo di non agire in base ai miei sospetti?

Sorrise, e non vi colsi alcuna falsità; non che fossi un'esperta nel leggere le persone, visto come ero stata ingannata da Eddie.

Tornammo alla casa di Mr. Glass a Mayfair e fui contenta di vedere che la mia stanza era pronta. Era spaziosa e decorata con carta da parati a rose rampicanti color cipria e cuscini abbinati sul letto. Offriva una bella vista sulla strada, molto più in basso. Non ero mai stata così in alto e guardare fuori dalla finestra mi metteva a disagio. Feci un passo indietro ma la lasciai aperta per far entrare aria. La stanza, come le altre dove ero stata, odorava di stantio. Sembrava che la casa fosse rimasta chiusa per molto tempo prima dell'arrivo di Mr. Glass.

Qualcuno aveva posato il mio vestito sul letto. Vuotai la borsetta dei bottoni e recuperai il mio kit da cucito nella valigia, ma esaurii presto il filo. Con un respiro profondo per fortificare i nervi, uscii dalla stanza per andare in cerca di Willie. Speravo che non mi accusasse di nuovo di spiare se mi avesse trovata in giro.

Scesi una rampa di scale fino alla sua suite, ma nessuno rispose al mio bussare. Probabilmente era in cucina, a preparare la cena, o ad aiutare Duke. Guardai lungo il corridoio verso la porta di Mr. Glass, ma decisi di non bussare. Poteva essere a riposare.

Scesi la scala a chiocciola fino al piano terra e sbirciai nelle stanze. Tutte vuote. La cucina era sotto il livello del suolo, e finalmente trovai la porta che conduceva alle scale di servizio, nascosta in un muro vicino al retro della casa. Delle voci mi giunsero filtrate, prima quella di Willie, poi quella di Mr. Glass. Mi fermai sull'ultimo gradino sentendo le parole pungenti di Willie.

«Non mi piace,» disse. «È una donna altezzosa che si crede migliore di tutti noi.»

«Stai facendo la bambina,» la rimproverò Mr. Glass. «Miss Steele non è affatto così.»

Willie sbuffò. «Perché l'hai portata *qui*, poi? Avresti potuto pagarle un alloggio da qualche altra parte. Non doveva venire sotto il *nostro* tetto.»

«Sono d'accordo con Willie,» disse Duke. «Lasciare che la donna Steele viva qui è pericoloso. Potrebbe vedere qualcosa che non dovrebbe.»

«O Matt potrebbe fare qualcosa che *non* dovrebbe,» disse Cyclops con una profonda risata.

«Chiudi il becco, Cyclops,» sbottò Willie. «A Matt non interessano quelle come lei. Cosa ha da offrirgli che le altre non hanno?»

La bassa risata di Cyclops mi giunse filtrata. Avrei voluto

poter vedere le reazioni degli altri, in particolare quella di Mr. Glass.

«L'ho voluta qui per una ragione,» disse Mr. Glass. «Non quella ragione,» aggiunse rapidamente. «C'è qualcosa in lei. Lo sento. O, meglio, il dispositivo lo sente.»

«Il dispositivo lo sente?» fece eco Duke.

«Quando è vicina, l'orologio diventa più caldo. Lo sento attraverso la camicia.»

«È ridicolo,» disse Willie. «Non può farlo.»

«Come fai a saperlo?» la schernì Duke. «Ma Matt... è tutto qui? Brilla o qualcosa del genere?»

«No, ma sono convinto che sia più della semplice figlia di un orologiaio. *Deve* esserlo, altrimenti perché tutti gli altri orologiai della città avrebbero paura di lei?»

Paura di me? Era un po' esagerata come affermazione. Tuttavia, sembravano tutti diffidenti nei miei confronti in maniera eccessiva, innaturale direi, per ragioni che non riuscivo a comprendere. Persino Mr. Mason. L'unico ad avermi trattata come aveva sempre fatto era stato Mr. Healy.

«Rimane qui,» annunciò Mr. Glass, «perché mi è utile. Quindi siate gentili. *Tutti*, Willie.»

Era per questo che si comportava da gentiluomo con me? Era per questo che mi aveva salvata dalle grinfie di Mr. Abercrombie? Perché sospettava che gli fossi utile? Sebbene non mi fossi mai aspettata di diventare sua amica, avevo pensato che condividessimo un legame amabile. Ora, non ero sicura di cosa provavo o se potessi fidarmi dei suoi modi piacevoli. Sembrava che fosse tutta una recita per spingermi a fidarmi di lui.

Ma a quale scopo, non lo sapevo. Non avevo nulla che valesse la pena rubare e non c'era certamente niente di speciale in me, non importava cosa pensasse lui. Niente di speciale, affatto.

CAPITOLO 6

La cena fu un evento insolito. Duke aveva preparato sogliola, seguita da arrosto di maiale, patate, insalate e, per finire, gelatina. La parte insolita fu che lui e Cyclops cenarono con Mr. Glass, Willie e me nella sala da pranzo invece che negli alloggi della servitù.

«È delizioso, Duke» dissi, rivolgendogli un sorriso.

Le sue guance si imporporarono e si concentrò sul cibo che aveva nel piatto. «Grazie» borbottò.

«E ci mancherebbe» disse Willie, infilzando una fetta di maiale con la forchetta. «Ha passato tutto il pomeriggio a spignattare per fare colpo su di te.»

Duke alzò gli occhi al cielo. «Ci *vuole* tutto il pomeriggio per preparare una cosa del genere. Non che tu possa saperlo, comunque. Tu bruci tutto».

«Dove hai imparato?» chiesi in fretta, prima che la conversazione degenerasse in un litigio.

«Un po' qua e un po' là.» Si riempì la bocca di patate. Dedussi che che non voleva più rispondere a domande sulla sua cucina.

«Cyclops, hai ritirato i nostri biglietti?» chiese Mr. Glass al suo cocchiere.

«Sì, dopo che vi ho riportato qui, sono andato alla biglietteria» disse Cyclops.

«Finalmente!». Willie si leccò il grasso del maiale dal labbro inferiore. «Cominciavo a pensare che saremmo rimasti in questo paese miserabile per sempre. Quando torniamo a casa?»

«Martedì prossimo». L'unico occhio buono di Cyclops si concentrò su Mr. Glass. «Sempre che tutto vada bene e che lo troviamo.»

«Lo troveremo» disse Mr. Glass, allegramente. «Non è vero, Miss Steele?»

«Io, ehm, spero di sì» dissi. A meno che l'orologiaio non fosse morto, o non vivesse altrove. Più pensavo a tutti i motivi per cui non si sarebbe trovato a Londra, più diventavo dubbiosa sul successo di questa ricerca. Poteva essere in qualsiasi parte del mondo. «Ma cosa succede se non lo troviamo entro una settimana? Tornerete lo stesso in America?»

Il silenzio che ne seguì fu così totale che persino la masticazione cessò. Duke, Willie e Cyclops guardarono tutti Mr. Glass. Il quale studiò il suo vino ma non bevve.

«Lo troverete, Miss Steele.» Willie mi puntò contro il coltello. «Altrimenti...»

«Willie» disse Mr. Glass con sforzo. «Se non riusciremo a trovare l'orologiaio, non sarà colpa di Miss Steele.»

Willie tirò su col naso, poi tracannò il contenuto del suo bicchiere di vino. «Trovalo e basta» ringhiò, posando il bicchiere con forza. «Non puoi permetterti di non farlo».

Di nuovo, nessuno parlò, e di nuovo Mr. Glass finse di non notare che tutti lo fissavano. Cyclops sembrava preoccupato, Willie pareva arrabbiata, ma la reazione di Duke mi colpì più di tutte. I suoi occhi si inumidirono. Quando vide che lo stavo osservando, abbassò rapidamente la testa e si cacciò in bocca un'altra patata.

«Mio Dio» dissi, vivacemente. «Sembrate tutti piuttosto angosciati al pensiero di non trovare quell'orologiaio.» Speravo di non sollevare un vespaio, ma sarei sembrata più sospetta se *non* avessi detto qualcosa in proposito. «Il vostro orologio deve essere davvero molto speciale se solo un uomo al mondo può ripararlo, e il pensiero di non trovarlo suscita una tale preoccupazione.»

«Lo è» disse Mr. Glass con un sorriso piatto. «Ora, Miss Steele, per favore, ci parli di lei.»

Il suo improvviso cambio di argomento non mi sorprese, ma il fatto che avesse rivolto l'attenzione su di me, sì. «Non c'è niente da dire. Sono piuttosto noiosa.»

«Trovo difficile crederlo. Il settore degli orologi da tasca e da muro qui a Londra sembra vivace. Pare che tutti si conoscano. È così che si sono conosciuti i vostri genitori? Vostra madre proveniva da una famiglia di orologiai?»

Ah, ora capivo. Stava cercando informazioni sull'altro mio nonno, nella speranza che potesse essere lui l'orologiaio che cercava. A quanto pareva, io interessavo a Mr. Glass solo in relazione al suo orologio luminoso. Mi punse un po' rendermene conto, ma è anche vero che non avrei dovuto sorprendermi. La mia vita *era* noiosa e, di conseguenza, lo ero anch'io. «Il padre di mia madre era un pasticcere. Aveva un negozio vicino a dove mio padre viveva da ragazzo. Mi raccontò che comprava dolci ogni giorno solo per poterle parlare».

Mr. Glass sorrise e aprì la bocca per dire qualcosa, ma Willie lo anticipò. «Delizioso» commentò in un pessimo tentativo di accento inglese. «Ora, se volete scusarmi, esco.» Si pulì la bocca con il dorso della mano, sfilò il tovagliolo dal grembo e si alzò.

«È saggio, Willie?» chiese cupamente Mr. Glass.

«No, ma la saggezza è per le vergini e i noiosi.» Mi lanciò un sorriso.

«È anche per i vivi.» Le sorrisi di rimando. «E per coloro che desiderano rimanerlo. Buona serata, Willie.»

Invece di offendersi, il sorriso di Willie si allargò. Si parò di fronte a me. «Ti va di unirti a me, Miss Steele? Potrei insegnarti a vincere a poker».

«No» sbottò Mr. Glass prima che avessi la possibilità di parlare. «A Miss Steele non interessa unirsi a te per giocare a poker. Né tu dovresti stare fuori a giocare tutta la notte. Non è sicuro, e non è decoroso. Le cose sono diverse qui in Inghilterra.»

Lei sbuffò. «Questo è vero. Ma una cosa è uguale, Matt: sono una donna libera che può fare come le pare. Buonanotte a tutti. Godetevi la vostra serata di lettura e conversazione educata. Io vado a vincere un po' di soldi inglesi.»

«Se non sarai tornata per l'alba, verrò a prenderti» le gridò dietro Mr. Glass.

Lei gli rispose con un gestaccio che avevo visto fare solo ai giovani dietro la schiena dei poliziotti.

«Perdonatemi, Miss Steele» disse lui una volta che Willie fu fuori portata d'orecchio. «Non avrei dovuto rispondere per voi.»

Eppure gli era sembrata una cosa naturale da fare. Forse era abituato a dare ordini e a farsi obbedire. Tranne che da Willie.

«Non devo tenere d'occhio mia cugina a casa, in America.» disse. «Gioca a poker con un gruppo di clienti abituali, quasi tutte le sere. Nessuno oserebbe farle del male.»

«Perché?»

La sua bocca si mosse, ma non ne uscì alcuna parola.

Cyclops rispose per lui. «Hanno paura di Matt.»

Sbiancai. Mi sarei aspettata di sentir dire che avevano paura di Willie, non del suo cugino piuttosto affascinante. Cercai di pensare a qualcosa da dire, ma, alla fine, rimasi semplicemente in silenzio.

Mr. Glass rise e liquidò la risposta di Cyclops con un gesto della mano. Cyclops, in cambio, fece una smorfia.

«Sono preoccupato che la linguaccia di Willie la metta nei guai» spiegò Mr. Glass.

«Sembra il tipo di persona che sa tirarsi *fuori* dai guai abbastanza bene» dissi.

«Dovreste farglielo sapere. Le piacereste di più per questa opinione che avete di lei.» Sospirò e si passò una mano sugli occhi. «La tipologia di uomini contro cui gioca qui è più astuta dei cowboy a cui è abituata. Si comportano tutti in modo educato e signorile, ma non sono affatto dei signori. Sono subdoli.»

Mi domandai se stesse parlando per esperienza diretta o solo per osservazione. Non era sulle nostre coste da molto, ma era chiaramente entrato in contatto con gentiluomini affascinanti che si erano rivelati subdoli.

La somiglianza con lui stesso mi colpì come uno schiaffo. Poteva non essere inglese, ma con me stava recitando la parte del gentiluomo. Più lo conoscevo, più sospettavo che fosse tutta una farsa. Pochi gentiluomini aperti e innocenti avrebbero potuto sconfiggere tre teppisti armati, o incutere timore ai cowboy americani. Un fuorilegge, d'altra parte, sì.

«Willie starà bene» disse Duke a Mr. Glass. «Se la arrestano, la faremo evadere di prigione come quella volta a Tombstone.»

Sussultai. «L'avete fatta evadere di prigione? O da un cimitero?»

«Cella di sicurezza» disse Cyclops con una scrollata di spalle. «Tombstone è una città.»

«Nome strano per una città.»

«Willie era innocente» mi assicurò Duke.

Santo cielo. Mi sentivo come se fossi finita in un romanzo d'appendice.

«Le mie scuse, Miss Steele. Vedo che vi abbiamo allarmata» disse Mr. Glass.

«Niente affatto. Non mi allarmo facilmente.»

«L'ho notato» disse lui con un pizzico di ammirazione e un caldo sorriso. «Poche donne avrebbero avuto la presenza di spirito di fare lo sgambetto a un uomo quando messe alle strette. Anzi, la maggior parte avrebbe passato il resto della giornata solo per riprendersi dall'esperienza che avete subìto voi stamattina.»

«Suppongo.» Non riuscivo a guardarlo. La sua lode era eccessiva, e quello sguardo intenso nei suoi occhi era tornato di nuovo, come se stesse rivivendo il momento in cui mi aveva slacciato il corsetto e aveva posato le mani sulla mia pelle nuda.

«Una signora coraggiosa» disse Cyclops, alzando il bicchiere in un brindisi. «Sareste molto adatta al Selvaggio West, Miss Steele.»

«Grazie, ma sembra un po' troppo selvaggio per i miei gusti.»

Mr. Glass si alzò. «Forse dovrei andare con Willie.»

«No» dissero sia Cyclops che Duke. Entrambi mi guardarono.

«Guarda l'ora.» Duke accennò all'orologio rotto sulla mensola del camino. Le lancette non si erano mosse per tutta la serata. «È tardi. Non è vero, Cyclops?»

«Troppo tardi per qualcuno che non è stato bene» concordò Cyclops.

Mr. Glass mi venne incontro girando intorno al tavolo e mi tese la mano. La presi e mi alzai. «Devo comunque uscire.»

«Perché?» chiese Duke.

«Per assicurarmi che Abercrombie non dia seguito alla sua sciocca accusa di furto. Miss Steele è innocente, e intendo assicurarmi che la sua accusa non abbia conseguenze.»

Lo fissai a bocca aperta, ma lui si limitò a sorridere. Il suo pollice mi accarezzò la mano in un modo assai intimo, facendo fare al mio cuore piccole capriole nel petto. Decisi di non protestare ancora una volta sulla sua volontà di fare qualcosa riguardo ad Abercrombie. Era nel mio migliore interesse lasciargli pensare che mi fidassi di lui.

«Posso portare quell'orologio nelle mie stanze stanotte?» chiesi invece. «Vorrei provare a ripararlo.»

«Certo.» Lo prese dalla mensola del camino e me lo porse. «Gli ho dato la carica, ma si rifiuta ancora di funzionare.»

Tornai nella mia stanza con l'orologio e tirai fuori i pezzi del meccanismo, disponendoli con cura sul tavolo. Tirai fuori la cassetta degli attrezzi dalla mia valigia e pulii ogni ruota, leva e perno con un panno. Mi presi il mio tempo, trovando conforto nel compito rassicurante che mi veniva così naturale. Pulivo meccanismi da che avevo memoria. Dopo quasi un'ora, scoprii il colpevole: una delle molle si era spezzata. L'orologio non poteva essere riparato finché non fosse stato acquistato il pezzo di ricambio.

Misi da parte gli ingranaggi e riflettei su cosa fare. Con Willie e Mr. Glass fuori, e Cyclops molto probabilmente a fargli da cocchiere, decisi di andare a cercare la prova che Mr. Glass era il fuorilegge menzionato in quell'articolo di giornale. Se volevo la ricompensa, dovevo guadagnarmela prima che lo facesse qualcun altro. Inoltre, era opportuno che recuperassi anche un coltello.

Candelabro in mano, scesi al piano di sotto, non in modo silenzioso o sospettoso, ma come se avessi bisogno di una tazza di tè. Trovai Duke che russava rumorosamente sul divano del salotto, con gli stivali tolti e le braccia incrociate sul petto. Proseguii fino alla cucina e presi un coltello dal cassetto. Me l'ero appena infilato nella manica quando qualcuno si schiarì la gola dietro di me.

Mi voltai di scatto, con un sussulto soffocato in gola. Mr.

Glass era sulla soglia, una spalla contro lo stipite, braccia e caviglie incrociate. Sembrava che fosse lì da un po'.

«Siete tornato» dissi debolmente.

«Sì». Il suo viso era in ombra, ma potei appena distinguere la curva delle sue labbra mentre sorrideva. Non era un sorriso caloroso, volto a rassicurarmi. Era malizioso e consapevole, come se mi stesse avvertendo che sapeva cosa stavo facendo.

Deglutii a fatica. «Avete parlato con Abercrombie?»

Si staccò dallo stipite della porta ed entrò in cucina. «Non ho mai detto che sarei andato a parlargli.»

«Oh.» Indietreggiai mentre si avvicinava. Il suo sorriso si allargò leggermente. «E Willie?»

«Sa badare a se stessa per una notte. Volevo tornare subito a casa.»

Continuava ad avanzare e io continuavo a indietreggiare, sebbene la mia ritirata fosse inutile. Non c'erano uscite dietro di me.

«Oh» dissi di nuovo. La mia voce suonava ansimante, fanciullesca. «Stavo per preparare un po' di tè» dissi, più audacemente. «Ne gradite una tazza?»

«No, grazie.»

Sentii il calore della stufa dietro di me e mi fermai. Dovevo affrontare quest'uomo e mostrargli che non avevo paura, o avrebbe potuto chiedersi *perché* io ne avessi. «Potete indicarmi dove si trovano le tazze da tè?»

«Siete sicura di volere il tè?» La sua voce era una sorta di fusa che trovai ipnotica. «O siete scesa qui a cercare qualcos'altro?»

«Tè» dissi, debolmente. «Decisamente tè.»

Era molto vicino ora, i suoi piedi toccavano l'orlo della mia gonna. Gli arrivavo solo alla spalla. Le candele erano sul tavolo dietro di lui, ma riuscivo ancora a distinguere la feroce intensità nel suo sguardo mentre si agganciava al mio. Non riuscivo a distoglierlo. Non volevo.

Il mio cuore martellava contro il petto, soffocando ogni pensiero sensato, lasciandomi solo con pensieri folli. Quelli in cui mi immaginavo di baciare Mr. Glass e di essere baciata a mia volta.

Come se mi avesse letto nel pensiero, le sue dita toccarono le mie. Mi accarezzò il palmo e risalì fino alla parte inferiore del mio polso. Tracciò una vena pulsante e scostò il polsino di pizzo. Il suo dito continuò a salire, su, finché non toccò la punta del coltello.

Non trasalì, non indietreggiò sorpreso. Sapeva che la lama era stata lì per tutto il tempo. Continuò a guardarmi con quelle pozze profonde e scure.

Non mi ritrassi, nonostante il mio cervello mi urlasse di fuggire. Anche il mio cuore protestava, sbattendomi contro le costole. Non potevo muovermi. Non osavo. Fuggire lo avrebbe invitato a prendermi, e ciò che avrebbe potuto farmi mi spaventava tanto quanto mi elettrizzava.

«Attenzione, Miss Steele.» Il tono denso e vellutato conteneva più umorismo che minaccia, eppure non fece nulla per calmare i miei nervi. «Fa caldo qui. Non vi scottate.» Indietreggiò, lasciando il coltello nascosto nella mia manica, poi si voltò. Chiaramente non era preoccupato che potessi lanciargli la lama nella schiena. «Le tazze da tè sono in quella credenza là» disse, uscendo. «Non restate alzata troppo tardi. Domani voglio partire presto.»

Svanì con la stessa rapidità con cui era apparso. Dovetti sedermi sullo sgabello vicino alla stufa per non rischiare di cadere, tanto le mie gambe erano deboli. Il mio petto si sollevava per prendere aria, come se avessi corso di nuovo per tutto il tragitto da Oxford Street. Finalmente, dopo qualche minuto, la nebbia si ritrasse dalla mia testa e fui di nuovo in grado di pensare e non semplicemente di *sentire*. Ma tutto ciò a cui riuscivo a pensare era che la mia reazione a lui era stata pura follia. Mai, prima, mi ero ridotta a un tremante gomitolo di nervi per un uomo.

Mai, prima, mi ero sentita così viva in presenza di uno di loro, né così desiderabile.

Quest'ultimo pensiero mi sconvolse nel profondo e mi fece scappare dalla cucina prima che potesse tornare. Corsi nella mia stanza, chiusi la porta e la sprangai, poi infilai il coltello sotto il cuscino.

Non mi fidavo di lui prima e certamente non lo potevo fare ora. Doveva sapere che lo sospettavo ma, cosa forse peggiore, aveva dimostrato a se stesso e a me che aveva il potere di trasformarmi in una sciocca senza cervello che cadeva con facilità sotto il suo incantesimo.

Anche se non era un fuorilegge, era comunque molto pericoloso.

* * *

MI SVEGLIAI SENTENDOMI PIÙ DETERMINATA che mai a riscuotere la ricompensa per l'arresto di Mr. Glass. Dimostrare che era il Dark Rider non solo mi avrebbe resa più ricca per la bella somma di duemila dollari americani, ma avrebbe anche dimostrato a me stessa che non mi sarei più lasciata manipolare. Mi stava impiegando come sua guida, ma questo era tutto. Non sarei caduta preda del suo fascino per poi finire per proteggerlo dalle autorità. Avrei indicato loro la verità.

Tutto ciò di cui avevo bisogno ora era la prova che fosse il fuorilegge menzionato nel giornale: per quanto avessi bisogno dei soldi della ricompensa, non potevo mandare l'uomo sbagliato al patibolo.

Quel mattino Mr. Glass sembrava distratto dal paesaggio del tutto privo di interesse fuori dal finestrino della carrozza. Stavamo tornando a Westminster, per finire di interrogare gli orologiai che non eravamo riusciti a vedere il giorno prima, e non ci eravamo ancora scambiati più di un educato saluto. Ciò rendeva il lento viaggio nel traffico snervante. Volevo rompere il ghiaccio, ma non sapevo come. Ero ancora frastornata dal nostro incontro in cucina e il mio cervello non funzionava ancora correttamente. Era sconcertante questa sensazione, e non mi piaceva.

«Il tempo sembra essersi guastato» dissi. Nel dubbio, discutere del tempo, così diceva sempre mia madre. «Non dovremmo lamentarci dopo la nostra serie di belle giornate, ma è comunque un peccato.»

Il suo sguardo perlustrò la strada su e giù prima di distoglierlo, finalmente. Si appoggiò allo schienale, con la fronte aggrottata. «Mi dispiace, Miss Steele, stamattina sono un po' distratto.»

«Per una qualche ragione in particolare?»

All'improvviso lui sorrise. Fu uno spettacolo mozzafiato. «I miei pensieri sono assorbiti dalla possibilità di subire un'aggressione con un coltello.»

«Se così fosse, la vostra attenzione dovrebbe essere rivolta all'interno della carrozza piuttosto che all'esterno.»

«Infatti.» I suoi occhi scintillarono di divertimento. Chiaramente non mi riteneva una minaccia.

«Spero che capiate che non intendevo usarlo contro di voi, nello specifico.»

«Allora contro chi, nello specifico, intendevate usarlo?»

«Contro chiunque avesse tentato di entrare nella mia stanza. Sono una donna sola in una casa di sconosciuti, tre dei quali uomini e una donna a cui non sembro piacere molto. Mi dispiace se questo offende il vostro senso dell'onore, ma sto semplicemente usando cautela.»

Il sorriso scomparve dal suo volto. Mi dispiacque vederlo svanire. «Capisco perfettamente. Siete una donna sola al mondo, catapultata in una casa piena di gente che conoscete appena. Non sono offeso, sono un ammiratore. Siete una donna eccezionale.»

Avrebbe dovuto fermarsi dopo la prima frase. Il resto delle sue lodi era esagerato, per essere credibile. Accoppiato a un sorriso gentile che non sembrava del tutto sincero, era davvero troppo. Ne avevo abbastanza. Volevo che sapesse che potevo vedere oltre la sua recita, sia quella della notte precedente che quella di oggi, se non altro perché smettesse quella ridicola farsa. «Vi prego, Mr. Glass, lodi così eccessivamente effusive non sono necessarie.»

«Non le definirei eccessive.» Si sporse in avanti e mi strinse una mano tra le sue. «Miss Steele, sono sincero.»

Ritrassi la mano di scatto. «Basta» sbottai. «Non so se stiate tentando di sedurmi o semplicemente di essermi amico, ma cerchiamo di essere chiari. Non sono una donnetta sciocca che si lascia incantare da belle parole, sorrisi smaglianti e sguardi ardenti.»

Con mia sorpresa, si mise a ridere, ma con una nota aspra. «Davvero? Allora come *ha fatto* Hardacre a conquistarvi?»

Mi irrigidii. La mia relazione con Eddie non era affar suo ed era il colmo della maleducazione tirarla in ballo. Eppure mi sentii costretta a rispondere. Avevo voluto che Mr. Glass abbandonasse i suoi falsi modi da gentiluomo, e ora che l'aveva fatto, dovevo sopportarne le conseguenze. «Ho ponderato a fondo le mie opzioni prima di accettare la sua mano. Eddie era sempre piacevole e simpatico. Sfortunatamente, era anche un attore molto migliore di voi. Non riuscii a vedere oltre le sue parole, i suoi sorrisi e i suoi sguardi finché non fu troppo tardi. O forse da allora ho imparato alcune cose sugli uomini e ora sono più saggia.»

«Oppure siete semplicemente una pessima giudice di caratteri. Vi siete sbagliata su di lui, quindi forse vi state sbagliando anche su di me. È un peccato, ma non saprete mai se desidero sinceramente essere vostro amico.» Sospirò teatralmente e tornò a guardare fuori dal finestrino. «Peccato.»

Ugh. Quell'uomo era peggio di quanto pensassi.

Il resto del viaggio parve durare ore, ma un rapido controllo dell'orologio che tenevo nella reticella mostrò che erano passati solo quindici minuti quando Cyclops fermò la carrozza davanti a Underwood Orologi da Polso e da Parete. Rimasi in carrozza, dato che Mr. Underwood mi conosceva.

Mr. Glass non rimase a lungo all'interno della bottega e tornò alla carrozza dopo solo pochi minuti. Fece una pausa prima di salire nella cabina, lo sguardo fisso su qualcosa dietro di noi. Mi voltai per guardare dal finestrino posteriore, ma c'era solo un calessino che si allontanava senza passeggeri.

«Che c'è?» gridò Cyclops dal suo sedile.

«Niente» disse Mr. Glass. «Prosegui.» Salì e si accomodò sul sedile di fronte a me.

«Novità?» chiesi, le prime parole che ci scambiavamo dopo la nostra gelida discussione. Speravo che ponessero fine al silenzio.

«Nessuna,» disse lui con un sospiro. «Mr. Underwood ha più o meno l'età giusta, ma non è Chronos. Tanto per cominciare, ha il naso troppo grande.»

«Conosceva qualcuno che potesse corrispondere alla descrizione?»

«No, ma ho avuto la sensazione che mentisse.»

«Perché avrebbe dovuto mentire?»

Il suo sguardo passò da me all'esterno. Accarezzò con un dito il bordo inferiore del finestrino. «Il problema è come convincerlo a dirci quello che sa.»

«Siete assolutamente certo che stesse mentendo?»

«Sì.» Il suo dito si fermò. «Sapete qualcosa su di lui che potremmo usare come leva?»

«Leva? Intendete ricattarlo?»

Ebbi la sensazione che si stesse sforzando di non alzare gli occhi al cielo. «No, intendo leva. Il ricatto è molto più sinistro. Non desidero fargli del male.»

«Soltanto usarlo.»

«Accedere alle sue informazioni.»

«Informazioni che lui non vuole darvi.»

«Sapete o non sapete qualcosa su Mr. Underwood che possiamo usare per... incoraggiarlo a dirci quello che nasconde?» Il suo tono era molto più energico e meno paziente di qualsiasi altro avesse usato con me prima. Mi sentii come se dovessi ricompensarlo per essere così franco con me.

«Io no, ma conosco qualcun altro che potrebbe conoscere la persona a cui si riferisce Mr. Underwood.»

«Pensate che rivelerà le informazioni?»

«Può darsi. Mr. Glass, c'è qualcosa riguardo al vostro orologiaio che non mi state dicendo? Qualcosa che gli dia un motivo per rimanere anonimo?»

Il suo dito riprese il lento percorso lungo il bordo inferiore del finestrino, dove il vetro incontrava il legno. «Niente.»

«Non vi credo.»

Le sue labbra si tesero. Inarcai un sopracciglio in segno di sfida e lui imprecò a bassa voce. «Non sta a me divulgare le sue ragioni. Sono sue.»

Sussultai. «È un fuorilegge?»

«No. Ora basta domande, per favore. Non è compito mio dare risposte. Dunque, dove possiamo trovare questo vecchio orologiaio che conoscete?»

«Dall'altra parte del fiume.» Gli diedi le indicazioni e lui aprì il finestrino per comunicarle a Cyclops. Cyclops rispose gridando che avrebbe trovato la strada usando la sua mappa, grazie tante.

Mr. Glass tornò al suo posto. «Qual è l'informazione che posso usare come leva?»

«Sarà meglio se la sentirà da me» dissi. «Entrerò con voi nel suo negozio.»

«È una mossa saggia, considerando la reazione che avete ricevuto ieri?»

«Non tenterà lo stesso trucco di Abercrombie.»

«Come fate a saperlo?»

«Perché…» Non ne avevo la certezza. La reazione degli altri orologiai di Oxford Street, non solo di Abercrombie, era stata inaspettata e inspiegabile. «Non è sgradevole come Abercrombie» fu tutto ciò che dissi. Anche se, dopo che avessi finito di fare pressioni su di lui, avrebbe potuto rivoltarmisi contro.

Ci volle un po' di tempo per superare il traffico, attraversare il ponte sul fiume e raggiungere Clapham. Cyclops non si perse neanche una volta e si fermò davanti al negozio di Mr. Lawson su High Street. Mr. Glass scese per primo e mi porse la mano per aiutarmi a scendere i gradini della carrozza. Avevamo a malapena scambiato due parole durante il viaggio, così mi feci un punto d'onore di ringraziarlo per rompere il silenzio.

Entrai per prima e mi avvicinai al bancone dove Mr. Lawson sedeva curvo su uno sgabello, armeggiando con un orologio. Alzò lo sguardo sopra gli occhiali verso di me e lasciò cadere l'orologio sul bancone. Una molla saltò fuori.

«Miss Steele! Che cosa ci fate qui?»

Raccolsi l'orologio e reinserii la molla al suo posto. L'orologio riprese a ticchettare. Glielo porsi, ma lui si limitò a fissarlo, con la bocca socchiusa.

«Era rotto!» esclamò.

«E io l'ho riparato.» Continuai a porgergli l'orologio, ma lui ancora non lo prendeva. «La molla doveva solo essere rimessa a posto.» Mi sentii una sciocca a spiegarglielo, quando anche lui doveva essersi accorto che era caduta.

Scosse la testa. «Quella molla non era il problema. Ci ho lavorato tutta la mattina e non riuscivo a trovare nulla che non andasse, eppure non funzionava.»

Forse aveva bisogno di occhiali nuovi. Posai l'orologio sul

bancone. Lui lo prese per la catena e lo spostò di lato, a distanza di un braccio. Poi si allontanò da me.

«Mio Dio» mormorò, continuando a fissarmi come se avessi due teste. «Innaturale.»

Sentii la solida presenza di Mr. Glass alle mie spalle, molto vicino. Era rassicurante, ma non abbastanza da scacciare la mia curiosità. «Mr. Lawson, perché avete paura di me?»

Il vecchio orologiaio si toccò i baffi bianchi che nascondevano il labbro superiore. Fece una piccola risata nervosa. «Paura di voi? Niente affatto, Miss Steele, niente affatto. Sono semplicemente… sopraffatto dal vedervi dopo tutto questo tempo.» Il suo sguardo si spostò sull'orologio, poi di nuovo su di me. Le sue numerose rughe si contrassero in un profondo cipiglio. «Vostro padre e io non siamo stati amici in questi ultimi anni.»

«No, non lo siete stati.»

«Cosa volete? Non posso offrirvi un impiego.»

«Non voglio lavorare per voi.»

Sembrò sollevato.

«Questo è Mr. Glass» dissi. «Mr. Glass, vi presento Mr. Lawson.»

Mr. Glass tese la mano. Mr.Lawson non si avvicinò, così Mr. Glass la abbassò.

«È questo Chronos?» chiesi.

Mr. Glass scosse la testa. Poi raccontò la sua breve storia del misterioso Chronos e chiese a Mr. Lawson se conoscesse un uomo di età simile alla sua che potesse essere stato all'estero cinque anni prima.

Più Mr. Glass parlava, più gli occhi dell'orologiaio si spalancavano, ed erano già piuttosto grandi. Ero convinta che conoscesse l'uomo che Mr. Glass stava descrivendo.

«Allora?» lo incalzai. «Chi è?»

«Nessuno.» Mr. Lawson indietreggiò contro il muro, urtando un orologio a pendolo appeso lì. «Non conosco nessun uomo del genere.»

Guardai Mr. Glass. Lui annuì gravemente. «Ci state mentendo» dissi a Mr. Lawson. «Voi *sapete* chi stiamo cercando.»

Lui alzò le mani e ancora una volta la sua spalla urtò l'orologio. Che si inclinò a destra. «Non è vero! Per l'amor del cielo, Miss Steele, sono un vecchio. Vi prego, lasciatemi in pace.»

«Siete un vecchio che è anche un bugiardo. Avete rubato il mio progetto di orologio, lo avete presentato alla competizione della corporazione e avete vinto. Il *mio* progetto, Mr. Lawson. Quel premio sarebbe dovuto andare a me.»

La mano di Mr. Glass mi toccò la parte bassa della schiena. Per darmi equilibrio? Per rassicurarmi? Per prepararsi a impedirmi di saltare oltre il bancone?

«Ah. Quello.» Mr. Lawson si lisciò di nuovo i baffi ed emise un'altra risata nervosa.

«Sì, quello.»

«Andiamo, Miss Steele, non c'è bisogno di prendersela per qualcosa successa diversi anni fa.»

«Non sono arrabbiata!» Mi schiarii la gola e dissi, più calma: «Sono disposta a sorvolare sul vostro furto se voi—»

«Furto! Non mi spingerei a tanto, Miss Steele. Vi state comportando in modo piuttosto isterico.»

Premetti le nocche sul bancone e mi sporsi in avanti. Lui si appiattì contro il muro, facendo cadere del tutto l'orologio. Questo si schiantò a terra in una cacofonia di legno scheggiato e un unico *cucù* stonato. Mr. Lawson si spinse gli occhiali sul naso.

«Era un furto» ringhiai. «La corporazione non la prenderà bene se scoprirà quello che avete fatto. Lo statuto prevede che chiunque venga sorpreso a barare a un concorso a premi venga espulso dalla corporazione.»

«Io… non sono così sicuro che vi crederebbero, considerando i vostri trascorsi con loro. Potrebbe essere visto come una ripicca da parte vostra.»

Era proprio di questo che non ero sicura, ma ero arrivata fin lì. Potevo bluffare fino alla fine. «Getterebbe abbastanza dubbi nelle loro menti da farvi tenere d'occhio molto da vicino, Mr.Lawson. Ora, sono disposta a lasciar perdere la questione, come mio padre e io scegliemmo di fare allora, se ci dite cosa sapete dell'uomo che Mr. Glass sta cercando.»

Si leccò il labbro superiore, inumidendo le punte dei baffi che poi si mise a lisciare.

«Andiamo, Mr. Lawson. So che lo conoscete. Non siete così bravo a mentire.»

Guardò oltre me, verso Mr. Glass. «Si chiama Mirth. Potrebbe essere o non essere l'uomo che cercate, ma corrisponde alla vostra descrizione. Aveva un negozio qui vicino finché non partì per l'estero alcuni anni fa.»

«Cinque anni?» lo incalzò Mr. Glass.

Mr. Lawson si strinse nelle spalle. «Forse di più, forse di meno. Alla mia età gli anni si confondono.»

«Sapete dove andò durante i suoi viaggi?» chiesi.

«No. Un giorno semplicemente chiuse il negozio e non lo riaprì più al suo ritorno.»

«Il nome non mi è familiare» dissi. «Era un orologiaio di queste parti?»

Sbuffò e si spinse di nuovo gli occhiali sul naso. «Non conoscete ogni orologiaio che abbia mai lavorato a Londra, Miss Steele.»

Aveva ragione. «Dov'è adesso?»

«Ho sentito dire che si trovava alla Aged Christian Society di Sackville Street, ma è stato qualche tempo fa. Potrebbe essere deceduto.»

«Dov'è Sackville Street?» chiese Mr. Glass.

«Una traversa di Piccadilly.»

«La conosco» dissi.

«Grazie, Mr. Lawson» disse Mr. Glass. «Siete stato molto d'aiuto.»

«Buona giornata.» Mr. Lawson si schiarì la gola e si allontanò di un passo dal muro. «Miss Steele, mi promettete di non menzionare quel piccolo incidente a nessuno della corporazione? Dopotutto, risale a diversi anni fa.»

«Finché le vostre informazioni non si riveleranno false, non vedo motivo per cui dovrei parlarne.» Mio padre aveva deciso di non fare storie, all'epoca, e sebbene mi bruciasse che Mr. Lawson l'avesse passata liscia, probabilmente mio padre aveva avuto ragione. L'onere della prova era nostro, e non ero sicura di avere prove sufficienti a convincere i membri prevenuti della corporazione. «Buona giornata, Mr. Lawson. Spero che il vostro orologio a cucù non sia troppo danneggiato.»

Uscii con Mr. Glass. «Siete stata eccellente, là dentro» disse mentre mi aiutava a salire il gradino della carrozza. Sembrava di nuovo stanco, anche se non esausto.

«Non ricominciate, Mr. Glass» sibilai. «Non sono dell'umore per le vostre false gentilezze.»

La sua mascella si tese. «Non stavo fingendo.» A Cyclops, disse: «Vai a Sackville Street, una traversa di Piccadilly.» Ripiegò il gradino, salì nella cabina e si sedette di fronte a me. Chiuse la porta sbattendola.

Dovevo averlo turbato. Pazienza. I suoi umori non erano di mio interesse. Tuttavia, ciò significava un altro viaggio sgradevolmente imbarazzante.

Non passò molto tempo prima che mi pentissi del mio sfogo. Mr. Glass era sembrato sincero, ed era stato ingiusto da parte mia scattare contro di lui mentre ero arrabbiata con Mr. Lawson.

«Miss Steele» disse, distogliendo lo sguardo dal finestrino. «Devo chiedervi qualcosa riguardo a quello scambio con Mr. Lawson. Posso farlo senza rischiare che mi stacchiate la testa a morsi?»

Strinsi le labbra per reprimere un sorriso. «Avanti.»

«Avete riparato quell'orologio per lui, anche se lui non ci riusciva. Com'è possibile?»

Mi strinsi nelle spalle. «È vecchio e forse dovrebbe andare in pensione. Si trattava solo di riattaccare la molla.»

«Mr. Lawson ha decenni di esperienza, eppure vorreste farmi credere che si sia perso qualcosa di così semplice?»

«Quale altra spiegazione ci sarebbe? Non funzionava; l'ho riparato facilmente quando lui non ci riusciva. Non c'è altro da aggiungere.»

Annuì lentamente senza distogliere lo sguardo da me. Lo trovai snervante, così mi concentrai sulle strade che ci sfilavano accanto. Dopo diverse svolte, mi resi conto che non stavamo andando nella direzione giusta. Aprii il finestrino e gridai a Cyclops.

Lui si sporse e guardò indietro in modo da potermi vedere, poi si toccò il lato del naso come per mantenere un segreto. Richiusi il finestrino.

«Cosa ha detto?» chiese Mr. Glass, massaggiandosi le tempie.

«Che sa quello che fa.»

Quando ci fermammo in Park Street, Mr. Glass spalancò la porta e saltò giù prima che la carrozza si fosse completamente fermata davanti a casa sua. «Che diavolo stai facendo?» ruggì a Cyclops.

«Ti porto a casa a riposare» disse Cyclops. «E abbassa la voce. Stai spaventando il cavallo.»

La porta d'ingresso del numero sedici si spalancò proprio mentre scendevo dalla carrozza. Una donna sulla cinquantina stava sulla soglia, un'espressione rabbiosa sul volto mentre squadrava sia me che Mr. Glass. Vestita di pizzo nero dalla testa ai piedi, sembrava una ragnatela in lutto.

«Matt!» gridò Willie da dietro di lei. «Meglio che entri subito, prima che faccia una scenata.»

«Voi!» La donna puntò il dito contro Mr. Glass prima che avesse la possibilità di muoversi. «Abusivo! Intruso! Uscite da casa mia o vi faccio arrestare.»

CAPITOLO 7

«Vagabondo!» gridò la donna con voce stridula. «Ladro di case!» Avanzò giù per i gradini, continuando a puntare il dito contro Mr. Glass. Le tremava la mano e, accanto a lui, sembrava minuscola e fragile, eppure lo affrontò come se fosse una guerriera. L'ammirai immensamente.

Rimasi sul selciato, in attesa di vedere la reazione di Mr. Glass. Cyclops non fece avanzare la carrozza e Duke raggiunse Willie sulla porta. A differenza di lei, il suo sguardo era fisso su Mr. Glass, non sulla donna. Sembrava preoccupato.

Una rapida occhiata a Mr. Glass me ne rivelò il motivo. I segni rivelatori della stanchezza gli segnavano gli occhi e la bocca. «Vi sbagliate, signora» disse. «Questa casa è di mia proprietà.»

La *possedeva*? Avevo pensato che l'avesse semplicemente presa in affitto. Come aveva fatto un americano a diventare proprietario di una casa in una delle zone più belle di Londra?

«Voi non potete possedere questa casa» disse la donna con uno sbuffo altezzoso. «Appartiene a mio nipote.»

Gli occhi di Willie si spalancarono a tal punto che rischiarono di uscirle dalle orbite.

«Palle di coyote» borbottò Duke.

Mr. Glass sbatté le palpebre più volte prima di schiarirsi la voce. «Allora voi dovete essere Miss Letitia Glass.» Fece un inchino. «Io sono Matthew Glass. Vostro nipote.»

La donna barcollò all'indietro, inciampando sullo scalino. Willie e Duke la sorressero e la rimisero in piedi. Lei parve a malapena accorgersi dello sfiorato incidente o delle persone alle sue spalle, nonostante un'altra espressione colorita fosse sfuggita dalle labbra di Duke.

«No» mormorò. «No, no, no. Voi non potete essere Matthew. Lui è in America, a fare… cose da americani. Mi avrebbe scritto per avvisarmi del suo arrivo.» Si sporse in avanti, lo scrutò strizzando gli occhi, poi si tirò indietro e continuò il suo esame, come se la distanza potesse aiutarla a vederlo meglio.

«Perché avrei dovuto scrivere, se non l'ho mai fatto prima?» disse Mr. Glass. «Zia Letitia—»

«Non chiamarmi così» sbottò lei. Allungò una mano e gli afferrò il mento. Lui avrebbe potuto evitare la sua presa, ma sopportò l'ispezione mentre lei gli girava la testa da una parte e dall'altra. «Mmm. Hai un po' del portamento dei Glass, e sei bello come tuo padre. Ma non puoi essere Matthew. Lui ha solo trent'anni. Tu sembri molto più vecchio.»

«È stato malato» disse Willie.

Mr. Glass lanciò un'occhiata tagliente alla cugina mentre Letitia Glass lo lasciava andare. «Non sono convinta. Dimostratemi che siete Matthew e vi permetterò di rimanere qui.»

«Mi *permetterete*?»

«Sì. Ve lo permetterò, signor Chiunque-Voi-Siate. Più vi guardo, più dubito che siate mio nipote. Il mio carissimo fratello non avrebbe cresciuto suo figlio insegnandogli a essere impertinente con sua zia. Harry aveva buone maniere.»

Alla menzione di suo padre, Mr. Glass abbassò il capo. Sospirò profondamente.

«*Voi* dimostrate chi siete» disse Duke prima che Mr. Glass potesse rispondere.

La minuscola donna si rivolse a lui. «Tutti mi conoscono.» Fece un cenno con la mano verso la finestra vicina. La tenda si mosse e il volto che stava osservando scomparve. «Sono molto conosciuta a Londra. Ero — sono — una cara amica della regina.» Si toccò i ricci grigi sulla nuca, che spuntavano da sotto la nuvola di velo nero che circondava il suo cappello. «Sono stata ritratta da grandi maestri, corteggiata da principi stranieri e ho pranzato in palazzi sontuosi. Una volta, un cavaliere bianco ha persino ucciso un drago per me.»

Un silenzio sbalordito seguì la sua strana dichiarazione mentre tutti la fissavamo. Cominciò a cadere una pioggia leggera e la tenda della casa vicina si scostò di nuovo. Letitia Glass se ne stava in mezzo a noi con il mento proteso in fuori, la schiena dritta e un luccichio negli occhi che ora sospettavo fosse pazzia.

«Miss Glass» dissi, gentilmente. «Mi chiamo India Steele e sono lieta di fare la vostra conoscenza. Vi prego, entrate per ripararvi dalla pioggia. Prenderemo una tazza di tè e vedremo di risolvere questo malinteso. Vi do la mia parola che nessuno vi farà del male.»

Esaminò il mio viso, i miei abiti, la borsetta che pendeva dal mio polso. «In effetti sembrate una brava e rispettabile ragazza *inglese*.» Lanciò a Willie un'occhiata velenosa.

Willie aprì la bocca per dire qualcosa, ma Mr. Glass scosse la testa e lei la richiuse.

Miss Letitia Glass risalì sul portico e, dopo una breve esitazione, prese il braccio che Duke le offriva.

«Nessuno le farà del male?» mi mormorò all'orecchio Mr. Glass. La sua mano sul mio gomito si strinse forte. «Mi ritenete capace di fare del male a delle anziane signore?»

«Mr. Glass...» mi fermai prima di dirgli che non mi fidavo di lui e dissi invece: «L'ha rassicurata, questo, non è vero? C'è qualcosa che potete mostrarle per dimostrare chi siete?»

«È per il suo bene o per il vostro?» Mi lasciò andare e mi invitò a entrare prima di lui.

«Non ho mai dubitato che voi foste Matthew Glass» dissi, passandogli davanti. «Fino a ora.»

Mr. Glass non si unì a noi, e Duke scomparve dopo aver depositato Miss Glass sul divano del salotto. Mi sedetti accanto a lei, sperando che la mia presenza le desse un qualche senso di conforto, sebbene non sembrasse averne bisogno. Sedeva come se quello fosse il suo posto, con le gonne nere che occupavano gran parte del divano. Toccò una pietra nera lucida, incastonata nell'oro, appuntata al vestito alla base della gola, e arricciò il naso.

«Questa stanza puzza di stantio» commentò. «Dovreste aprirla.»

«Non ha senso» disse Willie. «Ce ne andremo presto, e comunque qui piove sempre oppure l'aria è piena di fuliggine.»

«Miss Glass» dissi, «mi parli di suo nipote, Matthew.» Volevo scoprire il più possibile su di lui prima che tornasse. Sempre che il tizio che mi aveva assunta fosse davvero suo nipote.

«Chiedilo a lui» intervenne Willie.

«Mi risponderebbe?»

Lei si limitò a un'alzata di spalle.

«Mio fratello mi è così caro» disse Miss Glass con nostalgia. I suoi occhi si annebbiarono e dubitai che vedesse ciò che la circondava. «È così vivace e allegro, e terribilmente gentile. Eccelle in tutto ciò a cui mette mano. Così intelligente e amabile. Tutti lo adorano e vogliono essere suoi amici. Tranne papà, ovviamente.» La sua bocca si piegò in una smorfia. «E Richard.»

«Ehm, Miss Glass.» Lanciai un'occhiata a Willie. Lei ricambiò con un'alzata di spalle. «Stavo chiedendo di Matthew Glass, vostro nipote, non di vostro fratello.»

«Vostro fratello è morto.» Willie alzò la voce, come se Miss Glass fosse sorda.

«Willie!» sibilai.

Miss Glass si mosse e si agitò sul divano. «Sì. Certo che lo è. Lo so.» Abbassò la testa, ma non prima che io vedessi delle lacrime spuntarle agli occhi.

«Cosa sapete di Matthew?» tentai di nuovo.

«Niente» disse Miss Glass. «Non l'ho mai incontrato. Harry mi scrisse quando sua moglie diede alla luce un figlio. Fu trent'anni fa, ma sembra ieri. Ero felice per lui. Per entrambi, sebbene non abbia mai conosciuto lei, ovviamente. La sua gente era povera gente americana, capite, e per nulla adatta a un Glass. Ma Harry, essendo Harry, la sposò comunque. È sempre stato il romantico della famiglia.» Sospirò.

Willie si irritò. «Povera gente americana?» ripeté.

«Gente del tutto inappropriata» ribadì Miss Glass. «Tutta molto... rozza, così diceva una delle prime lettere di Harry.»

Sospirò di nuovo. «Scrisse spesso dopo aver annunciato la nascita di Matthew, ma Richard mi nascose le lettere. La governante me ne parlò, ma non osò prenderle come le avevo chiesto.»

«Chi è Richard?» mi azzardai a chiedere.

«Mio fratello e l'attuale barone di Rycroft.»

«Barone!» sbottammo sia io che Willie.

«Un vero barone o è solo come alla gente piace chiamarlo?» chiese Willie.

«Perché mai qualcuno dovrebbe chiamarlo barone se non lo è?» Miss Glass rise come una ragazzina. «Sciocchi americani» mi disse, come se condividesse uno scherzo privato con un'altra signora inglese.

Ero ancora troppo sbalordita per rispondere. Mr. Glass era il nipote di un barone! Ma era fin troppo straniero. E sebbene sapesse comportarsi abbastanza bene da gentiluomo, non c'era nulla di nobile in lui. Sicuramente c'era un errore e lui non era il Matthew Glass imparentato con questa donna.

Ciò lo avrebbe reso un bugiardo e un occupante abusivo, come lo aveva chiamato lei. Da lì a fuorilegge il passo era breve. Un'inquietudine mi si insinuò fin nelle ossa. Se questa donna avesse potuto dimostrare che non era Matthew Glass, allora avrebbe potuto essere in pericolo nella sua stessa casa.

Duke entrò portando un vassoio. Versai il tè perché Willie era impegnata a raccontare a Duke ciò che Miss Glass aveva detto. Usai entrambe le mani, una per stabilizzare l'altra.

«Lo sapevi?» Willie tormentò Duke.

Lui scosse la testa. «Non lo sapevi? Ma sei sua cugina.»

«Cugina?» sbuffò Miss Glass. «Cosa vi dicevo, Miss Steele? Mio fratello ha sposato una rude famiglia americana, ed eccone la prova.» Accettò la tazza e mi rivolse un sorriso gentile, come se non avesse appena insultato Willie.

Willie le si avvicinò, le mani sui fianchi, le narici dilatate come quelle di un toro infuriato. Non parlò per un lungo momento, limitandosi a respirare pesantemente e a fulminare Miss Glass con lo sguardo. «Si rimangi quello che ha detto!» disse infine.

«Perché dovrebbe?» grugnì Duke. «Ha ragione.»

Willie tornò da lui e gli diede un pugno così forte sulla spalla che lo costrinse a fare un passo indietro. Uscì infuriata dal salotto al suono delle risate di lui. «Vi abbiamo sconfitto in guerra!» gridò da fuori.

«Siamo stati in guerra con l'America?» chiese Miss Glass, una mano sul petto. «Mio Dio, che cosa terribile.»

«Credo che si riferisca alla Guerra d'Indipendenza di oltre cento anni fa» dissi, cercando di non sorridere per il sollievo. Willie, almeno, non era una minaccia, per il momento.

Miss Glass sorseggiò il suo tè. «Dov'è?» chiese guardando oltre Duke, verso la porta. «Dov'è il tizio che si spaccia per mio nipote? Voglio dargli un'altra occhiata.»

«Si calmi» disse Duke. «Tornerà presto.»

Miss Glass si diede una pacca sui ricci grigi.

Mr. Glass entrò a grandi passi nel salotto, e Miss Glass si raddrizzò immediatamente a sedere. Lei non riusciva a staccargli gli occhi di dosso, né lui da lei. Sembrava di nuovo più in salute, i segni della malattia e della stanchezza scomparsi. Trascinò una sedia per sedersi vicino alla donna e le porse una fotografia su lastrina metallica. Ne tenne un'altra indietro.

«Qui sono io con i miei genitori» disse a bassa voce. «Avevo circa tre anni.»

Osservò intensamente la reazione di Miss Glass. Gli occhi di lei brillavano di lacrime non versate mentre tracciava con il pollice l'uomo nella fotografia. Doveva essere suo fratello, allora. Assomigliava in modo straordinario a come era ora Mr. Glass, solo con i baffi e i capelli con la riga di lato. Stava un po' dietro alla donna seduta con gonne a crinolina. Era molto graziosa, con lineamenti sottili e grandi occhi. Teneva la mano del bambino che guardava accigliato la macchina fotografica. Sembrava che non sopportasse di dover stare fermo così a lungo.

«E qui sono io con i miei genitori poco prima che si ammalassero. Avevo quindici anni.»

L'aspetto della coppia era cambiato di poco. L'abito di lei era scuro anziché chiaro, le gonne non più così ampie, e portava una cuffia sui capelli. L'attaccatura dei capelli dell'uomo aveva cominciato a ritirarsi un po', ma era ancora molto bello. Il ragazzo era cresciuto e ora stava dietro all'altro fianco della madre. Era più alto di suo padre, con spalle larghe, e non guardava più accigliato la macchina fotografica ma la fissava direttamente con un'espressione calma. Il suo viso poteva essere più giovanile, ma era inconfondibilmente l'uomo seduto di fronte a me, e sicuramente era il figlio dell'uomo ritratto in entrambe le fotografie. Era un miracolo che Miss Glass non avesse notato subito la sorprendente somiglianza nel vederlo. D'altra parte, era un po' tocca.

Tirò su col naso rumorosamente. Mr. Glass le porse il suo fazzoletto e lei si asciugò gli occhi. «Harry» sussurrò, accarezzando di nuovo la lastrina metallica. «Mio carissimo Harry.»

Mr. Glass la osservava, con i gomiti sulle ginocchia, la gola che si muoveva a ogni deglutizione. «Zia Letitia?» mormorò.

Lei si asciugò una guancia con il fazzoletto e restituì le fotografie. Gli strinse entrambe le mani. «Matthew» sussurrò. «Abbiamo così tanto di cui discutere. Dobbiamo fare in fretta.»

«In fretta? Perché?»

Agitò la mano che teneva il fazzoletto. «È vero che i tuoi genitori sono morti di una malattia?»

Lui annuì. «Entrambi sono morti a poche settimane di distanza l'uno dall'altro.»

«E poi cosa hai fatto?»

Si appoggiò allo schienale della sedia e studiò ciascuna delle lastrine. «Sono tornato dalla famiglia di mia madre in California. Finché non sono stato abbastanza grande per andarmene» aggiunse con un tono gelido.

Ero seduta sulla punta della sedia, in attesa che distribuisse altri pezzi del puzzle che potessero aiutarmi a risolvere il mistero di Mr. Glass.

«Perché sei venuto in Inghilterra dopo tutto questo tempo?» chiese lei. «Harry giurò che non sarebbe mai tornato.»

«Sto cercando qualcuno.» Il suo sguardo guizzò verso di me, poi di nuovo verso sua zia. Era la prima volta che riconosceva la mia presenza da quando era entrato nel salotto.

«Capisco. Be', sono felice che tu sia venuto». Gli strinse le mani tra le sue. «Sei sposato?»

Lui si liberò. «No.»

«Promesso a qualcuna?»

«No».

«Eccellente! Dobbiamo trovarti una sposa ora che sei a casa. Una brava ragazza inglese, qualcuno del nostro ceto.» Schioccò la lingua. «Se solo sapessi quali sono le ragazze giuste al giorno d'oggi.»

«Zia, ti prego, non sto cercando una sposa. Solo un orologiaio.» Di nuovo, mi lanciò un'occhiata. Doveva aver fretta di andarsene per parlare con l'orologiaio conosciuto come Mirth. «E non resterò a lungo. Parto martedì.»

«Martedì! Ma è troppo presto.»

Si alzò. Lei cercò di afferrargli la mano ma lui si allontanò. Non poteva non aver notato il tentativo, però. Si teneva rigido mentre andava a mettersi vicino alla mensola del camino, il più lontano possibile da noi, pur rimanendo nella stanza.

«Spero che tu stia bene, zia.»

«Sana come un pesce. Ma Matthew—»

«E lo zio Richard?»

Lei schioccò la lingua. «Ancora vivo, purtroppo.»

«Si prende cura dei tuoi bisogni?» chiese Mr. Glass.

«Sono adeguatamente nutrita e alloggiata, come uno dei suoi cavalli, se è questo che intendi.» Strinse le mani in grembo, il mento orgoglioso ancora una volta inclinato con un'angolazione imperiale. L'atteggiamento di una donna consapevole della sua posizione elevata nel mondo. La pazzia era scomparsa.

«Sa che sono in Inghilterra?» chiese Mr. Glass.

«Sì.»

«Mi ha fatto seguire?»

«Seguire? E perché mai dovrebbe averlo fatto?»

«Non so rispondere a questa domanda, ma so per certo di essere seguito.»

Ecco perché quella mattina guardava di continuo fuori dal finestrino della carrozza.

«Quando?» La voce di Duke tradiva preoccupazione.

Mr. Glass liquidò la sua domanda con un cenno del capo. Duke serrò le labbra, e pensai che avrebbe ribattuto, ma Miss Glass ricominciò a parlare.

«Richard ha sentito dire che la casa di Harry era occupata» disse lei, indicando la stanza in cui ci trovavamo. Dunque la casa era appartenuta al padre di Mr. Glass, non alla tenuta dei

Rycroft. Ciò spiegava perché l'avesse ereditata Mr. Matthew Glass. «Non so chi lo abbia avvisato. Forse uno dei vicini.»

«Molto probabile. Li ho visti che mi osservano, ma nessuno ci ha mai salutato.»

«Ho sentito per caso Richard dire a Beatrice che qualcuno occupava la casa. Non mi ha informata direttamente.»

«Beatrice?»

«Sua moglie.»

Mr.Glass annuì lentamente. «Il mio nome è stato menzionato?»

«No, solo che la casa era occupata e che avrebbe indagato.»

«Non è venuto qui» disse Mr. Glass. «Nessuno della famiglia, prima di te.»

«È stato solo stamattina che ho sentito Richard e Beatrice parlarne. Sono venuta non appena ho potuto. Non potevo sopportare l'idea di abusivi nella casa del mio Harry.»

«Gentile da parte tua preoccuparti.» Dal suo tono non avrei saputo dire se fosse sincero o meno.

«Ero molto preoccupata. Dubitavo che Richard avrebbe mosso un dito per controllare. Appena sono riuscita a fuggire, sono venuta qui.»

Ci sporgemmo tutti in avanti, con le sopracciglia inarcate. «Fuggire?» chiese Mr. Glass. «Dallo zio Richard?»

«No, da Beatrice. Le ho chiesto di portarmi a fare compere. Non mi è permesso uscire da sola, sapete.»

«Perché no?»

«Compro cose, poi Richard si arrabbia perché ho speso troppo, anche se sono soldi *miei*. Ho una rendita. Oh, e parlo con la gente.» Sorrise maliziosamente, come se fosse la cosa più birichina da fare e la facesse solo per infastidire suo fratello.

«Non le è permesso parlare con la gente?» chiesi, visto che Mr. Glass non diceva nulla. Sembrava pensieroso.

«Richard mi permette di ricevere visite solo in sua presenza o in quella di Beatrice. Non vuole che io racconti loro che uomo crudele è con me. Le apparenze sono importanti per lui. Più importanti di me.»

«Zia Letitia, non può essere così terribile» disse Mr. Glass.

«Mi stai dando della bugiarda?»

Lui inspirò bruscamente. «Niente affatto. So che mio padre non andava d'accordo con il suo, e Richard di solito si schierava dalla parte del padre, ma—»

«Di solito?» Lei sbuffò. «Ogni singola volta. Richard sapeva bene da che parte gli veniva il pane. Niente spina dorsale, è sempre stato questo il suo problema. Harry, invece, aveva più fegato di chiunque io abbia mai conosciuto. Era *questo* il *suo* problema, vedete.» La rabbia e il vigore l'abbandonarono mentre parlava, e la malinconia tornò ad affiorarle negli occhi. Mi aspettai quasi che ricominciasse a parlare di cavalieri bianchi e draghi. «Harry era altruista e coraggioso, con un cuore gentile. Diceva a nostro padre quando fosse ingiusto con i nostri contadini e il personale, e nostro padre lo odiava per questo. Lo odiava perché era generoso, lo odiava perché era migliore di lui in tutto e lo odiava perché non aveva peli sulla lingua. Lui e Richard disprezzavano Harry perché era sé stesso.»

Osservai Mr. Glass da sotto le ciglia. Rimase immobile e non proferì parola. Dopo un istante, deglutì a fatica e sbatté le palpebre rapidamente. Non ero del tutto sicura se fosse una manifestazione di commozione o meno.

«La picchia?» chiese Duke a Miss Glass.

Lo guardammo tutti.

«Suo fratello la picchia, signora?» Lo disse con tono pragmatico, come se si facessero domande del genere a degli sconosciuti di continuo.

Un'ondata di disgusto si dipinse sui lineamenti di Miss Glass. «E voi chi siete per farmi una domanda simile?»

«Sono un amico di Matt.»

«Credevo che fosse il maggiordomo.»

Duke guardò Mr. Glass con gli occhi ridotti a due fessure. «Ho bisogno di bere. Ne vuoi anche tu?»

Mr. Glass fece un cenno di diniego, e Duke lasciò il salotto. Un silenzio piuttosto imbarazzante seguì la sua partenza. Attesi che zia e nipote riprendessero una conversazione sui membri della famiglia e rievocassero i vecchi tempi, ma non lo fecero. A quanto pareva, avevano bisogno di un piccolo aiuto per imparare a conoscersi.

«Perché suo fratello Harry lasciò l'Inghilterra, Miss Glass?» chiesi.

I suoi occhi si velarono di nuovo, e mi pentii di aver sollevato l'argomento, ma ero terribilmente curiosa. Sapevo che non avrei dovuto. La loro famiglia non era affar mio. Eppure, attesi con impazienza la sua risposta.

Sfortunatamente, la donna si irrigidì all'improvviso. Il suo sguardo si fece tagliente e limpido. «E *lei* chi è, Miss Steele? Perché è qui?»

«Sono anch'io un'amica di suo nipote» dissi.

Lui non mi contraddisse, ma un velo di divertimento gli increspò gli angoli della bocca. Mi guardava apertamente, sfidandomi ad aggiungere altre bugie al mucchio. Senza dubbio me le avrebbe rinfacciate più tardi, per poi guardarmi mentre cercavo di cavarmela.

«Più conoscenti, in realtà.» Non volevo dirle che lavoravo per lui. Ciò avrebbe immediatamente sminuito il mio status ai suoi occhi, e avrebbe potuto smettere di parlare davanti a me, la servitù.

«Conoscente?» Annuì lentamente, squadrandomi di nuovo, e questa volta fui certa che stesse valutando ogni pezzo del mio abbigliamento, fino al filo di cotone. «Capisco. Un'amante sarebbe vestita meglio e indosserebbe gioielli. Nessun Glass sarebbe così tirchio da vestire la sua donna di cotone grigio. Qual è dunque la natura della vostra conoscenza con mio nipote?»

«È la mia assistente» rispose Mr. Glass prima che potessi pensare a qualcosa. «Mi assiste nel mio lavoro.»

«Tu lavori?» Sembrava che avesse assaggiato qualcosa di acido.

«Certo che lavoro» disse lui. «Non lo fanno tutti?»

Alzai gli occhi al cielo. Quell'uomo non ne aveva idea. Le classi alte americane magari lavoravano e ne andavano fiere, ma qui le migliori famiglie non amavano sporcarsi le mani. La maggior parte viveva dei propri possedimenti terrieri o faceva buoni matrimoni. Certo, c'erano ricchi gentiluomini mercanti, industriali, banchieri e simili, ma pochi nella nobiltà avevano mai fatto un giorno di duro lavoro in vita loro.

«Le dica che tipo di lavoro fa, Mr. Glass.» Era piuttosto divertente vederlo dibattersi mentre cercava di inventarsi qualcosa, e trovai difficile trattenere un sorriso. Chiaramente riteneva necessario mentirle.

Quel pensiero fece svanire del tutto il mio sorriso. Se doveva mentire, allora il suo lavoro implicava qualcosa di segreto, come essere un fuorilegge, forse.

«Gestisco gli affari di famiglia» disse, rivolgendomi un compiaciuto sorriso a labbra strette.

«Di che affari si occupa la sua famiglia?» chiesi.

«Basta con queste chiacchiere, subito.» Miss Glass rabbrividì. «La tua famiglia è qui, Matthew, e *noi* non discutiamo di cose così volgari.»

«Con rispetto, zia, ho famiglia su due continenti. La mia famiglia americana forse non è così...» Tamburellò con le dita sul bordo della tazzina mentre pensava. «Forse non è così *altolocata* come i Glass, ma è pur sempre la mia famiglia.»

Anche lei prese la sua tazza. «Ammiro la tua lealtà, ma cerca di ricordare che la famiglia di tuo padre è nobile, e quella di tua madre è gentaglia.»

Pensai che si sarebbe offeso, ma mormorò soltanto: «Non sono così leale» nella sua tazza da tè.

«Infatti» disse lei, con tono secco. «Perché non mi hai mai scritto? Tuo padre lo faceva.»

«Mi hai appena detto che le sue lettere non ti venivano consegnate, quindi che importanza ha se ti scrivevo o no?»

«Importa.»

Annuii in segno di assenso.

Mi lanciò un'occhiataccia, poi si rivolse di nuovo a sua zia. «Con rispetto, io non ti conosco. Scrivere a qualcuno che non ho mai incontrato mi sembrava strano.»

«Questa non è una scusa.»

Apparve a disagio, e provai un po' di compassione per lui, anche se non riuscivo a capire perché se la meritasse. «Ora che vi siete conosciuti, sono sicura che scrivervi sarà più facile» dissi.

«Prometto di scrivere quando sarò tornato a casa» assicurò Mr. Glass allazia.

Lei parve addolorata. «Ci siamo appena conosciuti e già parli di lasciarmi.»

«Questa doveva essere solo una permanenza fugace.»

«Sì, ma ora che sei qui, perché non restare più a lungo? Posso presentarti a tutti i miei amici e conoscenti. La regina! Devi conoscere la regina, e anche il principe consorte. Una coppia così felice.»

Oh, cielo. Il principe consorte era morto da anni. La pazzia di Miss Glass era un'afflizione volubile, a volte la faceva sembrare perfettamente normale, finché non pronunciava qualcosa di assurdo.

Anche Mr. Glass se ne rendeva conto. Le sue spalle si incurvarono, come se il peso della pazzia di lei fosse un fardello personale che doveva portare. Eppure, sembrava anche voler avere poco a che fare con lei. Non le aveva scritto, tanto per cominciare, e non l'aveva invitata a pranzo. Era stato terribilmente scortese da parte sua, e decisi di rimediare immediatamente.

«Miss Glass, vorrebbe unirsi a noi per pranzo, oggi? Cyclops potrà poi riaccompagnarla a casa di suo fratello.»

«No!» Posò la tazza da tè con un rumore secco. Poi, come se la sua stessa veemenza l'avesse sorpresa, si portò una mano allo stomaco e disse: «Preferirei non tornare a casa di Richard.»

Io e Mr. Glass ci scambiammo un'occhiata. «Mai più?» le chiese lui.

«Mai più. Pensavo che, forse, ora che sei qui—»

«No.»

Gli occhi le si riempirono di lacrime e chinò il capo per nasconderle. Lanciò un'occhiataccia a Mr. Glass, ma lui si limitò a voltare la testa dall'altra parte. Uomo senza cuore. Toccai la mano di Miss Glass. «Suo nipote la accoglierebbe volentieri in casa sua, ma temo che partirà tra meno di una settimana» le ricordai.

Lei fece uno sbuffo. «Staremo a vedere.»

Mi piaceva la sua convinzione, ma mi rattristava che desiderasse così tanto stare con Mr. Glass. La sua situazione con il fratello non doveva essere felice se era così ansiosa di vivere con un nipote che conosceva a malapena e i suoi rudi amici e familiari. Le strinsi la mano e lei mi sorprese stringendo a sua volta la mia.

Un trambusto all'esterno attirò l'attenzione di tutti. Mr. Glass fu alla porta in quattro lunghe falcate, ma indietreggiò quando una donna entrò come una folata di vento nel salotto. Era alta e snella, con la pelle così pallida che le vene del collo risaltavano. Immaginai che fosse più giovane di Miss Glass, ma era difficile stabilirne l'età esatta. La pelle intorno agli occhi e sulla fronte era tesa dall'acconciatura stretta sotto il turbante. Quella levigatezza contrastava con i solchi profondi che le scendevano dagli angoli della bocca fino al mento. I suoi occhi nocciola saettarono in direzione di Miss Glass. Non parve notare nessun altro mentre si avvicinava a grandi passi alla donna anziana sul divano. Miss Glass si ritrasse e si chinò verso di me.

«Che cosa significa questo?» ringhiò Mr. Glass. «Chi siete?»

La donna non si voltò. Tese la mano a Miss Glass. «Sapevo che saresti stata qui! Vieni, Letitia. Lascia subito questo posto.»

«Preferirei restare.» Miss Glass prese la sua tazza da tè, ma la nuova arrivata le strattonò il braccio. Il tè si rovesciò e afferrai la tazza prima che cadesse a terra. «Beatrice!» ansimò Miss Glass.

Dunque questa era sua cognata, Lady Rycroft. Di certo non si stava comportando in modo molto signorile.

La presa di Lady Rycroft doveva essere forte, perché trascinò Miss Glass verso la porta. «Richard sarà furioso quando gli dirò che sei scappata» sibilò. «Sapevo che la spedizione per negozi era un pretesto. Gliel'ho detto, ma non ha voluto ascoltarmi.»

Mr. Glass si mise in mezzo, bloccando l'uscita. Poteva apparire piuttosto formidabile quando voleva, e fui sollevata nel vederlo finalmente interessarsi al benessere di sua zia. «Lasciatela» ringhiò.

«Come vi permettete!» Lady Rycroft era una donna alta, ma gli arrivava solo al mento, anche raddrizzando la schiena. «Sono Lady Rycroft, vostra zia. Mi tratterete con il rispetto che merito.»

Quindi sapeva chi fosse. Cercai di pensare a qualcosa di diplomatico per allentare la tensione, ma non mi venne in mente nulla. Dietro a Mr. Glass, Duke e Willie si avvicinarono per ascoltare lo scambio.

«Potete star certa che lo farò» disse lui. «Quando mi avrete dimostrato di meritare il mio rispetto. Entrate in casa mia, senza essere invitata e senza neppure salutare, per trascinare via una delle mie ospiti contro la sua volontà. Credo di avere il diritto di dirvi di lasciarla.»

«Non lo farò! Non sapete com'è la situazione. Lei ha bisogno di riposare a casa. È debole di mente, sapete—»

«La mia mente sta benissimo, grazie!» sbuffò Miss Glass in direzione della cognata.

«Lasciatela e tornerà a casa di sua spontanea volontà» disse Mr. Glass. «Dopo pranzo.»

«No!» gridò Miss Glass. Anch'io per poco non gli urlai contro. Come poteva essere così crudele? Chiaramente lei non voleva tornare in quel luogo, che sentiva ostile.

«Non potrebbe restare qui per qualche giorno mentre siete a Londra?» mi azzardai a proporre. «Poi potrebbe tornare.» O il nipote trovarle un'altra sistemazione, nel frattempo.

Mi aspettavo che Mr. Glass mi ammonisse per la mia impertinenza, ma si limitò a distogliere lo sguardo, non prima però che notassi un'ombra passargli negli occhi.

«Lui non lascerà l'Inghilterra.» Onestamente, la determinazione di Miss Glass nel credere che sarebbe rimasto non aiutava la situazione.

«Ho preso la mia decisione» disse lui. «Potete restare a pranzo, zia Letitia, ma non oltre. Sono un uomo impegnato, e non ho tempo per le visite.» Girò sui tacchi e uscì dalla stanza a grandi passi. «Duke, accompagna Lady Rycroft alla porta.»

«Dovrete riaccompagnarla voi stesso» disse Lady Rycroft alle sue spalle. «Non ci si può fidare di uno dei vostri uomini. È molto astuta.»

«Molto bene» disse lui con un tono basso che a malapena ci raggiunse. «È ora che conosca mio zio, comunque.»

«Non vede l'ora di conoscervi.»

«Ne dubito.»

Lady Rycroft lasciò andare la cognata e, a testa alta, oltrepassò gli altri, facendo attenzione a non sfiorare nessuno di loro. Mi aspettavo che lMiss Glass scoppiasse in una crisi isterica o corresse dietro a suo nipote per supplicarlo, ma si limitò a raccogliere le gonne e a sorridermi.

«Vi unirete a noi per pranzo, Miss Steele?» chiese come se nulla fosse. «Mi farebbe molto piacere la vostra compagnia.»

CAPITOLO 8

*D*urante il pranzo scoprii che lord e lady Rycroft avevano tre figlie. Al momento non avevano bisogno di un'istitutrice, ma decisi di presentarmi comunque e di offrire i miei servigi a qualche loro amico. Quando chiesi a Mr. Glass se potessi andare con lui a riaccompagnare sua zia a casa, diede subito il via a una discussione.

«Un'istitutrice?» disse mentre mi porgeva il cappello, sulla soglia. «Perché volete fare l'istitutrice?»

«Perché nessuno degli orologiai di Londra mi assumerà mai come sua assistente.» Dopo le nostre recenti visite, cominciavo a capire che la situazione era più disperata di quanto avessi immaginato all'inizio. «Una posizione da istitutrice potrebbe fare altrettanto al caso mio. Sono istruita, so suonare il pianoforte e cucire bene quanto qualsiasi altra donna.»

«Non ne dubito.»

«E allora perché siete così restio all'idea?»

S'infilò il cappello sotto il braccio senza curarsi della forma e aprì la porta d'ingresso. Cyclops attendeva con cavallo e carrozza. «Non sono restio, semplicemente non credo che qualcuno vi assumerà» disse Mr. Glass.

«Povera me» borbottò sua zia.

«E perché no?» chiesi io, con foga.

Passandogli accanto, sua zia fece *tsk tsk* e scosse la testa. Lui le rivolse un'occhiataccia in risposta. Da quando era arrivata, non faceva che lanciare occhiatacce. Non si era unito a noi per il pranzo, preferendo mangiare da solo nelle sue stanze. Mi domandai se si fosse riposato o se avesse usato di nuovo il suo speciale orologio.

«Zia Letitia, spiegateglielo voi» disse lui.

«Buon Dio, no» ribatté lei da sopra la spalla. «Chi è causa del suo mal, pianga se stesso.»

Lui fece un cenno col capo verso la carrozza, ma non mi mossi dall'ingresso. «Avanti, Mr. Glass. Ditemi perché pensate che sarei una pessima istitutrice.»

«Non ho detto che sareste pessima. Penso che sareste un'eccellente istitutrice. Ma dubito che qualcuno vi assumerà.»

«Perché non ho esperienza?» Rimasi sulla soglia a pochi centimetri da lui, sentendomi d'un tratto piccola, stupida e patetica. La mia determinazione svanì. Ero una sciocca. Aveva ragione. Nessuno mi avrebbe assunta come istitutrice senza referenze. Chinai il capo. «Resto qui» mormorai.

Feci un passo indietro per rientrare, ma lui mi prese per il mento. Fui così scioccata che alzai lo sguardo verso il suo. Sembrò altrettanto scioccato dal suo stesso gesto e mi lasciò andare subito. Si mise le mani dietro la schiena.

«Mi dispiace» mormorò. «Non avrei dovuto dire nulla. Venite con noi, Miss Steele. Spero che mi dimostrerete che ho torto.» Mi offrì un sorriso e il suo gomito.

Lo accettai e scesi i gradini. Lui aiutò Miss Glass a salire in carrozza, poi me, e salì per ultimo. Mi sentivo ancora un po' ferita dalla sua mancanza di fiducia nelle mie possibilità di trovare un impiego, ma mi aveva offerto un ramoscello d'ulivo e sarebbe stato scortese da parte mia non accettarlo.

«Come si fa a ottenere esperienza come istitutrice, tanto per cominciare, se non se ne ha?» dissi senza rivolgermi a nessuno in particolare.

«Non è la vostra mancanza di esperienza a ostacolarvi, Miss Steele» disse Miss Glass. «Sono il vostro bel viso, la vostra bella figura e i vostri modi schietti.»

Mr. Glass si voltò a guardare fuori dal finestrino, come se non avesse sentito una parola di ciò che sua zia aveva detto, seduta proprio accanto a lui. Ero troppo sbalordita per dire alcunché.

«Mi dispiace infrangere le vostre speranze» proseguì Miss Glass, «ma dovevate saperlo. Noi donne a volte sappiamo essere ingiuste le une con le altre, e ci vorrebbe una donna di buon cuore, sicura del proprio fascino e dell'amore di suo marito, per assumervi in una posizione così elevata. Forse come cameriera, ma non come istitutrice. Credetemi, nessuna della cerchia di Beatrice corrisponde a quella descrizione. Un branco di oche vanitose, tutte quante.»

«Vi ringrazio, Miss Glass» dissi, incapace di pensare ad altro. Mi aveva fatto un complimento, e mia madre mi aveva sempre detto di essere garbata, anche quando il complimento non era intenzionale o fatto per cortesia.

«E fate bene a ringraziarmi» disse lei con una curva compiaciuta delle labbra. «Le figlie delle amiche di Beatrice sono tutte terribili quanto le loro madri. Tentare di educarle manderebbe qualsiasi donna sana di mente al manicomio.»

Sorrisi, ma senza allegria. Le mie speranze di lavorare come istitutrice erano quasi del tutto svanite. Non sarei dovuta venire. Sarei dovuta rimanere a casa a cercare prove che collegassero Mr. Glass al fuorilegge dei giornali. La ricompensa sembrava sempre più allettante.

La casa di lord Rycroft si affacciava su Belgrave Square. Non era dissimile dalla casa di Mr. Glass a Mayfair in quanto era alta e parte di una serie a schiera che si estendevano da un capo all'altro della via. Miss Glass ci informò durante il breve tragitto che la tenuta dei Rycroft in campagna era alquanto trascurata, poiché Beatrice preferiva la città e tutte le opportunità sociali che Londra offriva.

«Tuo padre ne sarebbe deluso» disse, squadrando il nipote. «Amava Rycroft. Ho sempre pensato fosse un peccato che non fosse stato il primogenito. L'apprezzava di più.»

«Eppure avrebbe odiato la responsabilità» disse freddamente Mr. Glass. «E mal sopportato di dover rimanere a lungo nello stesso posto.»

Miss Glass sospirò. «Verissimo.»

Dei valletti impettiti ci accolsero con sguardi vacui. Eseguirono i loro compiti di aprire porte e prendere cappelli con formalità meccanica. Mi venne voglia di pizzicarne uno per provocarne una reazione.

«Finalmente» disse lady Rycroft con un'occhiata eloquente all'orologio d'oro e giaietto sulla mensola del camino nel salotto. Era avanti di quindici minuti. Mi chiesi se lei lo sapesse. «Ho dovuto rimandare i miei impegni pomeridiani per aspettarvi, Letitia.»

«Non c'era bisogno che aspettaste» disse Miss Glass, accomodandosi e invitandomi a fare altrettanto. Obbedii e controllai l'ora sull'orologio che avevo infilato nel taschino del panciotto. Quello sulla mensola era decisamente avanti di quindici minuti.

«Richard non mi ha permesso di uscire finché non foste tornata» disse lady Rycroft. «Sta punendo *me* per la *vostra* piccola scappatella mattutina.»

«È qui?» s'intromise Mr. Glass, prendendo posizione accanto alla mensola di marmo bianco, con il gomito vicino all'orologio. Distolsi lo sguardo dall'orologio, solo per scoprire che continuava a tornarvi.

«Uno dei valletti lo sta informando della vostra presenza.»

La conversazione si arrestò mentre tutti attendevamo l'ingresso di lord Rycroft. Congiunsi le mani in grembo, intrecciando le dita, ma fu impossibile ignorare il richiamo dell'orologio.

«Perdonatemi, lady Rycroft, ma avete notato che il vostro orologio è avanti?»

Mr. Glass e Miss Glass lo guardarono. Lady Rycroft guardò me.

«Chi *siete* voi, e perché siete qui?» chiese, come se mi vedesse per la prima volta.

«Mi chiamo India Steele.»

Prima che potessi continuare, Mr. Glass parlò. «Miss Steele è la mia assistente.»

Le sopracciglia di lady Rycroft quasi scomparvero nel suo turbante. Il viso le si imporporò e prese un ventaglio dal tavolo e si sventolò.

«Lo sto aiutando a cercare una persona» dissi rapidamente, lanciando un'occhiataccia a Mr. Glass. Non stava sorridendo, ma in qualche modo riusciva a sembrare divertito. «Dopo il suo ritorno in America, avrò bisogno di un altro impiego. Se conosceste qualcuno che necessita di un'istitutrice, vi sarei grata se poteste fornirgli i miei recapiti. Ho un'eccellente padronanza della maggior parte delle materie, in particolare matematica e ingegneria.» Alla sua espressione inorridita, aggiunsi: «E anche delle arti più gentili, ovviamente. Potete trovarmi presso la residenza di Mr. Glass a Mayfair ancora per qualche giorno.»

Il suo sguardo scese sul mio petto, poi si sollevò sul mio viso. I solchi che le scendevano dalla bocca si fecero più profondi. «Nessuno che io conosca necessita di un'istitutrice al momento.»

Le mie speranze crollarono, sebbene non così rovinosamente come sarebbe stato se Miss Glass non mi avesse avvertita prima, in carrozza. Ringraziai lady Rycroft e imposi al mio viso di non arrossire mentre sentivo gli sguardi di Mr. e Miss Glass su di me.

Fortunatamente, in quel momento entrò lord Rycroft. Mr. Glass si raddrizzò e Miss Glass si rannicchiò sul divano, come se stesse cercando di rendersi invisibile. Lui però non la vide. Aveva occhi solo per suo nipote.

Lord Rycroft era una versione meno attraente di Mr. Glass, e non era solo la differenza d'età a spiegarlo. L'uomo più anziano sfoggiava qualche capello grigio nella folta chioma nera, ma quella era la sua unica caratteristica distintiva. Era più basso ma altrettanto largo di petto e spalle, il che lo rendeva tarchiato. Forse un tempo aveva avuto le guance spigolose di Mr. Glass, ma era impossibile dirlo sotto gli strati di grasso cadente. Occhi fangosi scrutavano ogni centimetro di suo nipote, lentamente, come per misurarlo contro il ricordo del fratello morto e forse contro se stesso. La statura di lord Rycroft si drizzava a ogni istante che passava, e il suo petto si gonfiava. Strinsi le labbra per impedirmi di sorridere ai suoi miseri tentativi di rendersi più imponente. Non avrebbe dovuto darsi pena. Mr. Glass non era facilmente eguagliabile da nessuno, men che meno da un uomo basso e grasso con il doppio dei suoi anni.

«Buon pomeriggio, zio» disse Mr. Glass, porgendo la mano.

Lord Rycroft la ignorò. «Cosa vi porta a Londra?» Aveva una voce cavernosa, come se facesse fatica a passare attraverso la sua gola spessa.

Mr. Glass ritirò la mano. «Sto cercando una persona. È una questione privata.»

«Quanto tempo vi fermate?»

«Fino a martedì.»

«Fate in modo di non restare più a lungo.»

Gli occhi di Mr. Glass si strinsero. «Mi fermerò quanto ne ho voglia.»

«Lasciate che sia chiaro, non siete il benvenuto, qui. Vostro padre scelse di abbandonare la sua famiglia, la sua casa, le sue responsabilità e di fuggire. Poi ci ha disonorati ulteriormente sposando una ragazza straniera di dubbia reputazione.» Puntò un dito grassoccio contro il petto di Mr. Glass. «E voi siete l'incarnazione di quel disonore. Non vogliamo avere niente a che fare con voi.»

Il volto di Mr. Glass si rabbuiò. I suoi occhi divennero del colore della pece. Il sangue mi si gelò nelle vene mentre Mr. Glass si irrigidiva. Improvvisamente ebbi paura per lord Rycroft.

«So chi è la famiglia di vostra madre e cosa ha fatto» proseguì lui, incurante della miccia che aveva acceso. «I miei investigatori mi hanno inviato ritagli di giornale e rapporti sui loro crimini.»

Crimini! Il mio sussulto echeggiò nel silenzio che seguì. Fui l'unica a mostrare sorpresa, tuttavia. Mr. Glass deglutì, ma non distolse lo sguardo da suo zio. Né negò l'accusa. Quindi era vero.

Mi premetti una mano sullo stomaco in subbuglio. Fu solo in quel momento che mi resi conto della stupidità di ciò che avevo fatto. Vivevo con un criminale. Non avevo mai creduto fino in fondo che Mr. Glass potesse essere il Dark Rider… almeno fino ad ora.

«Sia chiaro» continuò lord Rycroft, «la tenuta non può essere consegnata a uno della vostra risma. Dev'essere contro la legge, in qualche modo, o a cosa servono le leggi, altrimenti? I miei avvocati ci stanno lavorando.»

I lineamenti contratti del viso di Mr. Glass si rilassarono. Sbatté le palpebre. «Consegnata? *Io* sono il vostro erede? Ma avete tre figlie.»

«Certo che siete l'erede. Anche stupido, a quanto vedo.»

«È vero» intervenne prontamente Miss Glass. «La tenuta è

vincolata, Matthew. Nessuna delle tue cugine ci metterà sopra le avide manine perché tu sei l'unico erede maschio, e i maschi ereditano.» Vedendo la sua continua espressione sbalordita, aggiunse: «Harry non te l'ha detto?»

«No» mormorò lui.

Lady Rycroft tirò su col naso in un fazzoletto. «Il pensiero che le mie care ragazze vengano cacciate da casa loro! Mi si spezza il cuore.»

Implorai con lo sguardo Mr. Glass di dire qualcosa, ma lui non lo fece. Mi lanciò un'occhiata, poi l'abbassò sul pavimento, di lato, ovunque tranne che sui volti che lo osservavano. Serrai le dita ancora più strette in grembo.

Il grugnito di lord Rycroft riempì la stanza. «Non siete il benvenuto qui. Buona giornata.» Si voltò per andarsene. «Letitia, in camera tua. Ti è proibito uscire per una settimana. Va'!» urlò quando lei non si mosse.

Sia lei che lady Rycroft trasalirono. Poi Miss Glass sollevò il mento. «Desidero restare con Matthew.»

«Va'. In. Camera. Tua!» ruggì lord Rycroft. Il suo viso si chiazzò, la sua bocca schiumava. «Non tollererò più le tue folli divagazioni e i tuoi vagabondaggi! Cristo santo, donna, sei la rovina della mia esistenza.»

Gli occhi di Miss Glass si riempirono di lacrime, ma continuò a tenere il mento alto, sebbene tremasse. «Desidero vivere con Matthew.»

«Non ho intenzione di rimanere a Londra» disse Mr. Glass automaticamente.

Ma sua zia non parve sentirlo. «Mi rifiuto di dormire qui un'altra notte.»

«Vi farò portare al manicomio se continuate a sfidarmi!» gridò lord Rycroft. «Siete una vecchia pazza svitata, e la sola vostra vista mi nausea. Non c'è da meravigliarsi se Harry vi ha lasciata qui. Neanche lui sopportava la vostra compagnia!»

Finalmente il viso di Miss Glass si contrasse e le lacrime sgorgarono. La dama orgogliosa sembrò invecchiare di dieci anni mentre le sue spalle si curvavano e tremavano, scosse dal pianto silenzioso. Mi avvicinai a lei e le presi la mano. Si riprese un poco e smise di piangere.

Lord Rycroft mi guardò come se si fosse appena accorto di me. Sollevai il mento come avevo visto fare a Miss Glass, sfidandolo a cacciarmi fuori. «Portatevi via la vostra prostituta, Glass, e andatevene.»

«Non sono una prostituta, e voi non siete certo un gentiluomo.» Non sapevo cosa stessi dicendo. Forse anch'io ero afflitta dalla pazzia. Sapevo solo che non potevo lasciare Miss Glass con quel prepotente. «Non me ne vado senza Miss Glass.»

«Nemmeno io.» Mr. Glass porse la mano a sua zia.

Lei gli sorrise radiosa, attraverso le lacrime. Forse gli avrei sorriso anch'io, ma non guardava nella mia direzione, sebbene mi fosse molto vicino.

Lord Rycroft guardò alternativamente sua sorella e suo nipote. Scosse la testa e grugnì. «Se te ne vai, Letitia, non tornare. Mai più. Va' in America con lui. Non m'importa. Sparisci dalla mia vista.»

«Con piacere.» Miss Glass prese la mano di Mr. Glass e strinse la mia contro il suo fianco. «Venite, Miss Steele. Abbiamo una casa da far arieggiare.» Si rivolse alla cognata, seduta sul divano con un'espressione sbigottita sul viso tirato. «Fate spedire le mie cose a casa di Matthew entro la fine della giornata. Tutte. Conterò fino all'ultimo ninnolo.»

Uscì a grandi passi, portandomi con sé.

Ma Mr. Glass non la seguì. «Credo che voi abbiate diverse lettere appartenenti a zia Letitia, scritte da mio padre» disse a Lord Rycroft. «Includetele tra i suoi effetti personali.»

Lord Rycroft si irrigidì. «Voi non mi date ordini a casa mia!»

Mr. Glass scoprì i denti. «Allora uscite, *zio*, e vi darò ordini lì.» Prima che chiunque potesse assimilare appieno le sue parole, afferrò il braccio di Lord Rycroft, glielo torse dietro la schiena e lo sospinse verso la porta del salotto. Il lacchè che stava lì si animò dimostrando, dopotutto, di non essere un automa. Emise un gemito e sbarrò gli occhi, ma non si mosse per aiutare il suo padrone mentre Mr. Glass lo spingeva nell'atrio come se stesse cacciando un ubriaco da una taverna.

Mi sollevai le gonne e corsi loro dietro, non volendo perdermi neanche un istante. Alle mie spalle, Lady Rycroft ordinò a Miss Glass di rimanere indietro, ma dei passi leggeri ci seguirono comunque.

«Che state facendo? Lasciatemi!» Lord Rycroft si dibatteva per liberarsi dalla presa di Mr. Glass.

«Non finché non prometterete di mandare le lettere. Fino all'ultima.» Mr. Glass lo spinse in avanti, e Lord Rycroft inciampò. Sarebbe caduto se Mr. Glass non gli avesse ancora tenuto il braccio.

«E va bene» borbottò Rycroft. «Non m'importa più niente di quelle maledette lettere. Harry è morto. Le sue lettere non hanno più alcun significato, adesso.»

Pensai che Mr. Glass lo avrebbe colpito, invece lo lasciò andare. Si tirò le maniche e il colletto per sistemarli, poi porse il gomito a Miss Glass. Lei lo accettò con un sorriso. Mi offrì l'altro braccio, ma scossi la testa. Una piccola V apparve tra le sue sopracciglia.

«Vi siete rivelato una delusione persino più grande di vostro padre» disse Lord Rycroft mentre uscivamo. «Il che non sorprende, considerato il tipo di sangue che vi scorre nelle vene.»

«Non badategli» disse Miss Glass, picchiettando sul braccio del nipote. «È semplicemente geloso di Harry. Lo è sempre stato e sempre lo sarà.»

La porta si richiuse alle nostre spalle con un tonfo.

Mr. Glass aiutò la zia a salire in carrozza. Io rimasi sul marciapiede e alzai lo sguardo verso Cyclops. Il suo unico occhio mi stava studiando con attenzione. Quanto aveva visto e sentito di quello scambio?

«Tutto bene, Miss?» chiese.

Feci un cenno di sì e sorrisi, eppure non salii in carrozza. Mr. Glass mi porse una mano. «Miss Steele?»

Fissai la sua mano tesa. Sotto il mio esame, quella appassì e si chiuse. La lasciò ricadere lungo il fianco.

«Ha qualcosa da dire?» mi chiese.

Le mie cose erano a casa sua. Tutti i miei beni terreni si trovavano in una delle sue stanze. Potevo rinunciare ai vestiti, ma non ai miei strumenti o al dagherrotipo dei miei genitori. Non mi avrebbe fatto del male. Non ero una minaccia per lui. Anzi, lo stavo aiutando. Se avesse voluto aggredirmi, avrebbe potuto farlo la notte precedente, in cucina. Decisi di andare con lui e di fare del mio meglio per eseguire semplicemente il compito che mi aveva chiesto. Abbandonai l'idea di avvisare la polizia e riscuotere la ricompensa. Apprezzavo la mia vita più del denaro.

«No.» Gli porsi la mano e lui la prese. «Non ho niente da dire.»

Le sue dita premettero per un istante le mie, poi mi lasciò andare. Mentre ripiegava il predellino, avrei giurato di averlo sentito sospirare.

* * *

WILLIE NON FU CONTENTA di avere un'altra inglese in casa. «Sei un maledetto sciocco, Matt!» Camminò avanti e indietro sulle piastrelle dell'atrio per poi tornare a puntare un dito contro il cugino. Alcuni capelli le erano sfuggiti dallo chignon e sembrava una pazza. Decisi di starle alla larga. Di stare alla larga da tutti loro.

Miss Glass non si faceva di questi scrupoli. Accarezzò la guancia del nipote. «Però è un dolce sciocco. Sapevo che lo saresti stato. Sei il figlio di tuo padre, e così simile anche alla mia cara mamma.»

Willie sbuffò. Duke le diede una gomitata nelle costole e le sibilò di stare zitta. Lei gli restituì la gomitata.

«Salvava sempre povere creature indifese» continuò Miss Glass.

«Indifese?» fece eco Willie. «Ah!»

Miss Glass la ignorò. «Girovagava per i boschi della tenuta, cantando e parlando con gli uccelli.»

«Assomiglia più a *te*» borbottò Willie, facendo seguire un «Ahi» quando Duke la colpì ancora con una gomitata.

Dovevo ammettere di essere d'accordo con lei. La defunta vedova Lady Rycroft sembrava pazza quanto sua figlia. Ma Miss Glass era innocua. Guardandola adesso, con un vuoto trasognato negli occhi, era impossibile riconciliare la sua immagine con la donna che avevamo incontrato prima sulla soglia e che accusava Mr. Glass di averle rubato la casa.Le prime impressioni erano talvolta ingannevoli. Suo nipote aveva qualcosa in comune con lei, in questo, ma poco altro.

«Willie, assicurati che mia zia stia comoda mentre Duke le prepara una stanza» disse lui.

«Io?» Willie si mise le mani sui fianchi. «Perché io? Perché non può farlo lei?» Fece un cenno verso di me.

«Miss Steele viene con me. Abbiamo una pista su Chronos.»

La rabbia di Willie si dissolse all'istante. «Allora cosa state aspettando? Andate!» Ci cacciò via entrambi, ma io non mi mossi.

«Non avete bisogno di me» dissi a Mr. Glass. «Cyclops può trovare da solo la Aged Christian Society , e non vi servo per parlare con Mr. Mirth.»

Scrutò il mio viso, e quella piccola V sul ponte del naso apparve di nuovo. «Mi piacerebbe la vostra compagnia.»

«Sono sicura che la mia compagnia sia fin troppo noiosa per uno come voi.» Mi rivolsi a Duke. «Vi aiuterò con la stanza di Miss Glass.»

Duke e io salimmo le scale. La porta d'ingresso non si chiuse finché non fummo sul pianerottolo del primo piano.

La stanza di Miss Glass era situata accanto alla mia. Aprii la finestra per far entrare un po' d'aria frizzante del pomeriggio e per far uscire quella viziata. Duke aprì le ante dell'armadio per fare lo stesso, poi cercammo entrambi la biancheria in lungo e in largo.

«Dev'essere di sotto» disse lui, arrendendosi.

«La prendo io. Ho bisogno di sgranchirmi le gambe.»

«La porta di servizio è nel muro del corridoio, di fronte.»

Trovai la porta nascosta con sufficiente facilità e scesi le scale in fretta. La zona di servizio si estendeva per tutta la lunghezza della casa, sotto il livello della strada. La cucina era la stanza più grande, con una dispensa e un retrocucina annessi. Segni dei preparativi per la cena coprivano il tavolo centrale, ma la piccola sala da pranzo e il salottino sembravano intatti, così come gli uffici del maggiordomo e della governante. Trovai l'armadio della biancheria, ma le lenzuola erano riposte in cima. Salii su un ripiano inferiore, causando una pericolosa inclinazione dell'intero armadio.

Saltai giù e riuscii a evitare che mi crollasse addosso, ma una scatola piatta scivolò dalla cima e si schiantò sul pavimento. Mi mancò di pochi centimetri.

Raddrizzai l'armadio e mi chinai per raccogliere la scatola. No, non una scatola, ma una custodia con fermagli d'ottone che si erano aperti di scatto. Il contenuto si era riversato sul pavimento. Mi chinai per raccogliere i fogli di carta, ma mi bloccai.

L'immagine di un uomo dalle folte sopracciglia mi fissava, il suo viso una mappa di cicatrici. Sembrava avere circa trent'anni, ma era difficile dirlo dalla foto. La scritta RICERCATO a caratteri cubitali e in grassetto etichettava l'individuo come un fuorilegge americano. Valeva cinquecento dollari, vivo o morto. Ma non era la somma o il viso a farmi battere il cuore. Era il nome.

Bill Johnson. Johnson era il cognome di Willie. Quell'uomo era un membro della famiglia di Mr. Glass. Secondo il manifesto, Bill Johnson era ricercato per aver rapinato un emporio.

Ognuno dei dodici fogli di carta era un manifesto che mostrava diversi fuorilegge ricercati per crimini commessi in vari stati e territori americani. Tre portavano il nome Johnson. Uno era il Dark Rider, l'uomo dell'articolo di giornale che avevo letto. Il disegno era lo stesso. Il suo viso non era mostrato chiaramente a causa della barba e del cappello. Secondo il manifesto, era considerato estremamente pericoloso.

Le mie mani tremavano mentre rimettevo i fogli nella custodia. Salii su una sedia per riporla in cima all'armadio, poi mi affrettai a risalire le scale con le braccia cariche di biancheria pulita.

Duke e io finimmo di preparare la camera da letto, poi io raggiunsi Miss Glass nel salotto mentre lui scompariva in cucina a preparare la cena. Miss Glass sonnecchiava vicino alla finestra, così mi sedetti e lessi in silenzio. O almeno ci provai. Non era facile farlo con la mente che tornava a quei manifesti di fuorilegge con i loro volti arcigni e gli occhi freddi. E poi c'era il Dark Rider, l'uomo che nessuno aveva visto bene. La sua taglia era la più alta di tutte.

Mr. Glass tornò prima di quanto mi aspettassi. Quando sentii la porta d'ingresso, mi sporsi in avanti sulla sedia, con il cuore in gola; non per l'apprensione di rivederlo, ma perché ero ansiosa di scoprire cosa avesse appreso da Mr. Mirth. La cosa mi sorprese. Avrei dovuto avere più paura di lui.

Nessuno lo accolse sulla porta e lui venne subito in salotto. Guardò la forma addormentata della zia e poi me. Inarcai le sopracciglia e lui scosse la testa. Vedendo la mia espressione corrucciata, mi indicò di seguirlo nell'atrio. Esitai, poi lo seguii.

Duke e Willie emersero dal retro della casa, così io rimasi indietro, vicino alla scala.

«Allora?» chiese Willie. «Cosa ha detto Mirth?»

«Non era lì» disse Mr. Glass con voce pesante.

«Non era lì?» disse Duke. «Dov'è?»

«Se n'è andato qualche giorno fa. È semplicemente uscito dalla struttura e nessuno sa dove sia andato.»

«Se n'è andato!» gridò Willie.

Mr. Glass la zittì con un'occhiata verso il salotto.

Willie fece un gesto sgarbato nella stessa direzione. «Non può andarsene e basta. Non è questo lo scopo di posti come quello? Che i degenti sono troppo vecchi per badare a se stessi?»

«Non sono degenti» disse Mr. Glass. «È un istituto di carità per anziani, e non c'è obbligo per nessuno di rimanere. Se il paziente si sente abbastanza bene o se un membro della famiglia lo viene a prendere, può andarsene.»

«Maledizione» mormorò Willie. «Odio questo paese.»

«Non è colpa dell'Inghilterra» le disse Mr. Glass.

Willie incrociò le braccia e si voltò. La sua schiena si incurvò e abbassò la testa.

«Non metterti a piangere» Mr. Glass le posò una mano sulla spalla.

Lei se la scrollò di dosso, poi si girò all'improvviso e si gettò tra le sue braccia. Fortunatamente lui era abbastanza forte da prenderla. Se fossi stata io, sarei caduta all'indietro, seduta sotto di lei.

La tenne per un momento, finché lei non si ricompose e fece un passo indietro. «Basta con queste stupidaggini sentimentali» dichiarò. «Lo troveremo, questo tipo, Mirth.» Improvvisamente mi guardò. Nonostante gli occhi umidi, il suo sguardo era affilato come una lama. «Lo troverà lei.» Marciò verso di me e mi puntò un dito sulla spalla. «È meglio se lo fai, Miss Steele. Altrimenti io... te ne farò pentire.»

Erano solo parole. Abbastanza facili da dire, difficili da credere. Ma la rabbia di Willie non era qualcosa che volevo alimentare.

«Willie» la rimproverò Mr. Glass.

«Maledizione, donna!» Duke si avvicinò e afferrò Willie per un gomito. «Sei una maledetta sciocca. Minacciarla non aiuterà nessuno.»

«Pagandola non si ottiene nulla!» Willie si liberò e corse su per le scale, divorando i gradini a due a due.

Duke scosse la testa e se ne andò anche lui. Mr. Glass mi rivolse un sorriso piatto. «Mi scuso per il comportamento di mia cugina. A volte può diventare emotiva.»

«Per un orologiaio, per di più.»

«È un orologio speciale.»

«È quello che continuate a dire.» Aspettai che mi parlasse del suo speciale orologio rigenerante, ma non lo fece. «Riprenderemo la nostra ricerca questo pomeriggio, allora?»

Si appoggiò al caposcala. «È tardi. Riprenderemo domani.» Il suo sguardo vagò oltre la mia spalla.

«Harry, carissimo, sei tornato» disse Miss Glass. «Com'è andato il viaggio?»

Mr. Glass sospirò. «Sono Matthew, non Harry. Ti sei sistemata, zia?»

«Sono sistemata benissimo, grazie. Credo proprio che mi piacerà qui, nonostante quella tua strana cugina e quell'altro tipo scontroso. Almeno ho Miss Steele come compagnia.»

«Bene» disse lui, guardandomi di nuovo. «Ma è solo per qualche giorno. Tornerò in America martedì.»

Lei agitò la mano e salì le scale. «Venite, Miss Steele, e suonate il pianoforte per me. Questa casa ha bisogno di musica.»

Feci per seguirla, ma Mr. Glass mi fermò con una mano sul braccio. «Le piacete, Miss Steele» mormorò, il viso vicino al mio. «Cercate di farle capire che questa sistemazione è solo temporanea.»

«Farò del mio meglio. Forse le sarebbe d'aiuto sapere cosa ne sarà di lei dopo la vostra partenza. Suo fratello le ha proibito di tornare a casa sua.»

«Non tornerà là» ringhiò a bassa voce. «Non finché io vivrò.»

Annuii in accordo. «Ma deve pur andare da qualche parte.»

* * *

UN FORTE SCOPPIO MI SVEGLIÒ. Era molto buio, e riuscivo a malapena distinguere i contorni dei mobili nella stanza. Qualcuno gridò dalle profondità della casa, troppo lontano per distinguere le parole. Saltai giù dal letto, sbattendo il ginocchio sul comodino, e cercai a tentoni il candeliere e i fiammiferi.

Un altro scoppio echeggiò per la casa, facendo tremare i muri e martellare il mio cuore. Non era uno scoppio qualsiasi; era un colpo di pistola.

Poi Miss Glass urlò.

CAPITOLO 9

Abbandonai i tentativi di accendere la candela e corsi fuori dalla stanza. Sbattei la spalla contro lo stipite della porta, ma ignorai il dolore e mi precipitai nella camera di Miss Glass. La casa era piena di grida e di passi, e il suono del mio stesso battito cardiaco mi rimbombava nelle orecchie.

«Miss Glass!» Non attesi risposta e mi precipitai a spalancare la porta della sua camera da letto.

Lei urlò di nuovo, ma si quietò quando la rassicurai che ero io. Riuscii a malapena a distinguere la sua sagoma seduta sul letto, con le coperte tirate su fino al mento. «Miss Steele! Grazie al cielo. Cos'è stato quel rumore?»

«Uno sparo, credo.» Mi sedetti sul letto e le afferrai le spalle. Tremava in modo violento. «State bene?»

«Io… io credo di sì?»

«Zia Letitia!» Mr. Glass irruppe nella stanza. Anche al buio, riempì lo spazio con la sua presenza. «Miss Steele? Ho sentito gridare.»

«Ero io» disse Miss Glass, con la gola secca. «Matthew, qualcuno sta sparando dentro casa!»

Si accovacciò accanto al letto, vicino a dove ero seduta. Indossava solo dei pantaloni ed era completamente nudo dalla vita in su. Deglutii e cercai di non fissarlo, ma fallii miseramente. Anche nell'oscurità, potevo vedere le fasce di muscoli che gli attraversavano le spalle e gli scendevano lungo le braccia. Muscoli del genere non comparivano sui corpi dei gentiluomini oziosi. Erano frutto di duro lavoro. O di combattimenti. Provai a chinarmi in avanti per vedergli il petto.

Lui mi afferrò e mi raddrizzò. «Miss Steele? Cosa c'è che non va?» Le sue mani mi tastarono le braccia, salendo fino alle spalle e al collo. Erano calde e forti mentre mi cercavano eventuali ferite. «State bene?»

Trassi un respiro per calmare i nervi a fior di pelle. «Io, ehm, cioè, siamo illese. Cosa sta succedendo?»

«Non lo so ancora.» Mi lasciò andare, si alzò e uscì a grandi passi, lasciandomi con il cuore che batteva più forte che mai e i nervi tesi al limite. Sentivo la pelle calda dove mi aveva toccata.

Mi alzai anch'io.

«Non uscite là fuori.» Miss Glass mi afferrò la mano. «Aspettate che Matthew ritorni.»

Le grida erano cessate e un vociare ci giunse filtrato attraverso la casa silenziosa. «Il pericolo, se mai ce n'è stato uno, sembra passato. Torno subito.»

Accesi una candela e mi diressi al piano di sotto. Voci concitate provenivano dai locali di servizio, così mi feci strada verso la cucina. Le parole di Willie mi raggiunsero prima che la vedessi. «*Tu* non hai chiuso a chiave. Non è colpa mia.»

«Ho lasciato la porta aperta per te!» scattò Duke. «Hai preso una chiave? No, non l'hai fatto» rispose per lei. «Se tu non fossi uscita, Willie, questo non sarebbe successo.»

«Se non gli avessi sparato, sareste tutti morti nei vostri letti! L'ho spaventato per bene.»

«Hai quasi commesso un omicidio su suolo inglese!» ringhiò il Mr. Glass.

«Cosa dovevo fare? Aspettare che mi sparasse prima lui?»

«Era armato?» chiese Cyclops.

«E come faccio a saperlo?» disse Willie con una nota imbronciata nella voce. «Era buio.»

Nessuno seppe cosa rispondere, e ritenni che fosse un buon momento per far notare la mia presenza. «Qualcuno è ferito?» chiesi, entrando in cucina. Una lampada a gas sibilante sul tavolo illuminava i loro volti e la pistola nella mano di Willie.

Illuminava anche il petto di Mr. Glass. Distolsi lo sguardo con una certa difficoltà.

«Siamo tutti illesi» disse lui.

«Da quanto tempo siete lì?» chiese Willie.

«Abbastanza da sentire che c'era un intruso» dissi. «Cosa voleva?»

Contai tre secondi interi prima che qualcuno rispondesse. «Soldi, forse» disse Mr. Glass. «Argenteria.»

«Non mi sono fermata a chiacchierare con lui.» Willie si infilò la pistola nella cintura dei pantaloni. Il lembo della sua giacca la nascose alla vista. Usciva con la pistola ogni sera? La indossava anche di giorno in casa?

Deglutii a fatica. «L'avete colpito?»

«L'avrei fatto, se non fosse stato così buio.»

«E se non fosse stato così veloce» sogghignò Duke. «O se non fosse stato un giovedì a Londra e tu non avessi mangiato manzo per cena. L'hai mancato, One Shot Willie. Hai perso la mano.»

«Chiudi quella boccaccia» scattò Willie. «Siete fortunati che sia tornata a casa quando l'ho fatto.»

Rabbrividii, rendendomi conto all'improvviso che mi trovavo in cucina con addosso nient'altro che una camicia da notte. «Sicuramente no. Un furto è una cosa, ma un omicidio è tutt'altro. Non avrebbe fatto del male a nessuno di noi.»

Il pesante silenzio ci avvolse finché Cyclops non lo spezzò con un sonoro: «Io torno a letto.» Come Mr. Glass, non indossava la camicia. Fu solo quando si allontanò che vidi le cicatrici che gli solcavano la schiena. Ce n'erano almeno una dozzina, tutte vecchie. «Buonanotte, Miss Steele. Spero che riusciate a dormire dopo questo baccano.»

«Buonanotte, Cyclops.»

«Dovremmo tornare tutti a letto» disse Mr. Glass, passandosi una mano tra i capelli e sulla nuca. «Duke, assicurati che *tutte* le porte siano ben chiuse, ora.»

Duke non rispose. Era troppo impegnato a fissarmi il petto. Sembrava che non fossi l'unica a essersi resa conto che indossavo solo una camicia da notte. Grazie al cielo la lampada non faceva abbastanza luce da raggiungere il mio viso in fiamme o da mostrare la mia figura attraverso il cotone sottile. Almeno, lo speravo.

Willie diede uno schiaffo sul braccio a Duke. Lui si schiarì la gola. «Giusto. Porte e serrature. Me ne occupo subito.»

Si affrettò ad andarsene, portando con sé la lampada e lasciando la mia candela come unica luce.

«Buonanotte, Willie» disse Mr. Glass.

«Non ti lascio qui da solo con lei» disse Willie, incrociando le braccia.

«Miss Steele è perfettamente al sicuro con me.»

«Non è per lei che mi preoccupo.»

Lui le diede una piccola spinta e un severo: «Buonanotte, Willie.»

Lei grugnì e se ne andò infuriata.

«Dovrei tornare a letto anch'io» dissi, allontanandomi furtivamente. «Passerò a controllare vostra zia.»

«Portatele una tazza di cioccolata». Staccò una pentola di rame dal suo gancio e scomparve nella dispensa. Riemerse pochi istanti dopo con la pentola mezza piena di latte e un barattolo di miele in mano. Li posò e andò a prendere un sacchetto di zucchero, del cioccolato e degli utensili.

«Sapete come si prepara?» chiesi.

Lui rise. Era così strano sentire quel suono dopo una giornata e una serata così difficili. «Certo. Ve ne preparerò un po'.»

Mi accomodai sullo sgabello vicino al tavolo e cercai di non guardarlo mentre ravvivava il fuoco nella stufa, ma mi arresi. Era impossibile. Era proprio lì, di fronte a me. Nessuna donna avrebbe potuto distogliere lo sguardo di fronte a un esemplare maschile così pregevole. Non avevo mai visto così tanti muscoli prima. Non avevo mai visto un uomo mezzo nudo prima. Era piuttosto, ehm, educativo. Sembrava del tutto indifferente al danno che la sua mancanza di abiti poteva arrecare alla mia virtù. Forse gli americani non si preoccupavano delle convenienze quanto noi britannici. Se così fosse stato, non c'era bisogno che mi sentissi in colpa a fissarlo.

«Voglio scusarmi per il comportamento di mia cugina» disse, facendo cadere una goccia di miele nel latte. «Di nuovo.»

«Vi è molto leale.»

Aggiunse un cucchiaio di zucchero e mescolò il contenuto. «Willie ha un buon cuore. È difficile trovarlo sotto tutti quegli aculei, ma c'è. Ne abbiamo passate tante insieme, e lei si preoccupa per me tanto quanto io mi preoccupo per lei.»

«Perché ha bisogno di preoccuparsi per voi? Sembrate perfettamente in grado di badare a voi stesso.» Tutti quei muscoli spiegavano come avesse respinto quei tre bruti. Chiaramente sapeva come usarli efficacemente. «A parte i vostri occasionali attacchi di malattia, s'intende.»

Mescolò più lentamente, con l'attenzione concentrata sul suo compito. Quando il latte cominciò a sobbollire, vi grattugiò dentro delle scaglie di cioccolato con un coltello e montò il tutto fino a formare una schiuma.

Presi delle tazze e una cioccolatiera da uno scaffale. Lui versò la cioccolata in due tazze e nella cioccolatiera. Mise da parte la cioccolatiera e una tazza di riserva, e mi porse una delle tazze piene. Mi indicò di sedermi di fronte, sullo sgabello. Obbedii e alzai lo sguardo. Le sue guance arrossirono e il suo sguardo si tuffò nella sua tazza.

Incrociai le braccia sul petto, sperando di non spingere il seno ancora più in su. «So perché mi avete chiesto di rimanere.»

«Dubito fortemente che lo sappiate, Miss Steele». Deglutì sonoramente e si passò una mano sul viso. Sospettai che fosse stanco, ma almeno non sembrava esausto al punto da star male.

«Allora perché?»

Posò la tazza sul tavolo e mise i palmi piatti ai due lati di essa. Inspirò profondamente ed espirò lentamente. «Vi ho chiesto di restare perché ho bisogno di parlarvi.» Finalmente mi avrebbe spiegato della sua misteriosa malattia e dell'orologio! «Credo sia meglio che ve ne andiate domani.»

«Prego?»

«Sto sciogliendo il nostro accordo.»

No. Non poteva farlo. Sicuramente sapeva quanto avessi bisogno di un impiego e di un posto dove vivere per qualche giorno. Sicuramente vedeva che non avevo nulla e nessun luogo dove andare. «Ma… non potete! Mi avete pagata in anticipo.»

«Tenete i soldi. Ma non potete restare qui. È troppo pericoloso.»

Il cuore mi sprofondò nello stomaco. «A causa di un solo intruso?»

Continuò a evitare di guardarmi.

«Non era un semplice ladro, vero?» lo incalzai.

«Potete tornare dai Mason» disse in fretta. «O assicurarvi un nuovo alloggio domani. Troverete anche un altro impiego abbastanza presto, ne sono certo. Siete una donna straordinaria e—»

Mi alzai di scatto. I piedi dello sgabello raschiarono sul pavimento di pietra. Finalmente incrociò il mio sguardo, ma scoprii di non poter più sostenere il suo. Riuscii a malapena a ricompormi e a non scoppiare in lacrime per la disperazione di tutto ciò, per il pesante fardello che si posava di nuovo sulle mie spalle, cercando di schiacciarmi a terra.

Si alzò anche lui. «Dite qualcosa, Miss Steele. Potete urlare se volete. Anzi, vorrei che lo faceste.»

«E vostra zia?».

Lui sbatté le palpebre. «Non avete una casa dove tornare, eppure vi preoccupate per zia Letitia?»

«Ho delle possibilità d'impiego, Mr. Glass. Non ho avuto molta fortuna finora, ma le cose cambieranno presto. Ci dev'essere un negoziante a Londra che ha bisogno di un'assistente. Ma vostra zia è vulnerabile. Dubito che possa badare a sé stessa adeguatamente. Non vorrei che tornasse a casa di suo fratello quando ve ne andrete.»

«Non lo farà.»

«Ha altri parenti? Amici?»

«Non che io sappia.» Premette le nocche sul tavolo e abbassò la testa tra le spalle. Aspettai, ma non ero sicura di cosa. Sapevo di dover portare la cioccolata a Miss Glass, ma qualcosa mi teneva inchiodata lì. «Maledizione!» ringhiò infine. «Non potete restare qui, Miss Steele. Non capite? È già abbastanza che abbia sulle mie spalle il benessere di Cyclops, Willie e Duke. Loro almeno possono difendersi.»

«Parlatemi dell'intruso.»

«È meglio per voi se non sapete troppo.»

«Adesso decidete voi cosa è meglio per me?»

«Sto decidendo cosa è più sicuro per voi, sì.»

«Vorrei davvero che non mi trattaste come una bambina o una sciocca. Non sono nessuna delle due.»

«Ne sono ben consapevole.» Le sue ciglia scure si sollevarono, gettando ombre sui suoi occhi mentre mi osservava a lungo.

Sostenni il suo sguardo con quella che speravo fosse aria di sfida, mentre dentro di me tutto voleva raggrinzirsi. Stavo per essere cacciata via da sola—di nuovo—senza impiego né alloggio. Vivere con dei fuorilegge sembrava improvvisamente il minore dei mali. Volevo restare, moltissimo. «Per favore, non fatelo» dissi semplicemente.

«Maledizione» disse con un sospiro. «Siete molto persuasiva.»

Lo ero?

«Dormite ancora con quel coltello?» chiese.

«Sì.»

«Continuate a farlo. Potete restare fino a martedì. Anche mia zia. Nel frattempo, penserò a cosa fare di lei.» Raccolse le nostre tazze vuote ed entrò a grandi passi nel retrocucina. «Buonanotte, Miss Steele.»

«Buonanotte, Mr. Glass». Lasciai la cucina con la cioccolatiera e la tazza. Il cuore mi martellava ancora quando raggiunsi la stanza di Miss Glass.

* * *

Mr. Glass, Duke, Willie e Cyclops uscirono dopo colazione, e la cosa non aveva nulla a che fare con la ricerca di Mr. Mirth, così mi fu detto. Non vollero dirmi dove andavano, ma sospettai che riguardasse l'intruso a cui Willie aveva sparato.

Passai la mattinata a conoscere meglio Miss Glass mentre due donne delle pulizie lavoravano nelle altre stanze. In effetti, la trovai desiderosa di parlare della sua famiglia, e bastò un piccolo incoraggiamento da parte mia per scoprire che suo padre era stato tanto orribile quanto suo fratello maggiore. Harry, il più giovane dei tre fratelli, dal carattere libero e dal cuore gentile, aveva lasciato il paese non appena raggiunta la maggiore età.

«Mi chiese di andare con lui» disse con un sorriso triste.

«Mi supplicò, in effetti. La mamma era già mancata a quel tempo, e Harry era tutto per me. Ci pensai seriamente, ma decisi di rimanere qui. Avere la sorella zitella al seguito, lo avrebbe soffocato. Lui aveva bisogno di essere libero più di quanto avesse bisogno di respirare. Nostro padre e Richard erano stati così crudeli, dicendogli sempre che non valeva nulla. Essendo il fratello minore, non ereditò nulla e dovette trovare la propria strada nel mondo. Nostro padre voleva che diventasse un avvocato, ma lavorare in un ufficio avrebbe lentamente ucciso lo spirito di Harry. Così fuggì e non tornò più.»

«Vostro padre si arrabbiò?»

«Terribilmente. Andò su tutte le furie dopo aver scoperto che Harry era partito. Vedete, lo aveva detto solo a me, e io mantenni il segreto fino a dopo la partenza della sua nave.»

«Dove andò Harry?»

«Dappertutto. Viaggiò in terre esotiche: Egitto, Turchia, Russia, in tutto l'Oriente, in Canada e in America. Aveva una piccola rendita da nostra madre che finanziava i suoi viaggi. Lei gli lasciò anche questa casa, ma non l'affittò mai. Forse lavorava, ma le sue lettere non menzionavano mai cose del genere.»

Forse perché sapeva che sua sorella considerava "tali cose" volgari. «Incontrò sua moglie in America?»

«Charlotte». Piegò le mani sul grembo, dove una delle lettere di Harry giaceva aperta. Erano state consegnate alla casa, insieme ai suoi effetti personali, la sera prima. «Lui l'adorava. Potevo capirlo dai suoi scritti che la considerava il centro del suo mondo. Ma non scrisse mai della famiglia di lei e dei suoi amici. Sembra che Richard abbia incaricato uno di quegli investigatori della Pinkerton di indagare, ma non mi confidò mai ciò che aveva scoperto. Tutto ciò che sapevo era che la considerava al di sotto del nostro rango.»

Non le ricordai che Lord Rycroft accusava la famiglia di Charlotte di essere dei criminali, né menzionai che le mie stesse indagini lo confermavano. Né le dissi che sia Harry che Matthew si erano probabilmente uniti alle attività criminali dei Johnson. In quale altro modo Harry e Charlotte avrebbero potuto finanziare i loro viaggi? In quale altro modo avrebbero potuto permettersi una buona educazione per Matthew? Perché era certamente un uomo ben educato e intelligente.

«Matthew nacque nove mesi dopo il loro matrimonio.» Prese la lettera in grembo e sorrise mentre scorreva la pagina. «Questa fu spedita da Zurigo.» Ne indicò un'altra, piegata sul tavolo. «Quella da Venezia. Andarono dappertutto. Matthew era un bambino che aveva viaggiato molto.»

«Finché non tornò in America quando aveva quindici anni.»

Il suo viso si rabbuiò. Abbassò le ciglia. «Vorrei aver visto Harry un'ultima volta prima che morisse. Vorrei aver conosciuto Charlotte e aver incontrato Matthew quando era un bambino. È un uomo distinto, non è vero, Miss Steele? Un uomo affascinante e forte.»

«Questo è certo.»

«E gentile. Così simile a suo padre.» Sospirò e chiuse gli occhi. Pensai si fosse addormentata, ma li riaprì di soprassalto. «Suonate per il tè, per favore, Beatrice.»

«Sono India» dissi dolcemente. «Non Beatrice.»

«Sì, certo che lo siete. Beatrice ha una faccia da cane rabbioso, ma voi siete così carina, miss Steele.»

«Per favore, chiamatemi India. Vado a prendere il tè.»

«Matthew dovrebbe assumere dei domestici» disse, aprendo un'altra lettera.

«Dice che non si fermerà a lungo, quindi i domestici non sono necessari. Si serve solo di donne delle pulizie. Sono qui adesso.»

«Vorrei che smetteste di dire che se ne andrà, quando non è vero.»

Serrai le labbra. Contraddirla l'avrebbe solo turbata, e spettava a suo nipote deluderla in questa faccenda, non a me.

«Questa è una cosa che mi mancherà della casa di Richard» disse, spiegando la lettera sul grembo.

«Cosa?»

«La mia cameriera. Devo offrirle un posto qui.»

Uscii per preparare il tè. Le cameriere non erano di mia competenza.

La fessura della posta, nella porta d'ingresso, cigolò e una lettera recapitata dal postino cadde a terra. Portava un franco-bollo americano, ma non c'era indirizzo del mittente sul retro. La depositai sul tavolo dell'ingresso, ma la sua presenza m'infastidì per il resto della mattinata. La consegnai a Mr. Glass al suo ritorno, nel tardo pomeriggio.

Mi aspettavo di trovarlo stanco e sofferente, dato che non era tornato a casa per la colazione, ma sembrava essere invece in ottima salute. Doveva aver portato con sé l'orologio luminoso, questa volta, come aveva fatto il primo giorno che l'avevo incontrato nel mio – di Eddie – negozio. Forse si era preoccupato che lo vedessi sulla sua persona e lo aveva lasciato a casa quando avevamo cercato Chronos insieme. Ero contenta di vederlo in salute. La malattia non gli si addiceva affatto.

«È arrivata questa per voi» dissi. «Avete avuto fortuna?»

«Con cosa, Miss Steele?» chiese, controllando la busta.

«Con la ricerca dell'intruso»

Lui alzò lo sguardo. «Cosa vi fa pensare che lo stessimo cercando?»

Inarcai le sopracciglia.

Lui grugnì. «Va tutto bene. Vi prego di non allarmarvi. Non permetterò che capiti nulla di male a voi o a mia zia finché sarete sotto la mia protezione.»

Fu un discorsetto piuttosto nobile, e mi lasciò senza parole per un momento. Era da tempo che mio padre non era in grado di proteggermi, e negli ultimi anni ero stata io a prendermi cura di lui. Non sapevo bene come reagire alla rassicurazione di Mr. Glass.

«Mia zia sta bene?» chiese.

«Sta bene.» Mi schiarii la gola. «Scoprirete anche che c'è una nuova aggiunta alla casa.»

«Chi?»

«La sua cameriera personale. Miss Glass l'ha riassunta questo pomeriggio. Mi assicura che il suo stipendio sarà pagato con i suoi fondi.»

«Il denaro non è un problema» disse distrattamente, strappando la busta. Il suo volto si indurì mentre leggeva, poi rileggeva, la lettera. «Con permesso.» Se ne andò prima che potessi chiedergli della nostra ricerca di Mirth.

Miss Glass si era ritirata per un riposino pomeridiano e io mi ritrovai senza nulla da fare. Avevo già riparato l'orologio della sala da pranzo, così decisi di ispezionare gli altri nella casa. La pendola era in buono stato, quindi mi limitai a spolverarne la cassa e passai agli altri orologi che avevo notato nelle altre stanze. Il Rococò in ottone nel salotto della musica richiedeva solo di essere caricato, e l'adorabile orologio a quattro vetri nel salotto era in perfette condizioni. Smontai comunque i suoi meccanismi per pulirli, tanto per fare qualcosa e per ammirare una così pregevole fattura. Le lacrime mi salirono agli occhi mentre rimettevo a posto tutti i pezzi. Forse non avrei mai più lavorato con orologi da tasca e da muro, né potuto ammirare la raffinata maestria che li caratterizzava, o la precisa coesione delle molte parti che creavano qualcosa di bello e funzionale. Lasciai vagare la mente mentre lavoravo e mi concessi semplicemente di *sentire*.

Non so quanto tempo passai su quell'orologio, ma fui risvegliata dal mio stato di trance dai sussurri concitati di Willie e Duke provenienti da dietro la porta.

«Perché non riesci a fare come ti viene detto, per una volta?» sibilò Duke.

«Dovresti conoscermi meglio, ormai.» La voce di Willie era piccata, ma non arrabbiata. «Faccio come mi pare, e quello che voglio fare è uscire stasera.»

«Resta a casa.»

«No.»

«Willie…» ringhiò Duke. «È pericoloso. Lui è là fuori.»

«Non ha niente contro di me, e puoi smetterla di darmi ordini. Non sei niente per me.» Entrò infuriata nel salotto, per poi fermarsi di colpo quando mi vide. «Quanto hai sentito?»

Guardai oltre le sue spalle, ma Duke non l'aveva seguita. «La maggior parte. Ma non preoccuparti. Non mi interessano le tue liti con Duke, o con chiunque altro, del resto.»

Venne a stare accanto a me e ispezionò l'orologio, anche se sospettavo che non ci stesse prestando molta attenzione. «Non mi piace che lui mi dia ordini. O qualunque altro uomo.»

«Stai dicendo che siamo d'accordo su qualcosa?»

Fece un sorrisetto. «So perché la penso così, ma tu perché? Pensavo che ti piacesse tuo padre.»

«Infatti. Il mio ex fidanzato, tuttavia, è un'altra questione. Se ho imparato una cosa dal mio tempo con Eddie, è che non mi piaceva la persona che diventavo quando stavo con lui.»

Si sedette e appoggiò i gomiti sulle ginocchia. «Continua.»

«Ora so che non ero me stessa quando ero fidanzata con Eddie. Stavo cercando di essere una versione ideale della femminilità per piacergli. Vedi, non ho avuto molta fortuna con gli uomini, ed Eddie mi faceva sentire speciale. Non volevo perderlo a causa di qualche opinione discordante.» Non sapevo perché desiderassi che Willie comprendesse i miei pensieri più intimi, qualcosa di cui avevo appena iniziato a rendermi conto. Forse era perché eravamo entrambe donne più o meno della stessa età o forse perché sapevo che mi avrebbe applaudita piuttosto che condannata. Io potevo essere considerata schietta, ma lei lo era dieci volte di più. Inoltre, dire semplicemente quelle parole ad alta voce era catartico.

«Hai smesso di essere te stessa, vuoi dire» disse lei a bassa voce.

Annuii. «Pensavo che mi avrebbe aiutato a tenere Eddie. Mi sbagliavo. Non solo l'ho perso comunque, ma ho quasi perso anche me stessa. *Quello* è stato molto peggio.»

Si appoggiò allo schienale e accavallò una gamba sull'altra. Mi guardò con un'espressione corrucciata ma con un sorriso sulle labbra. «Odio anch'io gli uomini.»

«Io non odio gli uomini. Solo Eddie. Il mio atteggiamento verso di loro è diverso ora, però. Non mi getterò ai piedi del prossimo uomo che mostrerà un po' di interesse per me.» Non che mi aspettassi alcun interesse, ormai.

«Tu non conosci gli uomini come li conosco io, Miss Steele.»

«Chiamami India.»

«Tu non conosci gli uomini, India.» Il suo sorriso svanì del tutto e l'espressione corrucciata prese il sopravvento su tutto il suo viso, tirandole la bocca e incupendole gli occhi. «Prego che tu non debba mai conoscerli.»

Volevo allungare la mano e toccare la sua in segno di comprensione, ma sospettavo che non le sarebbe piaciuto, quindi mi limitai ad annuire.

«Eccetto Matt, ovviamente. È un brav'uomo, nonostante…».

Fece un gesto con la mano, come se dovessi sapere a cosa si riferiva.

Aspettai, ma non elaborò. «E Duke e Cyclops?»

Sollevò appena una spalla. «Non li conosco come conosco Matt.»

Sarebbe stato il momento perfetto per chiederle informazioni su di lui, ma temevo che potesse essere troppo presto e che mi avrebbe respinta di nuovo. Mi piaceva che non fosse più risentita nei miei confronti.

«Vieni con me stanotte, India» disse all'improvviso. «Lascia che ti mostri cosa può fare una donna quando ci si mette d'impegno.»

«Andare dove?»

«C'è una riunione di giocatori di carte sopra un negozio in Jermyn Street.»

«Una bisca?»

«Ti insegnerò a giocare come un uomo e a non essere una di quelle sciocche e leziose femminucce.»

«Non credo di essere né sciocca né leziosa, grazie.»

Alzò gli occhi al cielo. «Vedrai come gli uomini ti trattano diversamente quando sanno che non sei indifesa. Vieni con me. Mi farebbe piacere un po' di compagnia.»

«Perché non porti Duke con te?»

Fece una smorfia. «Buona compagnia. Allora? Sei abbastanza coraggiosa?»

Risi. «Non cadrò nella tua provocazione. Lasciami pensare. Ti darò la mia risposta più tardi.»

Lei se ne andò e io finii di rimontare l'orologio, con la mente che tornava alla sua offerta. Andare in una bisca non era qualcosa che avrei mai contemplato fino ad ora. Ma potevo farlo. Cosa me lo impediva? Sicuramente lei non ci sarebbe andata se ci fosse stata la possibilità di incontrare un pericolo. Sembrava un'idea eccitante e qualcosa che la vecchia me non avrebbe di certo fatto. Avevo sempre fatto la cosa giusta, ma ora mi sentivo come se mi fossi svegliata da una nebbia. Volevo provare cose nuove.

Eppure, anni di comportamento cauto e una buona educazione mi facevano esitare. Lottai con me stessa per il resto del pomeriggio. Fui distratta solo dal profondo brontolio della voce di Mr. Glass mentre controllavo l'orologio sul tavolino vicino alla porta delle sue stanze.

«Secondo la lettera di Jem» disse a qualcuno con lui, «lo sceriffo Payne sa che siamo qui.»

Sia Duke che Willie imprecarono. «Come l'ha scoperto?» chiese Duke.

«Se gliel'ha detto il mio fratellino, lo sventro» ringhiò Willie.

«Jem non spiega come lo sceriffo l'abbia scoperto» disse Mr. Glass, «solo che è venuto a casa e ha preteso di sapere quando eravamo partiti.»

«Non credo sia colpa di Jem» disse la voce risonante di Cyclops. «È più probabile che sia qualcuno che vuole Matt fuori dai piedi».

«Questo restringe il campo.» La voce di Willie grondava sarcasmo.

«Qualcuno che sa anche che lo sceriffo mi vuole, vivo o morto» disse Matt.

Ricercato, vivo o morto. Quelle erano le parole sul manifesto del Dark Rider. Mi portai una mano allo stomaco e cercai di riprendere fiato, ma il corsetto era troppo stretto. Mi sentii male. Uno *sceriffo* dava la caccia a Matt. Allora *doveva* essere lui il Dark Rider.

«Non ti vuole vivo, Matt» disse Duke, tetro. «In una bara è l'unico modo in cui lo sceriffo Payne ti riporterà a casa.»

Cadde il silenzio e io mi allontanai furtivamente, abbandonando l'orologio. Corsi nelle mie stanze e chiusi la porta a chiave dietro di me.

CAPITOLO 10

Non uscii dalla mia stanza finché non suonò il gong della cena. Non unirmi agli altri sarebbe sembrato sospetto, perciò decisi di agire nel modo più normale possibile, tuttavia trovai difficile guardare chiunque negli occhi.

Fortunatamente, Willie e Cyclops furono distratti dalla grandiosa entrata di Miss Glass, al mio fianco. Aveva deciso di indossare un abito che era più adatto a una cena con dei reali. Il filo d'argento nella seta grigio scuro brillava alla luce delle candele, e le perle che portava al collo e tra i capelli non fecero che ricordarmi che mi trovavo in presenza dell'aristocrazia. Io, umile figlia di un orologiaio.

«Miss Steele?» La mano ferma di Mr Glass sul mio gomito mi colse di sorpresa. «Posso accompagnarla al suo posto?»

«Grazie.»

Mi fece avvolgere le dita attorno al suo braccio e le tenne salde con la sua stessa mano. «Non vi sentite bene?»

«No.»

Chinò il capo verso il mio. Profumava di spezie e lavanda, una combinazione intrigante che mi fece battere forte il cuore. «Sembrate un po' pallida e siete rimasta nella vostra stanza per la maggior parte del pomeriggio.»

«A volte mi piace stare da sola.»

«Quindi non mi stavate evitando?»

Il cuore mi balzò in gola. «Perché mai dovrei evitarvi?»

Mi scostò la sedia. «Perché mi ritenete falso. Oserei dire che mi considerate anche poco signorile.»

La sua mano sulla mia era ferma, ma non in modo sgradevole. «Voi *siete* un gentiluomo, Mr Glass. Vostro nonno era un barone, nientemeno.»

«Spero di essere più gentiluomo di lui.» Un angolo della sua bocca si sollevò. «E vi prego, non usate le mie parentele contro di me. Non posso scegliere la mia famiglia, ma scelgo i miei amici con molta cura.» Il suo fiato mi scompigliò i capelli vicino all'orecchio. «Spero che diventerete una di loro.»

Un calore mi salì per la gola e mi colorò le guance. Il suo sorriso si allargò. *Sapeva* quale effetto avesse su di me il suo fascino, e ciò mi turbò ancora di più. «Mr Glass, in tutta onestà, non so che pensare di voi. I miei pensieri oscillano da un estremo all'altro a ogni ora del giorno, anche quando non siete presente.»

Improvvisamente sorrise. «Sono lieto di sapere che mi pensate così spesso.»

Inspirai un profondo respiro per calmarmi. Malgrado la mia determinazione a rimanere calma, risultò affannoso. «Mr Glass, state flirtando con me?»

«È forse un crimine?»

«Alcuni direbbero di sì, dato che intendete lasciare l'Inghilterra tra pochi giorni. Inoltre, non abbiamo già stabilito che siete falso?»

I muscoli del suo braccio si tesero. Mi lasciò andare. «Le mie scuse, Miss Steele. Non so cosa mi sia preso.» Si diresse all'altro lato del tavolo e non mi guardò più.

Alla fine della cena mi sentivo accaldata e con i nervi a fior di pelle, e non ne capivo il motivo. Aveva fatto esattamente ciò che volevo e aveva messo fine al suo flirt, come un uomo perbene — un *gentiluomo* — avrebbe dovuto fare. Allora perché una parte di me desiderava che non l'avesse fatto?

In seguito, nella biblioteca, non riuscii a stare ferma mentre cercavo di leggere al lume di una lampada, così quando Willie mi trovò e mi chiese se mi sarei unita a lei per andare a giocare a carte, accettai senza esitazione. Avevo bisogno di *fare* qualcosa. Una vocina mi diceva che stavo agendo in modo sconsiderato, ma la ignorai. *Volevo* essere sconsiderata, quella sera. Speravo che un po' d'avventura potesse porre fine alla mia irrequietezza.

«India esce con me» annunciò Willie a Mr Glass dopo che sua zia si fu ritirata nella sua stanza.

Lui abbassò il bicchiere di brandy in modo lento e studiato. «India? Che ne è stato di Miss Steele?»

«Ha detto che potevo chiamarla India, e così farò.» Willie incrociò le braccia sul petto.

«È vero» aggiunsi, sebbene entrambi sembrassero aver dimenticato che ero lì. Eravamo i soli nel salotto, dove Mr Glass si era fermato a leggere il giornale. Duke e Cyclops non si vedevano da nessuna parte.

«Miss Steele, vi dispiacerebbe uscire un momento? Devo parlare da solo con Willie.»

Acconsentii, dato che avevo comunque intenzione di origliare. Mi rivolse un sorriso duro, poi mi chiuse la porta in faccia. Appoggiai l'orecchio alla superficie di legno e ascoltai Mr Glass inveire contro la cugina.

«Tu *non* la porterai con te» ringhiò.

«È perfettamente in grado di decidere da sola» ribatté Willie. «Siamo entrambe donne adulte.»

«Le donne adulte sono capaci di mettersi nei guai tanto quanto le ragazzine.»

«Nessuna di noi due è una sciocca, Matt. Se incontreremo un pericolo—anche se lo percepissimo soltanto—ce ne andremo.»

Seguì un momento di silenzio, durante il quale pensai che avesse già vinto la discussione. Poi lui disse: «Lo proibisco. Lei non è come te. Non è... di mondo.»

«Lo è, accidenti a te, e se non riesci a vederlo vuol dire che non guardi abbastanza attentamente.»

«"Di mondo" non è la parola giusta.» Un'asse del pavimento scricchiolò e dei passi risuonarono, prima che il pavimento scricchiolasse di nuovo. Stava passeggiando per la stanza. «State andando in una stanza piena di uomini. Uomini che berranno e saranno pieni di soldi.»

«Non dopo che li avrò spennati.»

«Willie! Ascoltami. Miss Steele è un'innocente.»

«No, Matt, non lo è.»

«Lo è, dannazione!» La sua veemenza mi sorprese e confuse. Perché era così accanito con Willie su questa faccenda? «Si presenta come sicura di sé, ma non lo è. È vulnerabile e troppo fiduciosa. Tu e io sappiamo entrambi che queste sono le qualità di un bersaglio facile.»

Mi allontanai dalla porta barcollando, con le lacrime agli occhi. Non sapevo cosa mi facesse più male, se il fatto che mi ritenesse debole e patetica o che mi compatisse.

Forse aveva ragione e io *ero* la donna che aveva descritto. All'inizio mi ero fidata di lui, dopotutto. Ma non volevo più essere quella persona. Non volevo più che si approfittassero di me. Eddie mi aveva insegnato l'errore della fiducia cieca. Né avrei tollerato che si parlasse di me in quel modo. Mr Glass non mi conosceva.

Spalancai le porte e marciai verso di lui. «Vi sbagliate di grosso, Mr Glass. Non sono facile, né sono un bersaglio, come dite voi.»

Mi afferrò un braccio mentre mi allontanavo, bloccandomi contro di lui. Eravamo così vicini che doveva sentire il mio cuore battere attraverso il suo corpo. I suoi occhi scuri turbinavano come cieli tempestosi mentre mi tenevano ferma tanto quanto la sua presa. «Non dovreste origliare alle porte, Miss Steele. Non è educato.»

«Penso che abbiamo superato da un pezzo il momento di essere educati l'uno con l'altra, non trovate?»

«Sì» mormorò. Abbassò il viso finché non fu a pochi centimetri dal mio. Il mio cuore quasi mi saltò fuori dal petto. «Al diavolo le buone maniere.»

Willie si schiarì la gola. Un attimo dopo, mi aveva afferrato la mano e mi stava trascinando fuori dal salotto. «Non aspettarci alzato» gridò a suo cugino. «Hai bisogno di riposare.»

Mi voltai a guardarlo. Stava immobile come una statua, lo sguardo severo fisso su di me, come se potesse costringermi a rimanere con la sola forza della sua occhiata. Gli sorrisi e lo salutai con la mano.

«Tornate per l'una» scattò.

«Le due» disse Willie, già a metà strada per uscire.

«*L'una.*»

«Sì, paparino» lo schernì Willie. A me, disse: «Staremo fuori fino alle tre, che ne dici?»

* * *

«Guarda e ascolta, ma non parlare» disse Willie mentre ci avvicinavamo a un negozio di calzolaio su Jermyn Street. «Non emettere un suono, non aggrottare la fronte, non sorridere, né cercare di farmi segno in alcun modo, anche se pensi che io abbia la mano vincente o perdente.»

«Come faccio a sapere qual è una mano vincente o perdente?»

«Non roteare gli occhi, non inarcare le sopracciglia, né morderti il labbro o l'interno della guancia.»

«Posso respirare?»

«Se proprio devi, ma non sbuffando.»

Il mio sguardo si posò su di lei, ma era difficile capire se fosse seria, nella luce fioca dei lampioni. Sebbene l'illuminazione qui fosse migliore della maggior parte delle strade, non era comunque sufficiente a fendere la nebbia che si infittiva. Mi strinsi il cappotto alla gola, ma il freddo mi si insinuò nelle ossa, comunque.

Non era stata una lunga camminata da Park Street, e la zona era la migliore di Londra, tuttavia sussultavo a ogni rumore. Il rombo delle carrozze di passaggio e il *tic tic* dei passi sembravano stranamente disincarnati nell'aria densa, come se stessero vagando presenze spettrali. Willie, per contro, pareva del tutto a suo agio mentre ci conduceva verso i negozi di Jermyn Street.

«Hai bisogno di stivali nuovi?» chiesi mentre bussava alla porta del negozio del calzolaio.

«È questo il posto» annunciò lei.

«Non sembra una bisca. Sembra un negozio qualunque.»

«Perché di giorno lo è. Di notte, invece, il proprietario gestisce dei tavoli al piano di sopra.»

Un uomo dal collo taurino e con una bocca piccola aprì la porta, fece un cenno a Willie e poi mi fissò. Sorrisi e accennai una riverenza. Continuò a fissarmi.

Con uno schiocco della lingua, Willie disse: «Si direbbe che tu non abbia mai visto una donna prima d'ora, Pinch.»

«Non qui, infatti» disse lui.

«Ehi!»

«Tu non conti.»

Si fece strada tra gli espositori di scarpe e stivali fino a una porta sul retro del negozio, dove l'odore di cuoio era più forte. Tirò un campanello d'ottone lucido e un rintocco rispose da qualche parte al piano di sopra, prima che un altro uomo aprisse la porta. Mi voltai per vedere il primo portiere che ci fissava ancora. Azzardai un sorriso e, con mia sorpresa, ricambiò.

Il secondo portiere non ci degnò di alcuna attenzione. Era ancora più corpulento del precedente. La giacca gli si tendeva su spalle grandi come massi, e persino le palpebre erano spesse di muscoli. Prese atto della mia presenza senza scomporsi e si fece da parte per farci passare e salire la scala, in cima alla quale ci aspettava un'altra porta, rinforzata con pannelli di ferro. Una piccola lampada pendeva da un gancio accanto ad essa, illuminando a malapena il gradino più alto. Dovetti procedere a tentoni e fare attenzione a non inciampare. Voci maschili ci giungevano filtrate dalla stanza oltre, per lo più sommesse ma interrotte un paio di volte da una risata rauca. Mi premetti una mano sullo stomaco in subbuglio. Era troppo tardi per tirarsi indietro. Era improbabile che Willie mi riaccompagnasse a casa e il pensiero di attraversare da sola le strade buie mi fece sentire ancora peggio.

«Dove hai sentito parlare di questo posto?» sussurrai mentre Willie bussava.

«Se sciali i tuoi soldi negli alberghi vicino alle stazioni ferroviarie, qualcuno di appariscente ti avvicina e ti parla di un bel posto accogliente dove puoi bere con i suoi amici e goderti una tranquilla partita a dadi o a carte.»

«Vuoi dire che vanno in cerca di probabili giocatori d'azzardo?»

«Esatto. Mi sono assicurata di trovare quelli dove si gioca a poker. Non è stato facile. Il poker non è molto conosciuto qui in Inghilterra.»

«Cos'è il poker?»

«Un gioco di carte.»

«Sei brava?»

I suoi denti bianchi brillarono nell'oscurità.

Uno stretto pannello rettangolare nella porta si aprì e un paio d'occhi ci scrutò. Si sgranarono leggermente nel vedermi, prima che il pannello si richiudesse bruscamente. La porta si aprì e un tipo alto e snello, vestito da gentiluomo, ci accolse. Fece un cenno a Willie e lei ricambiò. Gli porgemmo i nostri cappotti e cappelli.

«Mi presenterete alla vostra amica, Miss Johnson?» domandò.

«Miss Steele, questo è Mr Unger» disse lei, guardando oltre.

Lui mi fece un inchino. «Benvenuta, Miss Steele. Siete venuta per giocare?»

«Solo per guardare» dissi. «Siete voi il proprietario di questo locale?»

«No.» Non aggiunse altro e si fece da parte per farci passare.

Il fumo si alzava in sottili colonne da una dozzina di sigari. Si aggrappava alle travi, disturbato solo da occasionali correnti d'aria. Gentiluomini sedevano ai tavoli, la loro concentrazione rivolta ai dadi che rotolavano o alle carte che tenevano in mano. Una porta sul lato opposto conduceva a un secondo ambiente. Il camino era spento, ma l'aria della stanza, senza finestre, era soffocante. Uomini vestiti con panciotti cremisi e camicie bianche immacolate stavano a ogni tavolo e sembravano essere i responsabili del gioco. Quello al tavolo delle puntate teneva un bastone uncinato.

Willie si diresse ai giocatori di carte sulla sinistra e prese un posto libero, ma passarono diversi secondi prima che il brusio di voci si placasse. Uno per uno, tutti gli uomini si voltarono verso di me, finché diciotto paia d'occhi non si concentrarono interamente sulla mia persona. Chiaramente, le donne vestite da donna erano una stranezza nella loro tana. Accennai una goffa riverenza e mi affrettai a raggiungere Willie. Lei ridacchiò e scosse la testa. Il tipo responsabile del suo tavolo mi trovò una sedia e il corpulento gentiluomo di mezza età accanto a lei mi fece spazio per farmi accomodare.

«Buonasera, signorina» disse con un sorriso sdentato. «Non capita spesso di essere onorati da una così gentile compagnia.»

Willie borbottò qualcosa a mezza voce che non riuscii a capire.

«Sono qui solo in veste di osservatrice» lo rassicurai.

«Come il nostro altro nuovo amico stasera.» Indicò con il sigaro il gentiluomo seduto proprio di fronte a me. «Sembra che il poker stia diventando di gran moda a Londra adesso. Capisco perché. Un gioco dannatamente buono.» La sua risata tonante riempì la stanza. Doveva essere la sua la risata che avevo sentito da fuori. Nessun altro sembrava di umore così gioviale, molto probabilmente perché aveva la pila di soldi più alta davanti a sé.

L'altro osservatore mi fece un cenno con un sorriso amichevole e io ricambiai, poi ci concentrammo entrambi sul gioco.

«Poker a cinque carte stile cowboy» disse il mazziere a Willie mentre distribuiva le carte.

L'uomo accanto a me si chinò più vicino. «Cosa ne sapete di questo grande gioco americano, Miss…?»

«Steele», dissi. «Non ne so nulla.»

«Mi chiamo Travers.» Si mise un monocolo nell'orbita oculare e studiò le sue carte, poi rivolse il suo scrutinio su di me. Mi squadrò dalla testa ai piedi, poi spostò la sedia ancora più vicino. Odorava di sigari e brandy. «Non avete l'accento americano.»

«Sono inglese.»

«Aha. Una graziosa, giovane rosa inglese. Perfetto.»

Chiaramente l'illuminazione non era molto buona se mi riteneva graziosa e giovane. «Grazie» dissi, tuttavia.

«La vostra amica vi ha insegnato a giocare?» chiese, facendo un cenno verso Willie.

«No. Ci siamo appena conosciute."

Socchiuse gli occhi guardandomi attraverso il monocolo. «Non siete una truffatrice, vero?»

«Una cosa?»

«Un imbroglione, o un'imbrogliona, che finge di non conoscere le regole per poi spennare tutti al tavolo.»

«Vi assicuro che non so giocare a poker. Il whist è più il mio genere di gioco.»

Ridacchiò e il monocolo cadde sul tavolo. Lo raccolse e studiò di nuovo le sue carte prima di prendere una singola moneta dalla sua pila e metterla accanto alle altre. «Mi ha spennato ieri sera» disse con un cenno verso Willie, «ma penso di aver capito i suoi metodi, adesso.»

Willie fece un sorrisetto. «Allora vi auguro buona fortuna, milord.»

Milord? Fissai Travers, ma lui era assorto nel gioco e non mi prestava attenzione. Incrociai lo sguardo del nuovo arrivato, di fronte, e lui si strinse nelle spalle. I suoi brillanti occhi blu scintillavano d'intelligenza.

Osservai diverse mani e pensai di aver capito quale combinazione di carte costituisse una mano vincente. Poi tutto ciò che avevo imparato fu stravolto quando il lord accanto a me vinse con nient'altro che una coppia di otto. Willie lo guardò rastrellare le vincite con un'espressione corrucciata.

«Perché ha vinto?» sussurrai. «Tu avevi una coppia di tre e una di sei.»

«Stava bluffando. Ho passato troppo presto.» Prese una delle sue monete e ne strofinò la superficie con il pollice, come se stesse cercando di rimuovere il volto della regina. Non sembrava in vena di rispondere ad altre mie domande.

Lord Travers appoggiò il braccio sullo schienale della mia sedia e si chinò così vicino a me che potei sentire il suo sorriso umido. «Mie care fanciulle, perché non la smettete per stasera? Questo non è un posto per delle belle rose. Noi spine potremmo pungervi.» La sua sghignazzata fece voltare delle teste agli altri tavoli.

«A proposito di spine irritanti» mormorò un gentiluomo abbastanza forte da essere sentito da tutti.

Una pioggerella di risate riempì la stanza, guidata da Travers stesso.

Vinse le due mani successive, con grande fastidio di Willie. Lei gettò le carte in mezzo al tavolo e si appoggiò allo schienale della sedia, con le braccia incrociate sul petto. Le erano rimasti solo gli ultimi cinque scellini.

«Alla vostra amica non piace perdere» mi disse Travers all'orecchio.

Mi scansai da lui. «Sono certa che a nessuno piaccia perdere.»

Lo sguardo tagliente di Willie scivolò verso di lui. Si chinò sul tavolo e trasse le sue monete verso di sé come una gatta protettiva. Lord Travers ridacchiò. Le dita di lui sfiorarono la mia spalla fino alla pelle nuda sopra il colletto. Rabbrividii e mi ritrassi.

«Gradite da bere, signore?» chiese il gentiluomo dagli occhi blu, apparso improvvisamente tra me e Willie. Si rivolse a me, ma il suo sguardo duro cadde su Travers, al mio altro fianco. «Perché non vi unite a me nella sala dei rinfreschi, signorina? Tutto questo poker mi sta facendo girare la testa.»

«Grazie.» Gli porsi la mano. «Credo che accetterò.»

Mi condusse lontano dal tavolo. Willie non parve accorgersi che me ne fossi andata, e nemmeno a Travers sembrò importare molto. Si rimise semplicemente il monocolo e studiò la nuova mano che gli era stata servita.

Il gentiluomo mi condusse nella stanza adiacente, dove panini e pasticcini erano apparecchiati sul tavolo. Una lunga tovaglia bianca bordata di pizzo scendeva fino al soffice tappeto. Decanter e bicchieri erano pronti su una credenza, le loro sfaccettature di cristallo che scintillavano alla luce delle candele del lampadario.

«Brandy?» domandò. «Vino? Sherry?»

«Brandy. Vi ringrazio per il vostro galante salvataggio, signore. Lo apprezzo molto.»

Mi sorrise da sopra la spalla. Sebbene non fosse un uomo di una bellezza mozzafiato, aveva un sorriso cordiale e limpidi occhi azzurri. Immaginai che si trovasse sulla metà dei trent'anni, a giudicare dalle rughe a ventaglio agli angoli degli occhi e da quelle che gli solcavano la fronte. «Sono al vostro servizio. Miss Steele, giusto?»

Annuii e lo raggiunsi alla credenza.

«Mi chiamo Dorchester.» Versò due brandy da un decanter e mi porse uno dei bicchieri. «Alla vostra salute, Miss Steele.»

Sorseggiai e lo scrutai da sopra l'orlo del bicchiere. «Avete imparato qualcosa stasera, Mr. Dorchester?»

«Ho imparato a non giocare a poker con Lord Travers.»

«Sembra che vinca spesso.» E che abbia le mani lunghe.

«La vostra amica è un personaggio interessante. Ho forse colto un accento?»

«Willie è americana.»

Fece una smorfia.

«Non vi piacciono gli americani?» domandai.

«Ne ho conosciuti solo due, ed erano individui piuttosto sfacciati e gradassi. Mancavano di raffinatezza ed eleganza, se capite cosa intendo.»

Mi limitai a sorridere. Sebbene Willie e Duke rientrassero alla perfezione nella descrizione, Mr. Glass non lo era, e non ero ancora sicura di cosa pensare di Cyclops. «Cosa vi porta in questa bisca?»

«Il gioco d'azzardo.» Ghignò. «Avevo sentito parlare di questo nuovo gioco, il poker, e ho deciso di vedere di cosa si trattasse. Ammetto che mi piace il brivido della vittoria, ma sono anche cauto. Non scommetto mai più di quanto possa permettermi di perdere.»

«Da qui la serata passata a osservare piuttosto che a partecipare?»

«Esatto. E voi, Miss Steele? Pensate di tornare per tentare la fortuna a poker un'altra notte?»

«Non gioco d'azzardo.» Non avevo nulla da scommettere, ma anche se avessi avuto qualcosa, non ne vedevo il fascino.

«Forse verrete semplicemente a fare di nuovo compagnia alla vostra amica americana. Renderebbe la serata più interessante se voi foste qui.» Sorrise di nuovo.

Il calore mi salì al viso. Sorseggiai per nasconderlo. «Siete di Londra, Mr. Dorchester?»

Scosse la testa. «Ho studiato qui in gioventù, ma risiedo a Manchester. Lavoro nel settore manifatturiero.»

«Oh? A me il vostro accento sembra puramente londinese.» E dell'alta società, per giunta.

«Così mi è stato detto. Devo averlo preso anni fa.» Sorseggiò. «Allora, ditemi, come mai una brava ragazza inglese finisce in una bisca con un'americana che si veste da uomo.»

Risi. «È una lunga storia.»

«Ho tutta la notte.»

«Non volete tornare al tavolo da poker?»

«Non quando c'è un'alternativa più interessante.» Quegli splendidi occhi azzurri si fissarono su di me, e il mio viso avvampò.

Cercai qualcosa da dire, ma riuscii solo a sorridere pateticamente e a sorseggiare il mio brandy. Fui salvata dal dover rispondere grazie all'arrivo di due uomini che ci raggiunsero alla credenza. Ostentavano l'arrogante spavalderia della gioventù immersa nel privilegio e nel denaro. Uno versò da bere e l'altro, il compagno più corpulento, si servì di pasticcini. Quello con i bicchieri si appoggiò alla credenza e tracannò il contenuto di uno di essi.

«Come ti chiami?» mi domandò.

«Miss Steele,» dissi.

Il suo sguardo grigio e spento mi scivolò addosso, soffermandosi sul petto, sulla gola, sulla bocca. Il labbro superiore gli si arricciò in un sorriso indolente. «Raddoppio qualunque cifra lui stia pagando,» disse con un cenno del capo verso Mr. Dorchester.

Sbattei le palpebre. «Perdonate?»

Alzò gli occhi al cielo. «Non fare la finta innocente, Miss Steele. Non ti farà guadagnare di più, con noi.»

Noi? Guardai il suo compagno. Fece un risolino sdegnoso, ma grazie alla spolverata di zucchero sulle labbra, non sembrò sinistro quanto quello del suo amico. Ciononostante, sapevo cosa volevano quegli uomini e cosa pensavano che io stessi vendendo. Indietreggiai.

«Vi sbagliate, signore,» dissi con tutto il coraggio che riuscii a trovare. «Non sono ciò che pensate.»

«Certo che lo sei. Per quale altro motivo saresti qui?»

Perché, in effetti?

Mr. Dorchester si interpose tra il gentiluomo e me. Era più basso di una testa intera, ma di corporatura robusta, mentre Mr. Dorchester era snello e asciutto. «Siete pregato di lasciare in pace Miss Steele.»

«Non pago un penny di più,» ringhiò il gentiluomo. «La tua sgualdrina non vale il doppio che offro.»

Prima che il mio sussulto mi avesse lasciato le labbra, Mr. Dorchester afferrò l'uomo per la giacca sul petto e lo sollevò da terra. Il tipo sferrò un pugno, ma lo mancò. Mr. Dorchester lo scagliò di peso contro il muro. Un istante dopo, Unger si precipitò dentro, e almeno una mezza dozzina di giocatori si accalcò sulla soglia dietro di lui. Più di uno sghignazzò alla vista del tipo dall'aria stordita sul pavimento.

«India?» Potei sentire Willie prima di vederla. Riuscì a farsi largo tra la piccola folla e si precipitò da me. Mi afferrò gli avambracci e mi scrutò il viso. «Che è successo? Stai bene?»

«Benissimo, grazie.» Le mani mi tremavano e il cuore batteva forte, ma non lo avrei ammesso a Willie. Dopotutto, ero illesa, e il pericolo era passato.

Emise un lungo sospiro e mi controllò ancora una volta. «Grazie a Dio. Matt mi farebbe passare un brutto quarto d'ora se ti succedesse qualcosa.»

Mr. Dorchester alzò lo sguardo bruscamente, poi lo distolse. Si grattò la mascella, ma si fermò di colpo e lasciò cadere la mano al fianco. Era come se non sapesse cosa farne, o cosa fare di se stesso, ora che tutti gli occhi erano puntati su di noi.

Willie guardò di sbieco il tipo accasciato e intontito sul pavimento. «Che è successo?»

«Mr. Dorchester ha difeso il mio onore da quell'uomo,» dissi.

Willie grugnì. «Il tuo onore?»

Mr. Dorchester si sistemò la cravatta. «È scortese chiamare una signora 'sgualdrina'.»

«Una sgualdrina!» Willie scoppiò a ridere e diede un calcio alla scarpa dell'uomo sul pavimento. «Siete cieco, signore? Quella è chiusa a doppia mandata. Aspetta che lo racconti a Duke e Cyclops. Rideranno fino a farsi scoppiare la pancia.»

Misi una mano sul fianco. «E a Mr. Glass? Lo dirai anche a *lui*?»

Il suo sorriso svanì. «Meglio non dirglielo, a meno che tu non voglia più tornare qui.»

In quel momento, non mi importava se non avessi mai più messo piede in quella bisca o in qualsiasi altra. Avevo voluto essere un po' spericolata e provare qualcosa che non avevo mai fatto prima, ma ora restare a casa con un buon libro sembrava molto più allettante.

«Ecco perché dovreste proibire l'ingresso alle donne,» disse uno dei giocatori a Mr. Unger. «Creano solo problemi.»

«Devo chiederle di andarsene, signore,» disse Mr. Unger a Mr. Dorchester. «Niente risse. Regole della casa.»

Mr. Dorchester alzò le mani. «Capisco.»

«Mi stava proteggendo,» protestai. «Dovrebbe chiedere a quel tipo di andarsene. È *lui* che ha iniziato a creare problemi.»

«Lord Dennison e Mr. Fryer-Smythe sono clienti abituali.» Fece un cenno all'amico che aveva messo da parte il suo pasticcino per aiutare il compagno a rialzarsi. «Non hanno mai causato problemi prima.»

«Va tutto bene, Miss Steele,» disse Mr. Dorchester. «Non credo che il poker faccia per me, e ci sono altre bische in città disposte a prendere i miei soldi.»

«Ma non è giusto!» protestai. «Non meritate questo trattamento.»

Mi prese la mano tra le sue. «Sono comunque stanco. Posso essere così audace da suggerirvi di andarvene anche voi adesso, per la vostra incolumità?»

«Non ancora,» disse Willie prima che potessi rispondere. La sua bocca si contrasse in una linea determinata. «Devo prima rivincere quello che ho perso.»

«O perdere di più!» gridò Lord Travers dall'altra stanza.

«Mr. Dorchester ha ragione,» dissi. «Dovremmo andare.»

Willie sembrò non sentirmi. Tornò marciando nella sala da gioco e riprese il suo posto al tavolo da poker. Tamburellò con il dito sulla superficie. «Date le carte.»

«Desiderate che vi accompagni a casa?» mi domandò Mr. Dorchester mentre gli altri tornavano ai loro posti.

Sebbene l'offerta fosse allettante, rifiutai. Non lo conoscevo abbastanza bene da camminare da sola con lui al buio. «Aspetterò Willie.»

«Molto bene. Ma state attenta, Miss Steele. Mi spiacerebbe sapere che vi è successo qualcosa.» Si inchinò. «È stato un piacere fare la vostra conoscenza. Spero che ci incontreremo di nuovo.» Prese cappello, cappotto e guanti e parlò a bassa voce con Mr. Unger, forse cercando da lui la rassicurazione che non mi sarebbe accaduto nulla. Mr. Unger mi guardò, poi annuì, e Mr. Dorchester se ne andò.

Mi dispiacque vederlo andare via; non perché mi mancasse la sua compagnia, ma perché significava che avrei dovuto rimanere nella sala da gioco ed evitare la sala dei rinfreschi. Il tipo che mi aveva chiamato sgualdrina — Lord Dennison — si era completamente ripreso. Uscì anche lui con passo baldanzoso, un bicchiere in mano, e si appoggiò con un fianco al tavolo della roulette. I suoi occhi gelidi mi osservavano e le sue labbra si contrassero. Rabbrividii di nuovo.

Lord Travers diede una pacca sulla sedia vuota accanto a sé. «Venite a sedervi vicino a me, Miss Steele. Vi terrò al caldo.»

«Preferisco restare in piedi,» dissi e mi spostai vicino al caminetto, dietro la sedia di Willie.

Giocarono qualche mano, con Lord Travers o Willie che vincevano la maggior parte dei piatti, anche quando non avevano buone carte. Non riuscivo a capire quando uno dei due stesse bluffando, ma Lord Travers sembrava aver inquadrato Willie. Aveva anche più combinazioni di carte vincenti.

Cominciai ad annoiarmi, così presi la pendola da carrozza sulla mensola del caminetto. Funzionava perfettamente, ma ne rimossi comunque la cassa e ne ispezionai i meccanismi. Feci scorrere il pollice sulle ruote, traendo conforto dalle parti familiari e dai loro movimenti piccoli ma precisi. Il metallo si scaldò al mio tocco. L'avrei smontata e rimessa insieme per fare qualcosa, ma non avevo con me gli attrezzi. Riposizionai la cassa posteriore e la rimisi al suo posto, sulla mensola.

Dopo mezz'ora, gli altri due giocatori al tavolo da poker si ritirarono, avendo perso tutto, e Lord Travers possedeva la maggior parte del denaro. A Willie erano rimaste le ultime monete, e mi ritrovai a sperare che perdesse anche quelle in modo da poter andare a casa. Secondo la pendola, erano le due e mezza. Volevo andare a letto. Il cuore mi sprofondò quando vidi i tre dieci nella sua mano. Una mano vincente ora l'avrebbe tenuta lì più a lungo.

Willie rifletté sulle sue carte per un po', poi spinse in avanti tutte le monete.

Lord Travers pareggiò la sua scommessa senza esitazione, e aggiunse un'intera pila di monete in più. Willie non avrebbe mai potuto coprirla.

Alzò le sopracciglia verso Mr. Unger, che si era avvicinato a guardare.

Lui scosse la testa. «Sono spiacente, Miss Johnson, ma il

banco presta denaro solo ai clienti a noi ben noti. Se tornate in America, non abbiamo modo di recuperare i nostri fondi.»

Willie imprecò a bassa voce.

Lord Travers ridacchiò. «Sicuramente avrete qualcosa di valore da scommettere, Miss Johnson.» Si leccò le labbra carnose, inumidendole ancora di più. «O la vostra amica.»

Non si riferiva certo a *me*? Indietreggiai. «Willie, è ora di andare.»

Ma era come se non fossi presente. Non sembrò sentirmi. Si passò una mano sul mento, lungo il collo, e la lasciò riposare sul suo décolleté.

Lord Travers mi guardò con lascivia. I giocatori agli altri tavoli si erano fermati tutti e ora ci osservavano con interesse. Il tipo che mi aveva chiamato sgualdrina si avvicinò e si chinò al livello di Travers per sussurrargli qualcosa all'orecchio. Travers sogghignò e si leccò di nuovo le labbra.

«Andiamo, Miss Johnson,» disse, «dov'è quella grinta americana che avete mostrato le scorse notti? Non sarete una codarda, spero?»

Willie si irritò. «Certo che no.»

Le strinsi la spalla. «Non hai più soldi,» sibilai. «Andiamocene.»

«Ho questo.» Tirò fuori una catenina da sotto la camicia, alla cui estremità pendeva un medaglione d'oro delle dimensioni di un farthing. «Me lo diede mia nonna prima di morire. Era il suo regalo di nozze da parte di mio nonno. È tutto ciò che mi resta di loro.»

Travers parve deluso. «Siete sicura di volerlo scommettere?»

Willie esitò, poi annuì. Glielo porse perché lo ispezionasse.

Lui lo soppesò sul palmo prima di aprirlo e ispezionare le miniature all'interno. «Una bella coppia. Accetto.»

«Willie, è una buona idea?» sussurrai. «E se lo perdi?»

«Non lo perderò.»

Lord Travers posò il medaglione con le monete di Willie e appoggiò la mano sulla sedia accanto alla sua coscia. «Vedremo, no?» Riportò entrambe le mani sulle carte, aprendole a ventaglio sul tavolo. «Full.»

Non avevo visto quella combinazione di carte per tutta la

notte, ma sapevo che doveva essere buona. La faccia sbiancata di Willie lo confermò. Sembrava che stesse per svenire mentre fissava le proprie carte, forse desiderando che fossero migliori.

Con uno schiocco della lingua, gettò le carte sul tavolo. Si alzò, spingendo indietro la sedia. «Avete barato!»

Lord Travers rise mentre raccoglieva la sua vincita. Il medaglione di Willie brillò alla luce. «Su, su, Miss Johnson. Non siate una cattiva perdente.»

«Avete barato!» gridò di nuovo. «Avevate una carta sotto la gamba. Vi ho visto prenderla e aggiungerla alla vostra mano!»

Travers si infilò il medaglione nella tasca della giacca da sera. «Che sciocchezze. Ho forse barato, signori?»

Gli altri giocatori scossero la testa.

«Alzatevi!» ringhiò Willie. «Dovete aver messo da qualche parte la carta che avete tolto dalla vostra mano originale. Vediamo sotto il vostro grasso culo.»

«Willie!» Le tirai un braccio, ma lei mi scrollò di dosso. «Ti prego, andiamocene.»

«Date ascolto alla vostra amica, Miss Johnson.» Travers raccolse le carte sul tavolo e le mescolò. «Fate la brava bambina e andate a casa prima di dire qualcosa di cui potreste pentirvi.» Smetté di mescolare e mi guardò. «A meno che non siate disposta a scommettere qualcos'altro.»

Mi raddrizzai. «Adesso basta. Sarete anche un lord, ma il vostro comportamento è deplorevole. Come il vostro, signore,» sbottai contro Lord Dennison.

Travers rise con il sigaro in bocca, facendo cadere la cenere in grembo. «Sentito, Dennison? La ragazzina crede di poter fare la predica a *noi*. Merita una bella sculacciata per essere rimessa al suo posto.»

Trasalii e mi rivolsi a Mr. Unger in cerca di aiuto, ma lui si limitò a stringere le spalle in segno di scusa. Non avrei ricevuto alcun aiuto da lui. Travers valeva troppo per i suoi affari per rischiare di offenderlo. E Mr. Dorchester, il mio unico paladino, se n'era andato.

Afferrai il braccio di Willie. «Andiamo. Subito!»

Ma lei non si mosse. Mostrò i denti e puntò il dito contro

Travers. «Siete un baro sporco e meschino e lo dimostrerò. Alzatevi!»

Travers si spaparanzò sulla sedia e ghignò attorno al sigaro. «Costringetemi, ragazzina.»

«Oh, lo farò, con l'aiuto del mio amico, Mr. Colt.» Willie scostò di scatto il cappotto e tirò fuori la pistola infilata nella cintura dei pantaloni.

Diversi uomini indietreggiarono, urtandosi a vicenda nella fretta di allontanarsi, ma nessuno lasciò la stanza. Tutti erano inchiodati alla scena.

«Willie, no!» gridai. «Non farlo!»

Ma era come se non avessi parlato. «Alzatevi, Travers,» intimò Willie.

L'uomo posò di nuovo la mano sulla sedia vicino alla coscia. «Per voi sono 'milord', signorina, e no, non lo farò.»

«Per l'amor di Dio, muovetevi!» gli gridai. «La *userà*.»

«Non ho paura di una ragazza,» disse Travers con una risatina.

Willie premette il grilletto.

Non successe nulla. Si accigliò e ispezionò il tamburo. Lo fece girare e rigirare. Era vuoto. «Maledetto!»

Il cuore mi sprofondò. Mr. Glass doveva aver tolto i proiettili dopo l'episodio della sparatoria della sera precedente. Avrei voluto imprecare forte quanto Willie. Sebbene non volessi che sparasse a qualcuno, ora non avevamo armi per difenderci. E gli uomini lo sapevano. Avanzarono.

Lord Dennison e il suo amico, Smythe-qualcosa, ghignarono come pazzi e si avvicinarono a passi lenti e predatori. Dennison si sfregò il cavallo. Travers si appoggiò allo schienale e osservò, sorridendo con quelle sue labbra umide e da pesce.

«Così va bene, signori,» disse, masticando il sigaro. «Insegnate loro a rispettarci.»

«In ginocchio,» ordinò Dennison, indicandomi. Armeggiò con l'apertura dei pantaloni e la lingua gli saettò fuori per leccarsi il labbro superiore.

Il suo compagno si asciugò le gocce di sudore dalla fronte. Il suo respiro divenne affannoso. Guardai gli uomini dietro di loro, ma nessuno venne in nostro aiuto. Tutti osservavano con vivo interesse. Questo incubo non poteva essere reale. Sicuramente mi sarei svegliata presto. Le mie ginocchia deboli erano però molto reali, così come lo erano gli uomini che ci guardavano con brama negli occhi.

Toccai la mano di Willie. Le sue dita si strinsero attorno alle mie con forza. Il cuore mi sprofondò fino ai piedi. Avevo sperato che avesse un asso nella manica, ma a quanto pare la pistola era stata la sua unica garanzia. Senza di essa, era vulnerabile quanto me. Eravamo due donne contro più di una dozzina di uomini, e lei era terrorizzata quanto me. Non avevamo alcuna possibilità.

CAPITOLO 11

«Che mira hai?» sussurrai a Willie.

«Perché?» mi rispose lei piano, con la voce tremante.

Dennison si passò il dorso della mano sulla bocca, spargendosi la saliva sulla guancia. Ghignò, storcendo le labbra sottili in una smorfia.

«Datti una mossa, amico» lo incalzò Travers. «Voglio continuare a giocare.»

«Lancia la pistola» sussurrai a Willie.

Pensai che avrebbe protestato, ma non perse tempo e scagliò la sua arma contro Dennison.

Lui si chinò, perse l'equilibrio e cadde su un fianco. La pistola tintinnò sul pavimento, dove scivolò sotto un tavolo. Willie imprecò. Travers scoppiò a ridere fragorosamente.

«Stupida puttana!» gridò Dennison. «Mancato.»

Si rimise in piedi barcollando. Non c'era un istante da perdere. Allungai una mano dietro di me e afferrai la pendola da viaggio dalla mensola del camino. Era solida, rassicurante. La placcatura in oro mi scaldò la pelle e brillò alla luce delle candele. Gliela lanciai alla testa. Lui la vide arrivare e si chinò di nuovo per schivarla, ma il pesante orologio calò altrettanto la traiettoria. Lo colpì dritto in fronte. Dennison cadde all'indietro, privo di sensi.

«Un braccio del diavolo» commentò Travers con ammirazione mentre osservava la figura prona dell'uomo. .

«Corri!» gridai.

Willie e io scattammo verso la porta incustodita. Mr. Unger non cercò di fermarci. Per fortuna, nessuno lo fece. Willie spalancò la porta. Diedi un'occhiata indietro e vidi un gruppo di gentiluomini radunati attorno a Dennison.Lo aiutavano a mettersi seduto. Dalla ferita alla testa gli colava un rivolo di sangue, ma era vivo, grazie al cielo.

Una campana suonò e il portiere in fondo alle scale aprì la porta. Mr. Glass entrò, con in mano una lanterna.

«Matt!» gridò Willie.

Lui sollevò in alto la lanterna. Illuminò i lineamenti duri del suo viso e le pozze nere dei suoi occhi. «Finalmente» ringhiò. «Vi stavo cercando—»

«Sì, sì.» Willie si precipitò giù per le scale e lo incontrò a metà. «Renditi utile e vammi a prendere il revolver. È lassù, sotto un tavolo.»

Mr. Glass guardò prima me, poi di nuovo sua cugina. Il suo volto si incupì. «Perché il tuo revolver non è con te?»

«Non c'è tempo per spiegare.» Lei lo spinse. «Vai!»

«No» dissi mentre Mr. Glass saliva le scale verso di me. «Lasciate perdere la pistola». Mi guardai alle spalle, ma l'ingresso era incustodito. Nessuno ci inseguiva.

Cercai di oltrepassare il Mr. Glass, ma lui mi afferrò un braccio. «Che sta succedendo?» La sua voce suonava tesa, contratta e un po' stanca.

«Matt se la caverà» mi assicurò Willie. «Nessuno proverà a fargli niente, e se lo faranno, darà solo un pugno o due. Non è vero, Matt?»

Mr. Glass si immobilizzò. Stava due gradini sotto di me, il che portava i nostri visi allo stesso livello. Il suo petto si alzava e si abbassava al ritmo del respiro pesante, e il suo sguardo scavava nel mio, come se potesse estrarne delle risposte. Deglutii e presi in considerazione l'idea di tornare nella sala da gioco. Forse era più sicuro.

«Restate qui» ringhiò. «Voglio una spiegazione al mio ritorno.»

Mi lasciò andare e mi superò. Arrivò solo fino all'ingresso, però. Mr. Unger era lì, con la pistola di Willie. La porse a Mr. Glass.

«Non tornate, Miss Johnson» disse a Willie. «Questo locale non può permettersi di attirare attenzioni indesiderate.» A me, disse: «Sareste dovuta restare a casa, signorina. Posti come questo non sono per donne di buona famiglia». Sbatté la porta in faccia a Mr. Glass.

Matt si girò di scatto. La luce della lanterna tracciò un arco, e il manico cigolò per il movimento violento. «Fuori. Adesso. Entrambe.»

Il portiere ci tenne aperta la porta. Attraversammo in fretta la bottega del calzolaio, dove l'altro portiere ci fece uscire in strada. Cyclops era appoggiato alla carrozza ma si raddrizzò non appena ci vide.

«Siete stati veloci» disse.

«Stavamo uscendo proprio quando è arrivato Mr. Glass» gli dissi.

Cyclops abbassò il predellino e mi tenne aperta la portiera, ma si spostò a cassetta quando Mr. Glass gli ordinò di prepararsi a partire immediatamente. Willie mi seguì e Mr. Glass entrò dopo di lei. Appese la lanterna al gancio vicino alla portiera.

Bussò sul soffitto e Cyclops partì. Lui si sedette sul sedile di fronte a Willie e a me, mentre la carrozza si allontanava dal marciapiede. «Spiegate.»

Willie *sbuffò* e tese la mano. «Dammi la mia Colt.»

«Non prima di aver ricevuto una spiegazione soddisfacente.»

«Spiega tu» sputò Willie. «Perché hai tolto i proiettili?»

«Per evitarti di finire incriminata per omicidio.»

«Mi hai lasciata disarmata!»

«Se di notte rimanessi in casa, non avresti bisogno di essere armata.»

Lei incrociò le braccia e si girò dall'altra parte. «Avresti dovuto dirmelo dei proiettili» borbottò contro la parete.

Mr. Glass posò il cappello sul sedile accanto a sé e si passò una mano tra i capelli. «Hai ragione. Non avrei dovuto lasciarti vulnerabile. Ma la mia opinione non cambia: se fossi stata alla larga dalle bische, non avresti avuto bisogno di una pistola.» Le restituì l'arma.

«E i miei proiettili?»

«Sono a casa. Te li restituirò solo se prometti di non giocare più d'azzardo.»

«Mai più?»

«Mai più.»

«Matt! Non posso! Devo rivincere il mio medaglione.»

Rimase a bocca aperta. «Hai perso il medaglione? Cristo, Willie, mi dispiace.» Chiuse brevemente gli occhi. «Ma non posso permetterti di tentare di rivincerlo. Promettimi che non giocherai più d'azzardo».

«Promesso» mormorò lei.

Lui sospirò e la sua espressione si addolcì. «Il tuo avversario deve essere stato formidabile, per averti battuta».

Il suo labbro inferiore tremò. «Ha barato.»

«Penso anch'io che abbia barato» dissi.

Mr. Glass si pizzicò la radice del naso. «Ora capisco perché stavate tentando di usare la Colt.»

«Oh, non è per quello» dissi.

«Sst» sibilò Willie nello stesso momento in cui Mr. Glass ringhiò: «E allora perché?»

Lui la fulminò con lo sguardo. Lei guardò fuori dal finestrino e tirò su col naso. Le posai una mano sul braccio, ma lei la scacciò. «Lasciami in pace.»

Sopportai il suo silenzio e lo sguardo truce di Mr. Glass per il resto del breve viaggio fino a casa sua.

Una volta dentro, Duke ci accolse con un cipiglio altrettanto formidabile. Willie cercò di oltrepassarlo, ma lui le sbarrò la strada.

«Spostati» sbottò lei. «Non sono in vena di ramanzine.»

«Non m'importa! Dovevi essere a casa ore fa.»

«Sono rincasata più tardi di così, in passato.»

«Non con lei, però.»

Willie rivolse a me il suo sguardo furioso. Difficilmente potevo pensare che fosse giusto incolpare me, quando era stata lei a invitarmi. Tuttavia, pensai fosse saggio tacere sulla questione. Il suo umore era già abbastanza nero, e non si poteva sapere se avesse un'altra scorta di proiettili per quella pistola.

«Egoista, ecco cosa sei» continuò Duke.

Le labbra di Willie si serrarono, ma Duke non le diede l'opportunità di interromperlo.

«Sì, lo sei. Sei una donna egoista ed è ora che ti venga detto. Matt fa di tutto per te—»

«Basta così, Duke» lo rimproverò Mr. Glass. «Willie, vai a letto. Parleremo domattina.»

«Visto!» Duke agitò una mano verso Mr. Glass. «Guarda che cosa gli hai fatto.»

Sia io che Willie ci voltammo a guardarlo. Lui lanciò un'occhiataccia a Duke, ma nella luce migliore del lampadario sopra di noi, potei ora vedere il pallore grigiastro della sua mascella, le profonde occhiaie scure.

«Non hai riposato, vero?» disse Willie a bassa voce.

Lui non rispose.

Lei sbatté le palpebre rapidamente e si strinse le braccia al corpo, come per proteggersi da un brivido. «Hai almeno usato il —» Lui la interruppe con un cenno del capo e un'occhiata verso di me.

Il mento le tremò e il volto le si contrasse. Gli si gettò addosso e lui la prese al volo, barcollando un po' sotto il suo peso. «Mi dispiace, Matt. Mi dispiace tanto. Non porterò mai più India a giocare a poker.»

Puntai una mano sul fianco.

«Non è stata nemmeno una gran distrazione» continuò.

«È per questo che mi hai invitata?» domandai, mentre Mr. Glass la teneva a distanza.

«Ottima domanda» ringhiò lui.

Lei si asciugò il naso sulla manica. «Pensavo che Lord Travers l'avrebbe trovata… interessante. Sfortunatamente era troppo assorto nel gioco per prestarle più di un'attenzione superficiale.»

«Mi avete *usata*!»

Willie si limitò a stringersi nelle spalle. «Penso che andrò a letto, adesso. Matt, devi farlo anche tu. Non ha senso restare alzati oltre. Capito?» Il suo sguardo guizzò verso di me, poi di nuovo su di lui. Chiaramente non voleva che gli raccontassi i dettagli della serata.

Lui le baciò la guancia. «Buonanotte, Willie» disse con un sospiro esasperato.

«Perché sei così gentile con lei?» chiese Duke una volta che se ne fu andata. «Dopo tutto il tuo sbraitare e delirare dell'ultima ora, pensavo l'avresti spedita in camera sua per una settimana.»

«Non ho alcuna autorità per mandarla da nessuna parte» disse Mr. Glass. «Può fare come le pare. Inoltre, ha già sofferto abbastanza stasera. Ha perso il suo medaglione.»

«Inferno.» Duke reclinò la testa all'indietro e la scosse verso il soffitto. «Vorrà rivincerlo.»

«Le ho fatto promettere di non provarci.»

«Pensi che questo la fermerà?»

«Non ha mai infranto una promessa con me, prima d'ora».

Duke sospirò. «Hai più fiducia in lei di quanta ne abbia io.»

«È qui che sta il tuo problema, Duke.»

Duke grugnì. «Scommetto che avete passato una serata piuttosto noiosa, Miss Steele. Willie non è di buona compagnia quando ha la febbre del gioco.»

«Noiosa non è certo una parola che userei per descrivere la nostra serata. È stata tutt'altro.»

«Vi andrebbe di spiegare perché la Colt di Willie era sotto il tavolo?» domandò Mr. Glass. «E perché stavate fuggendo quando vi ho incontrate?»

«Fuggendo?» gli fece eco Duke.

«Ho anche sentito un tonfo» disse Mr. Glass.

«Quello era il rumore di Lord Dennison che cadeva a terra» dissi.

Mr. Glass sollevò le sopracciglia. Duke rimase a bocca aperta. «Perché è caduto a terra?» chiese Duke.

«Un orologio l'ha colpito in testa.»

Mr.Glass e Duke si scambiarono uno sguardo confuso. «Come?» insistette Mr. Glass.

«L'ho lanciato io.»

«Perché?»

«Mi stava riservando delle attenzioni sgradite. Sospetto fosse anche ubriaco.»

«Maledizione.» Mr. Glass mi scrutò il viso, i suoi occhi più acuti di quanto non lo fossero stati da quando era entrato in casa. «Miss Steele, ditemi onestamente. Siete illesa?»

«Sì, lo sono.»

Espirò lentamente, poi lanciò un'occhiataccia su per le scale, nella direzione in cui era andata Willie.

«Non date la colpa a lei» dissi. «Non è colpa sua. La colpa ricade interamente sulle spalle di Lord Dennison e del suo amico. Non sono affatto dei gentiluomini. Ho conosciuto vagabondi con maniere migliori.»

Mr. Glass chinò la testa, ma non prima di aver chiuso gli occhi. Avrebbe dovuto davvero essere a letto, o usare il suo orologio speciale. Forse entrambe le cose.

«Torniamo all'orologio» disse Duke con fervore. «Quindi l'avete lanciato e ha colpito quel tizio?»

«Sì.»

«Vi è sembrato… strano?»

«In che senso?»

«Ha per caso… volato di sua spontanea volontà?»

«No.» Risi. «L'ho lanciato io.»

«Era caldo al tatto? Emanava luce?»

«Basta così, Duke» disse Mr. Glass. «Miss Steele è stanca e le vostre domande la stanno confondendo.»

«Ma—»

Mr. Glass posò una mano sul braccio di Duke. Non si scambiarono parole, ma un'intesa parve passare tra loro.

Duke sospirò. «Buonanotte, Miss Steele.»

Lo guardai allontanarsi, cercando di capire cosa intendesse con le sue domande, e come avesse saputo che l'orologio era caldo. Era speciale, come l'orologio di Mr. Glass? Se sì, come e perché? Che metallo aveva usato l'orologiaio? Non avevo mai visto nulla di simile.

Mr. Glass sembrava determinato a non dare alcuna risposta alle mie domande. Ciò non fece che rendermi più curiosa. Tutti loro nascondevano un segreto. Se non avesse avuto a che fare con gli orologi, probabilmente non mi sarebbe importato più di tanto, ma dato che c'era di mezzo un orologio da tasca, e ora una pendola, volevo saperlo disperatamente. Ma non avrei ottenuto nulla da lui.

«Desiderate una cioccolata calda?» La voce ricca e melodiosa di Mr. Glass vibrò nello spazio tra noi.

«No, grazie. Sto bene.»

Il suo sguardo indagatore studiò ogni centimetro del mio viso. «Ne siete sicura?»

Annuii. Mi venne in mente una cosa che Duke aveva detto. «Perché stavate sbraitando e delirando prima?»

Passarono diversi battiti di cuore prima che rispondesse. «Perché non tornavate.»

«Ma Willie dice di essere rincasata più tardi di così e che non vi siete mai preoccupato tanto.»

«Willie si veste e si comporta da uomo. Questo la tiene al sicuro. Voi, invece, non potete nascondere la vostra femminilità. O la vostra vulnerabilità. È così terribile che fossi preoccupato per voi?»

Il mio cuore prese a battere a un ritmo folle. Mi dava una profonda soddisfazione sapere che si era preoccupato per la mia incolumità, eppure non aveva molto senso. A malapena ci conoscevamo. Forse stava recitando di nuovo una parte, ma a quale scopo, non riuscivo a immaginarlo.

Iniziai a sbottonarmi il cappotto, solo per bloccarmi quando Mr. Glass mi scivolò alle spalle. Le sue dita mi sfiorarono il collo sopra il colletto e si posarono sulle mie spalle. Non mi tolse il cappotto ma chinò il capo verso il mio.

«Non mi avete risposto» mormorò.

«Io... io...» Qual era la sua domanda, di nuovo?

«Il gatto v'ha mangiato la lingua, Miss Steele?» Il suo respiro mi sfiorò i capelli sulla nuca. Se mi fossi appoggiata all'indietro, solo un poco, si sarebbe allontanato? O mi avrebbe permesso di appoggiarmi al suo petto?

«Posso assicurarvi che non giocherò più d'azzardo» dissi, con voce ansimante.

Mi sfilò lentamente il cappotto dalle spalle e lungo le braccia. «Bene.» La sua voce vibrò attraverso il mio corpo. «Mi fa piacere sentirlo.»

«Perché?» Dovevo assolutamente saperlo o sarei stata divorata dalla curiosità. Se stava solo fingendo di flirtare con me, volevo smascherarlo. Non volevo essere presa in giro di nuovo. «Che importanza ha per voi?»

Fece scivolare il cappotto oltre le mie mani, ma non lo tolse del tutto. Ero intrappolata dai miei stessi abiti, eppure non provavo né panico né vulnerabilità. Quest'uomo non mi avrebbe fatto del male. Perché ne fossi così certa, non lo sapevo. Mentre la mia testa mi pregava di correre in camera mia, ogni altra parte di me voleva rimanere.

«Vivete sotto il mio tetto, per il momento» mormorò. «È mio dovere proteggere ogni membro di questa casa. Inclusa voi, Miss Steele.»

«Non è necessario.» Non sapevo quasi più cosa stessi dicendo. La mia mente era avvolta da una nebbia che rendeva difficile pensare al di là del momento presente, inebriante. «Un padrone di casa si preoccupa di ciò che fa il suo inquilino la sera?»

«Voi non siete mia inquilina.»

«Impiegata, allora. Fino a martedì, s'intende.»

Inspirò bruscamente. Poi si allontanò, portando con sé il cappotto. Lo piegò sul braccio, lisciandolo con la mano. «Grazie per avermelo ricordato.»

«Ricordato?» Scossi la testa. «L'avevate già dimenticato?»

Grugnì una risata. «In un certo senso.»

«Mr. Glass, vi sentite bene? Posso prendervi qualcosa dalla cucina? O forse dovreste andare direttamente a letto. Passatemi il cappotto. Lo appenderò io.» Ero ben consapevole di stare vaneggiando, eppure non riuscivo a smettere. «Avete un'aria davvero molto stanca.»

La sua mascella si indurì. «Grazie per la vostra preoccupazione, ma sto bene. Sono in grado di appendere un cappotto da solo. Buonanotte, Miss Steele.»

Sospirai. Non ero ancora sicura se ciò che era passato tra noi fosse stato reale o meno, ma ora che era svanito ne sentivo la mancanza. «Buonanotte, Mr. Glass».

* * *

«DOVREI PUR FARE QUALCOSA PER VOI» dissi a Mr. Glass durante la colazione, quando dichiarò che quel giorno non aveva bisogno di me. «Mi state pagando per aiutarvi a trovare Chronos, ma stare qui seduta mentre voi uscite è una perdita di tempo. Sicuramente vi posso essere utile in qualche modo.»

«Oggi non cerco Chronos» disse ancora una volta mentre si imburrava il pane tostato. «E non potete cercarlo senza di me. Solo io so che aspetto ha.»

Cyclops e Duke si davano da fare alla credenza, accumulando pane tostato, pancetta e uova sui loro piatti, ma ebbi la netta impressione che stessero ascoltando attentamente il nostro scambio. Né Willie né Miss Glass erano ancora scese dalle loro stanze.

«Posso chiedere di Mirth» dissi. «Qualcuno potrebbe sapere dove è andato, chi sono i suoi amici, *et cetera.*»

Mangiò un angolo del suo toast e non mi rispose finché non ebbe deglutito. Mi diede il tempo di studiarlo. Sebbene sembrasse meno stanco, l'ombra della malattia gli era ancora addosso. Aveva bisogno di più sonno. «Qualcuno potrebbe» disse, «ma è improbabile che diano l'informazione a voi. Abbiamo visto come reagiscono gli orologiai di Londra in vostra presenza. Non voglio una ripetizione del vostro incontro con Abercrombie.»

Anche quell'incontro continuava a turbarmi, così come la reazione di Mr. Glass. Qualsiasi cosa avesse detto ad Abercrombie il giorno seguente all'incidente, era sembrato porre fine alla questione. La polizia non era venuta a cercarmi. Non avrei rischiato di andare a trovare Abercrombie, comunque, per chiedergli perché era stato così crudele. Non finché non fossi stata certa che non avrebbe chiamato i poliziotti non appena mi avesse vista.

«Penso che andrò a trovare i Mason» dissi. «Mr. Mason potrebbe sapere qualcosa del tizio di nome Mirth.»

«Molto bene. Godetevi la giornata fuori.»

«Grazie.» Sorseggiai il mio tè. «Pensavo che la ricerca di Chronos fosse di vitale importanza.»

«Lo è.»

«Allora perché non passate la giornata di oggi a cercarlo? State esaurendo il tempo.»

«Una dannata ottima domanda» ringhiò Duke sedendosi accanto a me. «Dimentica... l'intruso, Matt. L'altra tua faccenda è più urgente.»

«Temo di essere in disaccordo» disse Mr. Glass.

«Cyclops, diglielo tu.»

Si sedette anche Cyclops. La sua pila di pancetta crollò, facendo cadere il pezzo più in alto sul tavolo. Lo infilzò con una forchetta e se lo cacciò in bocca come se fosse stato privato della pancetta per anni. Dopo aver deglutito, si tamponò delicatamente la bocca con un tovagliolo. «Matt ha ragione» disse. «Dobbiamo trovare... l'intruso.»

«Ma—»

«Ma hai ragione anche tu» continuò Cyclops. «Dobbiamo trovare Chronos.»

«Grazie per la tua acuta osservazione» disse Mr. Glass ironicamente.

«Incluso oggi, e senza contare martedì dato che partiamo al mattino, abbiamo tre giorni. La domanda è: possiamo trovare entrambi gli uomini in questo lasso di tempo?» Prese la sua tazza di tè e ne ingoiò il contenuto in un solo sorso.

«No, non possiamo» disse Duke. «Non abbiamo fatto quasi nessun progresso nella caccia a Chronos. Quella dev'essere la nostra priorità. L'altra cosa può aspettare finché...» Il suo sguardo guizzò verso di me. «Finché il tuo orologio non sarà riparato.»

«Non può aspettare» ringhiò Mr. Glass. «L'intruso deve essere fermato prima che ritorni.»

«Perché dovrebbe tornare qui?» Presi il coltello e mi sporsi in avanti. «Voi lo conoscete, non è vero?»

Lui annuì. «È qualcuno che abbiamo incrociato in America.»

«Chi?»

«È una questione privata.»

Tagliai la calotta del mio uovo alla coque con un solo colpo di coltello. La forza fece che imprimetti fece sì che mancasse il piatto e atterrasse sul tavolo. Mr. Glass si allungò, raccolse il pezzo d'uovo e lo posò sul mio piatto. Sorrise. Ricambiai con un'occhiataccia.

«Mr. Glass» dissi. «Chi *siete*?»

«Non capisco la domanda.»

«Lasciate che riformuli». Presi il cucchiaino e lo immersi nel mio uovo, ma non mangiai. «Cosa fate in America? Quali sono i vostri affari?»

Sorseggiò lentamente il suo tè. Duke e Cyclops smisero di mangiare per osservare il loro amico. Sembravano curiosi quanto me di sapere come avrebbe risposto. «Non discutiamo di cose così volgari, come direbbe la zia» disse infine. «Non voglio annoiarvi, Miss Steele.»

«Non troverei noiosa l'opportunità di conoscervi meglio» dissi, sperando di spingerlo a dirmi *qualcosa*.

Le sue labbra si dischiusero. Poi si incurvarono da un lato.

«Se insisti nel voler trovare prima l'intruso e non l'orologiaio, allora così sia» intervenne Duke prima che Mr. Glass potesse parlare. «Ma vorrei che fosse messo a verbale che non sono contento dell'ordine delle tue priorità.»

«Annotato.» Mr. Glass prese la teiera dalla credenza. Mi riempì la tazza vuota. Non ci furono altre discussioni sui suoi affari o sull'intruso. Certo, se fosse stato un fuorilegge, non me lo avrebbe detto apertamente, eppure fui sorpresa che non mentisse nemmeno. «Miss Steele, posso farvi alcune domande sulla notte scorsa?»

«Certo» dissi, sperando che non chiedesse dettagli sull'attacco a Lord Dennison. Non volevo rivivere i momenti che avevano preceduto lo scontro. Il pensiero di ciò che sarebbe potuto accadere mi faceva sentire ancora peggio, oggi. Misi da parte l'uovo, non più affamata, e mi portai una mano allo stomaco.

«Miss Steele, va tutto...?»

«Mr. Glass! Il tè!»

Stava riempiendo la sua tazza, ma il suo sguardo era su di me, non sul suo compito. Il tè traboccò dal bordo sul piattino. Riportò la teiera sulla credenza e prese una tazza vuota. La usò per raccogliere il tè versato sul piattino e un po' dell'eccesso dalla sua tazza.

«Le vostre domande, Mr. Glass?» lo sollecitai.

«Sì. La notte scorsa.» Si schiarì la gola e si sedette. «L'uomo che ha vinto il medaglione di Willie, Lord Travers. Com'era?»

«Corpulento, di mezza età. Gli piacevano i sigari e rideva molto, ma la sua risata aveva un che di arrogante. Credo anche che abbia barato.»

«Se fossimo in America, lo sfiderei» ringhiò Duke. «Sempre che una folla non lo attaccasse prima. Non tolleriamo i bari, Miss Steele.»

«Neanche noi inglesi.» Eccetto che Mr. Unger, i mazzieri e gli altri giocatori d'azzardo non avevano sfidato Lord Travers. Avevano paura di lui? Era troppo prezioso per la casa da gioco? O era una questione di Gran Bretagna contro America? «Di solito, almeno.»

«Com'era il suo accento?» chiese Mr. Glass.

Feci spallucce. «Affettato, come quello di tutti i pezzi grossi. Perché?»

«Gli altri sembravano conoscerlo?»

«Sì. Perché, Mr. Glass?»

«Giocava a poker in modo eccellente se ha battuto Willie. È un gioco americano, ed è passato dal perdere con lei le sere precedenti a vincere la notte scorsa.»

«Pensate che sia in realtà un esperto giocatore di poker americano che si finge un inglese per ingannare la gente e spingerla a scommettere contro di lui? È un'accusa piuttosto grave.»

«Già» borbottò Cyclops.

«Forse impara in fretta» disse Duke.

«Forse» disse Mr. Glass, pensieroso. «Ma penso che sia qualcosa da considerare.»

Scossi la testa. «Non sono d'accordo.»

«Ah no?» disse con tono strascicato.

«Sì» dissi seccamente. «Se è un americano che si finge inglese per spennare giocatori d'azzardo ignari, perché sceglierebbe di essere un lord? Attirerebbe solo più attenzione su di sé, quando invece vorrebbe passare inosservato. Inoltre, è probabile che incontrerebbe altri lord nelle bische, e sicuramente si conosceranno tutti, se non altro di nome.»

«Ottima osservazione» disse Cyclops con un sopracciglio sollevato in segno di sfida.

«Sembrerebbe che la mia teoria non stia in piedi» disse Mr. Glass con un sospiro.

«Quale teoria?» domandai. «Perché pensavate che Lord Travers potesse essere americano?»

«Sono affari miei.»

«Oh? Pensate che la spiegazione mi annoierebbe?» chiesi, torcendogli contro le sue stesse parole. «O state nascondendo qualcosa?»

«Tutti abbiamo i nostri segreti» disse a bassa voce. «Anche voi.»

Sostenni il suo sguardo scuro con quello che speravo fosse uno sguardo fiero da parte mia.

«Diglielo» disse Cyclops all'improvviso. «Dille cosa fai, cosa hai fatto. Non vedo alcun motivo per tacere oltre.»

Lo sguardo di Mr. Glass scivolò sull'amico e si incupì. Le sue narici si dilatarono. «I miei affari sono solo miei. Se desidero tenerli per me, ne ho tutto il diritto.»

«Ma—»

«Non farlo, Cyclops». La mano di Mr.Glass si strinse a pugno sul tavolo. Rimase rigido mentre continuava a fulminare l'amico con lo sguardo.

Cyclops fu il primo a distogliere lo sguardo. «Stai facendo un errore.»

Mr.Glass si alzò e uscì. Attesi, sperando che Cyclops andasse contro i desideri del suo amico e mi dicesse comunque tutto, ma non lo fece. Lui e Duke finirono la colazione in silenzio. Raccolsi un piatto di uova e pancetta e lo portai nelle stanze di Miss Glass.

Le lessi il giornale del mattino mentre mangiava, poi portai il vassoio e i piatti di sotto. Presi le scale di servizio e incontrai la cameriera di Miss Glass, Polly Picket, mentre saliva, con uno scialle sul braccio. Si fece da parte per lasciarmi passare e fece un inchino.

«Posso prendere io il vassoio per voi, signorina?» chiese.

«No, grazie. E per favore, Polly, non c'è bisogno che facciate l'inchino ogni volta che mi vedete.» Sebbene le fossi stata presentata come un'impiegata di Mr. Glass, mi aveva trattata come un membro della famiglia fin dall'inizio. Suppongo che le regole in questa casa fossero poco chiare, sia per lei che per me, e aveva ritenuto fosse più sicuro essere sottomessa a tutti noi.

Lei continuò a salire e io a scendere. La voce profonda di Mr. Glass rimbombò dalla direzione della cucina, ma non riuscii a distinguere le parole. Avvicinandomi, sentii chiaramente la voce ancora più profonda di Cyclops rispondere.

«Meglio per lei che non sappia cosa sei? O meglio per te?» chiese.

Mi immobilizzai, osando a malapena respirare. Sembrava che Cyclops stesse rimproverando Mr. Glass per non aver risposto alla mia domanda sui suoi affari durante la colazione. Non sta bene origliare…

Fesserie. Dovevo farlo. Se volevo saperne di più sulle persone con cui vivevo, dovevo ricorrere a metodi subdoli. Mi avvicinai furtivamente.

«Non è *cosa* sono» disse Mr. Glass, «ma cosa ho fatto. Non voglio che lei lo sappia.» Quest'ultima parte fu aggiunta a bassa voce. Dovetti sforzarmi per sentirlo. «Rispondere alla sua domanda avrebbe inevitabilmente portato a… quello.»

«Perché non vuoi che lo sappia?»

«Secondo te, perché?» ringhiò. «Anche zia Letitia. Non ditelo a nessuna delle due.»

«È successo anni fa. È acqua passata, sepolta e dimenticata.»

«Allora perché mi segue ovunque, anche qui e ora?»

Il loro silenzio fu rotto solo dal suono di un liquido versato. Stavo per entrare in cucina, quando Mr. Glass parlò di nuovo.

«Anche lei nasconde un segreto. Gli orologiai sono diffidenti nei suoi confronti. Deve sapere il perché.»

Questo sì che mi offese. Non avevo la minima idea del perché mi evitassero.

Ma era ora che lo scoprissi.

CAPITOLO 12

Uscii alla stessa ora di Mr. Glass, accettando un passaggio sulla sua carrozza fino al negozio e all'abitazione dei Mason, in St. Martin's Lane. Mr. Glass mi prestò poca attenzione. Aveva il naso incollato ai finestrini, in cerca di segnali di qualcuno che ci seguisse, a mio sospetto. Se avvistò qualcuno, non lo disse né a me né a Duke, che viaggiava con noi. Willie non si era ancora alzata quando partimmo, perciò l'aveva lasciata a casa.

«Godetevi la giornata, Miss Steele» mi gridò Cyclops mentre scendevo dalla carrozza.

Mi portai una mano al cappello per impedirgli di cadere mentre alzavo lo sguardo verso di lui. «Anche a te, Cyclops.»

Mr. Glass si toccò la tesa del cappello. «Ci vediamo per cena.»

La carrozza si allontanò con un brontolio. Non aveva ancora raggiunto l'angolo che Catherine si precipitò fuori di casa come un cucciolo festante. Mi gettò le braccia al collo, quasi facendomi cadere.

«India! Che bello vederti.» Mi afferrò la mano e mi trascinò verso la porta. «Morivo dalla voglia di dirti una cosa.»

«Cosa?»

Spinse la porta per chiuderla e prese entrambe le mie mani tra le sue. Il suo sorriso le spaccava il viso arrossato. «Non ci crederai mai, ma John Wilcox ha iniziato a farmi visita.»

«Chi?»

«John Wilcox! Il direttore della fabbrica di acciaio!»

«Adesso ricordo.» Avevo svolto commissioni occasionali alla fabbrica di acciaio quando avevo avuto bisogno di forniture extra oltre alla nostra consegna regolare. «Vuoi dire che viene qui con l'intenzione di corteggiarti?»

«Sì! Non è esaltante?»

Chiaramente lei lo trovava esaltante, visto che non riusciva a stare ferma. Mi stringeva e allentava le dita e saltellava sulla punta dei piedi. Io non ero altrettanto elettrizzata. John Wilcox era sulla trentina e di indole piuttosto austera. Non riuscivo a immaginarlo tenere il passo di una persona energica come Catherine. Speravo che non soffocasse la sua natura. Certo, poteva anche non arrivare a quel punto. Sicuramente lei si sarebbe stancata di lui prima.

«India?» Mrs. Mason emerse dalla cucina, torcendosi le mani nel grembiule. «Non sapevo che sareste passata oggi.»

«La mia non era una visita programmata» dissi, sorridendo.

«Beh. Siete la benvenuta, naturalmente. Ho appena sfornato dei biscotti al burro.» Ritornò in cucina, lasciandomi a fissarle la schiena. Non era mai stata una persona entusiasta, come Catherine, ma era sempre stata accogliente. E sebbene stavolta non fosse stata scortese, non sembrava nemmeno lieta di vedermi. Qualcosa era cambiato. Forse suo marito le aveva finalmente confidato ciò che lo turbava, qualunque cosa fosse che preoccupava tutti gli orologiai.

«È piuttosto distinto, non trovi?» disse Catherine, prendendomi di nuovo la mano e trascinandomi con sé. Non ci dirigemmo in cucina, però, ma in salotto.

«Sì-ì» dissi. «Suppongo che abbia un aspetto distinto.» Seppur un po' appesantito sui fianchi e sulla mascella. E di comprendonio.

«E dice che sono la giovane donna più gradevole che abbia mai incontrato. Ha sorriso mentre lo diceva. Molto galante.»

«Gradevole? È questa la ragione principale che ha dato per corteggiarti?»

«Lo so! È un bel complimento, no? E non ci stiamo *ancora*

corteggiando, India. Vacci piano. Ha solo detto che verrà a farmi visita.»

«Catherine, promettimi che sarai prudente. Non saltare alla prima proposta che ricevi.» A differenza di me. «Sono sicura che ce ne saranno altre.»

«Non essere sciocca. Perché dovrei essere prudente? India, è un *direttore*. A detta di Gareth, guadagnano molto più dei semplici negozianti.»

«Spero proprio che non sia questa la tua considerazione principale per incoraggiarlo» dissi. «Tuo fratello non conosce i dettagli della situazione di Mr. Wilcox. E poi, alcuni negozianti se la cavano molto bene.»

Catherine si lasciò cadere stizzita su una sedia accanto al camino spento. «Perché non vuoi essere felice per me?»

Mi accovacciai di fronte a lei e le presi la mano. «Catherine, sei una ragazza vivace, amichevole e bella, e sono sicura che Mr. Wilcox sia solo il primo di molti pretendenti. Semplicemente non voglio che tu ti affretti a fare qualcosa, come ho fatto io.»

«Mr. Wilcox non è come Eddie, India. È onesto e solido. È un brav'uomo.»

«E Eddie è sterco secco sul posteriore di una pecora.»

Lei ridacchiò. «Sì, ma non farti sentire da mamma.»

Ghignai e mi alzai. «A proposito di tua madre» sussurrai, «sembra arrabbiata con me. Entrambi i tuoi genitori, a dire il vero. Ho fatto qualcosa di sbagliato?»

«Non sono sicura» sussurrò lei di rimando, guardando la porta. «Ha accennato al fatto di essere delusa dalla tua scelta di vivere con Mr. Glass.»

«Sono una sua pensionante.»

«Pensa che tu abbia perso la bussola morale da quando tuo padre è morto.» Aggrottò la fronte. «O che non punti più a nord. Qualcosa del genere.» Fece un gesto vago con la mano. «Ho sentito papà dirle che è preoccupato della tua influenza su di me.»

Proprio come me. I Mason non si erano mai preoccupati, prima della morte di mio padre. Perché tutto era cambiato all'improvviso? Era a dir poco sconcertante. I Mason erano brave persone e miei amici. Senza di loro... Non volevo pensare alla solitudine che avrebbe portato la perdita della loro amicizia. «I tuoi genitori pensano che ti corromperò?»

«Non lo so.»

«Ti andrebbe di venire a vivere con me nell'harem di Mr. Glass?» la presi in giro, cercando di essere leggera quando invece mi sentivo soltanto un peso sul cuore.

Lei ridacchiò di nuovo. «Sei così maliziosa, India. Se solo tutti ti conoscessero come ti conosco io, avresti una dozzina di pretendenti a bussare alla tua porta. Dovresti permettere agli uomini di vederti per come sei e non essere così severa con loro.»

Sbattei le palpebre, guardandola dall'alto, completamente spiazzata. «Severa? È così che gli altri mi vedono?»

Si morse il labbro e alzò una spalla. «Se i miei fratelli possono essere considerati una buona rappresentazione del genere maschile, sì. Scusa» squittì. «Ti ho turbata.»

«No.» Risi mentre mi sedevo sulla sedia. «Niente affatto. Non offenderti per i tuoi fratelli, ma nemmeno loro mi attirano. Forse la mia severità è un modo per tenere a distanza uomini come loro.» Risi di nuovo, ma le sue parole toccarono una corda sensibile. Non era la prima volta che mi definiva spinosa, né era l'unica persona ad averlo fatto. Forse c'era del vero. Forse dovevo incolpare solo me stessa per essere una zitella.

Se pensavano che io fossi spinosa, cosa avrebbero pensato di Willie? In confronto a lei, ero un angioletto. Quel pensiero mi risollevò un po' l'umore.

Mrs. Mason entrò portando un vassoio con teiera, tazze e biscotti caldi al burro. «Pensavo che sareste stata troppo occupata per fare visite» disse, posando il vassoio.

«Non troppo occupata per andare a trovare i vecchi amici» dissi. «I buoni amici.»

Lei si lisciò il grembiule, le labbra serrate. «Sì. Beh.»

«Verso io» dissi. «Per favore, si sieda, Mrs. Mason. Prenda un tè con noi.»

«Molto bene. Catherine vi ha parlato di Mr. Wilcox?»

Annuii. «Sono felice per lei.»

«India mi ha raccomandato di non affrettare le cose» disse Catherine. «Come avete fatto voi, mamma.»

«Siete sempre stata una ragazza cauta e giudiziosa, India.

Un'influenza stabilizzante sulla nostra Catherine, ecco cosa eravate.»

Eravate? Cercai di catturare la sua attenzione, ma non mi stava guardando. Non incrociò il mio sguardo mentre sorseggiavamo il tè e mangiavamo biscotti come tre signore senza pensieri al mondo. Ma la tensione sottostante non mi sfuggì, né, sospettavo, sfuggì a Catherine. Lei divenne extra spumeggiante, riempiendo i vuoti nella conversazione con pettegolezzi che aveva sentito da altre famiglie nel settore dell'orologeria. La lasciai continuare nella speranza che menzionasse qualcosa sul perché non fossi più la benvenuta da persone che conoscevo da anni. Finalmente la mia pazienza fu premiata quando tirò in ballo Mr. Lawson, l'orologiaio che avevo costretto a parlarci di Mirth. Il bel viso di Catherine si contrasse in un'espressione corrucciata quando parlò del suo nuovo apprendista.

«Cos'hai?», chiesi. «C'è qualcosa che non va con l'apprendista?»

«Non è lui.» Guardò sua madre. «Niente.»

«Non può essere niente» dissi, desiderando di non aver invitato Mrs. Mason a prendere il tè con noi. «C'è qualcosa che non va con Mr. Lawson? È malato?»

«Oh, India, è stato tremendo nei tuoi confronti.» Catherine non era mai stata molto brava a tenermi i segreti.

«Catherine» disse sua madre rigidamente, «non dovresti spettegolare.»

«Ma India dovrebbe sapere cosa dice la gente di lei. Lo hai detto tu stessa a papà.»

Il viso di Mrs. Mason si colorò. «Non dovresti origliare alle porte.»

«Non stavo origliando» borbottò Catherine. «Vi ho sentiti attraverso il muro.»

«Cosa dice la gente di me? Avanti» incalzai quando esitò. «So incassare qualche critica.»

Inspirò profondamente e poi espirò lentamente. «Mr. Lawson sta dicendo che sei diventata malvagia da quando tuo padre è morto.»

«Malvagia? Perché vivo a casa di Mr. Glass?»

Mrs. Mason sorseggiò il suo tè rumorosamente. A quanto

pareva, non intendeva contraddirmi. Forse perché non era disposta a offrirmi un letto qui.

Catherine trasalì. «Suppongo di sì. Anche Eddie ha scelto di non difendere il tuo onore. Ci puoi credere? Che uomo orribile si è rivelato, eppure all'inizio era così gentile. Allora, il tuo Mr. Glass, è incantevole come sembra?»

«Lui è… molto beneducato.» Eccetto quando mi stava accarezzando la parte inferiore del seno nudo dopo avermi aperto il corsetto. E quando flirtava con me per ragioni che non riuscivo a comprendere. «È stato gentile con me. Anche sua zia, e sua cugina, Willemina.» Ritenni opportuno ricordare loro le donne che vivevano in casa di Mr. Glass. Forse non sarei riuscita a fermare i pettegolezzi, ma potevo rassicurare le mie amiche. «Le opinioni né di Eddie né di Mr. Lawson contano per me, adesso. Mr. Lawson vi ha detto che gli ho fatto visita di recente come parte della nostra ricerca del misterioso orologiaio di Mr. Glass?»

«No, ma forse l'ha detto a papà. Sono stati soli per un po' di tempo ieri sera, nel laboratorio.» Lo sguardo di Catherine scivolò su quello di sua madre. Si morse il labbro e poi sorseggiò il tè.

Andai avanti. «A quanto pare Mr. Lawson conosceva un certo Mr. Mirth, un orologiaio che aveva chiuso il suo negozio alcuni anni fa ed era andato all'estero. Conoscete Mirth, Mrs. Mason?»

Aggrottò la fronte nella tazza da tè. «Il nome mi dice qualcosa, ma non riesco a visualizzarlo. Non poteva far parte della nostra cerchia più stretta o lo ricorderei.»

Le credetti. Non era una bugiarda. «Speriamo che salti fuori» dissi. «Mr. Glass è molto ansioso di trovarlo.»

«Il vostro Mr. Glass è un uomo molto determinato» disse Catherine con un sorriso sornione. «Cosa farà se non riuscirà a trovare Mirth?»

«Continuerà a interrogare gli altri orologiai di Londra, suppongo, anche se deve parlare con loro da solo mentre io rimango in carrozza.» Sebbene guardassi Catherine, tenevo d'occhio sua madre con la coda dell'occhio. Se ne stava immobile. «Molti di loro sembrano diffidenti nei miei confronti.»

«Diffidenti?» ripeté Catherine. «In che senso?»

«Quasi come se avessero paura di me. È piuttosto strano.»

«Perché dovrebbero avere paura di te? Pensi che sia perché Mr. Abercrombie ti ha accusata di furto?»

«Non credo. L'accusa di Mr. Abercrombie è sembrata essere un prodotto della sua diffidenza, non il contrario. A proposito, lui o la polizia sono venuti qui a cercarmi?»

«No» disse Catherine. «Spero proprio che questo significhi che ha ritirato l'accusa. Uomo orribile. Non mi è mai piaciuto.»

«L'ha ritirata» confermò Mrs. Mason. «Così mi ha detto tuo padre ieri sera.»

«Davvero?» Mi sentii svenire per il sollievo. «Grazie al cielo.» Quindi Mr. Glass *se n'era* occupato, come aveva promesso. Restava solo da scoprire *come* fosse riuscito a far fare dietrofront ad Abercrombie. «Sapete perché ha cambiato idea, Miss Mason?»

«No.»

La sua freddezza nei miei confronti cominciava a darmi sui nervi oltre che a preoccuparmi. Decisi di affrontarla. «Spero proprio che non crediate alle voci che Mr. Lawson, Eddie e gli altri stanno diffondendo su Mr. Glass e su di me. Posso assicurarvi che il nostro accordo è decoroso e corretto.» Mi venne in mente qualcosa che avrebbe potuto farle cambiare idea. «È il nipote di Lord Rycroft.»

«È un lord!» Catherine quasi si alzò dalla sedia per l'eccitazione.

«No, solo un signore. Suo zio è l'attuale barone.»

Sia Mrs. Mason che Catherine si premettero le mani sul petto, come per cercare di calmare un cuore che batteva forte. «Allora è un gentiluomo di rango» disse la Mrs. Mason, il viso illuminato. «Che gentile da parte sua avervi accolta, India.»

Il mio sorriso si irrigidì. «Molto gentile.»

«Non lasciatevi montare la testa, però» ammonì. «La nobiltà è una bella cosa, ma sotto sotto è un uomo. Ricordate le mie parole, India, gli uomini d'alto rango non sono molto diversi da quelli di basso ceto quando si arriva al dunque.»

«Mamma! La state spaventando.»

Risi. «Niente affatto. Vi ringrazio per la vostra preoccupazione, Miss Mason, ma non corro alcun pericolo con Mr. Glass.» Era ora di cambiare argomento. Essere bacchettata non era qualcosa a cui fossi abituata, o che mi piacesse. Mio padre non l'aveva mai fatto dopo la morte di mia madre. «Mr. Glass aveva altre commissioni da sbrigare oggi, ma speriamo di riprendere la nostra ricerca di Mirth e dell'orologiaio domani, e scoprire se sono la stessa persona.»

«Di domenica?» disse lMrs. Mason. «I negozi saranno chiusi, e non vi consiglio di fare visita a nessuno a casa.»

«Perché no?» La maggior parte degli orologiai viveva sopra i propri negozi o nelle vicinanze. Sapevo dove trovare molte delle loro case.

«Non penso sia una buona idea.»

«Mr. Glass parte martedì, quindi dobbiamo usare tutto il tempo che ci resta.»

«Martedì? Bene.»

«Perché?» chiedemmo sia io che Catherine.

Mrs. Mason si strinse nelle spalle e guardò la porta. Sembrava che volesse fuggire, ma al tempo stesso non voleva andarsene. Forse non voleva lasciarmi sola con Catherine. Anche lei aveva paura di me.

L'idea aprì un pozzo dentro di me che si riempì di dolore. «Miss Mason» azzardai, «perché siete cambiata nei miei confronti? Cosa ho fatto per meritare questa… freddezza con cui vengo accolta a ogni passo?» Riuscii a tenere a bada il tremolio nella voce fino alla fine.

«Niente» disse Catherine allegramente. «Nessuno è freddo con te. Vero, mamma?»

Ma Mrs. Mason non rispose. Posò la tazza e nascose le mani nel grembiule.

«Mamma?» Catherine si sporse in avanti sulla sedia e mi guardò nervosamente.

«Mrs. Mason?» la incalzai. «Per favore.»

«Non so niente» disse, con voce affranta. Era una donna onesta e buona, con un cuore gentile. Allora cosa le impediva di essere aperta con me? «A Mr. Mason è stato intimato di non aiutarvi a trovare l'orologiaio, ecco tutto. Non che possa farlo! Non conosce nessuno che corrisponda alla descrizione di quell'uomo, e nemmeno io.»

«Ma siete stati avvisati di non farlo, nondimeno» dissi, sprofondando pesantemente all'indietro. «Da chi?»

Catherine boccheggiò. «Ecco perché papà ha ricevuto così tante visite ultimamente. Diversi membri della corporazione sono venuti a trovarlo negli ultimi due giorni» raccontò. «Di solito non li vediamo mai, dato che papà non è particolarmente in buoni rapporti con loro, quindi si è notato parecchio.»

«Alcuni dei membri più anziani hanno fatto visita» chiarì Mrs. Mason.

«Guidati da Abercrombie» borbottai.

«Lui non è venuto di persona» disse lei.

Ma molto probabilmente c'era lui dietro le visite. «Perché mi detesta così tanto?»

Catherine posò la tazza e si accovacciò davanti a me. Il suo dolce viso era pieno di sincerità. «Non mi è mai piaciuto. È un parvenu e un... un rospo, e pensa che le donne siano inferiori a lui. Ha paura della tua abilità come orologiaia, questa è la mia teoria. Ha paura di vedere una donna superarlo.» Guardò sua madre. «Siete d'accordo, mamma?»

«Sì» disse lei con un cenno enfatico e un sospiro di sollievo. Perché avrebbe dovuto sentirsi sollevata da una simile spiegazione?

A meno che non fosse tutta la spiegazione, ma le permetteva di non darmi l'altra, più preoccupante.

Una parte di me voleva spingerla a dirmelo, ma soppressi l'impulso. Non volevo metterla in una posizione scomoda.

«La mia presenza qui vi sta creando delle difficoltà» dissi, alzandomi. «Me ne vado.»

«No, ti prego, resta ancora un po'» mi esortò Catherine.

Sua madre, tuttavia, si alzò a sua volta. «È stato un piacere rivedervi, India. Abbiate cura di voi.» Cominciò a raccogliere i piatti, ignorando lo sguardo torvo di sua figlia.

Presi la mano di Catherine e la condussi alla porta d'ingresso. «Sei stata molto gentile, Catherine, ma non tornerò per un po'. Non voglio importunare i tuoi genitori più di quanto non abbia già fatto.»

«Non badare a mamma.» Abbassò la voce. «Mr. Abercrombie e la corporazione la spaventano. Non è forte come te o me.»

«E tuo padre? Spaventano anche lui?»

«Deve fare come dicono o rischia una censura.»

«Sì, certo. Hai ragione.» Era egoista da parte mia non pensare alla difficile situazione in cui si trovavano i Mason. Qualunque fosse la ragione della loro diffidenza nei miei confronti, una spiegazione avrebbe potuto metterli in guai ancora più seri con la corporazione. Guai che non potevano permettersi, con un'organizzazione che deteneva un tale potere sul loro sostentamento. Dovevo trovare un altro modo per ottenere le risposte. Mi venne un'idea. «Vorrei poter dire a Mr. Abercrombie e agli altri membri del Tribunale quello che penso. Sai quando si riuniranno la prossima volta?»

I suoi occhi si sgranarono. «Non starai pensando di andarci, vero?»

«Perché no?»

«Perché… è una follia! Saranno tutti contro di te, e… e sarebbe terribile.»

«Al contrario. Potrei finalmente ottenere delle risposte. E poi, cosa possono farmi adesso? Mi hanno impedito di entrare a far parte della gilda, hanno avvertito i loro membri di non assumermi e mi hanno quasi fatta arrestare per un crimine che non ho commesso. Hanno usato il loro potere per derubarmi della casa e del sostentamento. A mio modo di vedere, non ho più nulla da perdere. Non possono portarmi via nient'altro, dato che non ho nulla da prendere.»

Il suo labbro inferiore tremò e si gettò tra le mie braccia. «Oh, India, sei l'anima più coraggiosa che conosca.» La sua voce tremava e sentii una lacrima bagnata cadermi sul collo. «Vorrei poter fare di più per aiutarti, ma mi sento così inutile.»

L'abbracciai e le diedi delle pacche sulla schiena. «Stai facendo più che abbastanza rimanendo la mia vera amica. Inoltre, puoi aiutarmi. Puoi dirmi quando si terrà la prossima riunione della gilda.»

Si allontanò e si asciugò le guance con il pollice. Per un lungo momento, pensai che non mi avrebbe risposto, poi disse: «Ho sentito papà dire a mamma che è stasera alle sette.»

* * *

Passai il pomeriggio a cercare un impiego e un alloggio adeguato, ma la mia mente era concentrata sul compito che mi ero prefissata per quella sera. Avrei affrontato i membri della gilda riguardo al loro mutato atteggiamento nei miei confronti e avrei scoperto se la ragione era semplicemente il loro risentimento per il mio essere donna o qualcosa di più. Avrei chiesto loro anche di Mr. Mirth. In questo modo Mr. Glass sarebbe potuto venire con me. Sebbene non pensassi che avrebbero usato la forza per buttarmi fuori, averlo al mio fianco mi avrebbe comunque dato più fiducia.

La mia mente distratta fu probabilmente la ragione per cui non ebbi successo nel trovare un nuovo impiego. Trovai, tuttavia, delle stanze pulite e confortevoli in affitto al secondo piano di una modesta casa di Bloomsbury. La padrona di casa era la vedova del defunto curatore della collezione medievale del British Museum e sembrò sollevata di avere una candidata di sesso femminile. Promisi di consegnare le referenze prima di martedì. Non le dissi che il mio datore di lavoro avrebbe lasciato Londra quel giorno e che io non avevo nient'altro in programma.

Era una passeggiata di appena quaranta minuti per tornare a Park Street, ma un improvviso scroscio di pioggia mi costrinse a una sosta non programmata sotto la tenda del macellaio all'estremità di Oxford Street che dava sul Circus. Attesi con diversi avventori che, come me, erano stati sorpresi senza ombrello, con grande fastidio del macellaio. Sbuffò e ansimò sulla soglia ma, fortunatamente, non costrinse nessuno ad andarsene.

«Miss Steele?» La voce alle mie spalle era familiare, eppure non riuscivo a collocarla.

Mi voltai e inspirai bruscamente. «Mr. Dorchester! Che coincidenza.» Il tipo della casa da gioco appariva più chiaro alla luce del giorno; i suoi occhi più azzurri. Trasformavano il suo viso piuttosto ordinario in qualcosa di notevole. Non riuscivo a distogliere lo sguardo.

Sorrise e si tolse il cappello. «Lo è certamente. Vedo che la pioggia l'ha colta senza ombrello.»

«Infatti, e sembra che la pioggia non smetterà per tutto il giorno.»

«Allora mi permetta.» Mi porse il suo ombrello chiuso.

«No, non potrei mai accettarlo.»

«Allora posso accompagnarla a casa e lo dividiamo? È abbastanza grande.»

Non era lontano fino a Park Street. Inoltre, Mr. Dorchester era un tipo amabile e avere un po' di compagnia avrebbe potuto distrarmi dalla riunione della gilda.

«Grazie, accetto, purché Park Street non sia fuori dalla sua strada.»

«Niente affatto. Stavo comunque tornando a casa.»

«È qui vicino?»

«Da questa parte di Piccadilly Street, quindi non lontano.»

Uscimmo dalla folla brulicante e lui aprì l'ombrello. Le nostre braccia si toccavano mentre camminavamo, così che nessuno di noi due si bagnasse troppo.

«Devo dire che sono felice di vederla,» disse mentre superavamo dei passanti che si affrettavano a ripararsi dalla pioggia. «Ero preoccupato per lei.»

«Oh, grazie, ma stavamo bene.» In gran parte grazie alla mia mira.

«Tuttavia, non mi è piaciuto lasciarla lì, ma Mr. Unger mi ha assicurato che non le sarebbe accaduto nulla. Se non l'avesse promesso, avrei insistito per rimanere.»

Non gli dissi che Mr. Unger e gli altri giocatori d'azzardo non erano stati di alcun aiuto quando eravamo state attaccate. L'incidente era ormai passato e non vedevo motivo per far sentire Mr. Dorchester in colpa per averci lasciate lì.

«La sua amica ha vinto dopo che me ne sono andato?»

«Ha perso piuttosto malamente.»

«Che peccato. Non sembra un gioco per deboli di cuore. Tutti quei bluff… non sono sicuro di avere la faccia giusta per farlo.»

«E quale faccia ritiene sia richiesta a un buon giocatore di poker?»

«La capacità di mentire senza scomporsi.»

Risi. «Sono abbastanza d'accordo. Non è un gioco per me. Mio padre mi diceva sempre che i miei pensieri erano scritti sul mio viso.»

«Suo padre è un uomo saggio.»

Non gli dissi che di mio padre si sarebbe dovuto parlare al

passato. Ero ancora molto consapevole che Mr. Dorchester era un uomo e io una donna nubile, sola. Lasciargli pensare che non ci fosse nessun uomo a prendersi cura di me avrebbe potuto dargli idee simili a quelle degli orribili lord della casa da gioco. Anche se non riuscivo a immaginare che Mr. Dorchester fosse come loro, la prudenza non era mai troppa.

Aggirammo una grande pozzanghera mentre attraversavamo New Bond Street, poi ci ritrovammo di nuovo a passo. Il nostro ritmo e la nostra falcata coincidevano, ma non avrei saputo dire se fosse uno sforzo deliberato da parte sua.

«Mi parli della sua fabbrica, Mr. Dorchester.»

Aggrottò la fronte. «Non potete essere interessata a una cosa del genere.»

«Sono sicura che sia molto interessante.»

«Grazie, ma non la annoierò con i dettagli. Mi parli di lei.»

Gli fornii il più breve dei riassunti, evitando ancora una volta di menzionare la morte di mio padre. «Alloggio con Willie e i suoi amici, appena arrivati dall'America,» gli dissi. «Ma solo finché non partiranno, martedì.»

«Come fa la figlia di un orologiaio ad avere amici che vengono da così lontano?»

«Ci siamo conosciuti tramite un conoscente.» Eddie poteva essere considerato un conoscente sia di Mr. Glass che mio, quindi non era una bugia.

Parlammo per tutto il tragitto fino a Park Street, per lo più dei luoghi che aveva visitato da quando era arrivato a Londra qualche giorno prima. Aveva combinato un viaggio turistico con una visita all'ufficio del suo avvocato, ma si sarebbe fermato in città solo per qualche altro giorno. Gli dissi quali caffè avevano il caffè migliore e dove poteva trovare le sete più pregiate come regalo per sua madre e sua sorella a casa. Questo ci portò a parlare della sua famiglia. A differenza di me, lui era piuttosto desideroso di parlarne. I suoi occhi si illuminarono ancora di più mentre lo faceva. Quando raggiungemmo Park Street, mi rammaricai di separarmi da lui.

«Io abito qui,» dissi, fermandomi sui gradini del numero sedici. Gli sorrisi, guardandolo dal basso. «Grazie per avermi accompagnata. È stato molto gentile da parte sua offrirmi rifugio sotto il suo ombrello.»

Ridacchiò dolcemente. «Il piacere è stato tutto mio.» Oltrepassò con lo sguardo la mia figura, verso la porta. «Sono felice che sia uscita illesa da quella baraonda di ieri sera, Miss Steele. Ero terribilmente preoccupato per lei dopo essermene andato, e continuavo a chiedermi se avessi fatto la cosa giusta a lasciarla lì.»

Qualcosa che disse accese un ricordo, ma non riuscii a capire cosa fosse. Forse era solo l'orribile ricordo della notte prima.

«Posso essere così audace da chiederle una cosa?» disse.

«Certo.» Il cuore mi balzò in petto, ma non ero sicura del perché. Se Mr. Dorchester mi avesse chiesto di rivederci, non sapevo cosa avrei fatto. Volevo rivederlo? Volevo conoscerlo meglio? Immaginai che non avrebbe fatto male.

«Sarà in chiesa domani?» disse.

«Sì, certo. Perché?»

«Perché vorrei sapere a quale messa partecipare per rivederla.»

Risi e chinai il capo per nascondere il rossore. «Credo che la Grosvenor Chapel sia la più vicina.»

«Allora spero di vederla domattina.» Mi accompagnò su per i gradini e mi lasciò sulla soglia. «Sono felice di averla incontrata, Miss Steele.»

«Anch'io,» dissi. «Altrimenti sarei fradicia.»

Lui rise, ma io dentro di me trasalii. Avevo dato l'impressione di averlo usato per il suo ombrello. Mi era piaciuta la nostra passeggiata insieme, ma non in *quel* modo, mi resi conto. Non nello stesso modo in cui mi piaceva la compagnia di Mr. Glass. Era come paragonare il cioccolato e le mele. Entrambi erano buoni, ma uno era un'esperienza decadente da assaporare, e l'altro qualcosa che si poteva trovare su ogni carretto di fruttivendolo ad ogni angolo. Mi piacevano entrambi, ma avrei sempre scelto il cioccolato piuttosto che una mela.

«Spero di non averle causato alcun problema,» disse.

«Niente affatto.»

«È solo che ha un'osservatrice.» Fece un cenno verso la finestra. La tenda si mosse, ma non prima che vedessi il volto di Miss Glass scomparire dalla vista.

Sorrisi. «Arrivederci, Mr. Dorchester. E grazie ancora.»

Mi infilai dentro e chiusi la porta. Avevo a malapena sfilato un braccio dal cappotto quando Miss Glass emerse dall'ingresso del salotto.

«Chi era quello, cara?» chiese.

«Un conoscente di nome Dorchester.»

«Non conosco nessun Dorchester.»

«Viene da Manchester.»

«Manchester!» Arricciò il naso. «Cosa ci fa a Londra?»

«È in visita.»

«Da Manchester?» disse, incredula.

«Non è certo dall'altra parte del mondo.»

«Potrebbe anche esserlo. Quegli accenti.» Rabbrividì. «È come sentire un vetro che si rompe.»

«Il suo accento è piuttosto raffinato. Non ho percepito la minima inflessione mancuniana.»

Tirò su col naso e pensai che la questione fosse chiusa, ma mi seguì fino in cucina. Presi pane, formaggio e marmellata di prugne dalla dispensa e li misi sul tavolo.

«Ha mangiato?» le chiesi.

«Picket mi ha preparato qualcosa prima.» Si sedette sullo sgabello e mi guardò spalmare la marmellata su una fetta di pane. «Non è particolarmente bello.»

«Stiamo ancora parlando di Mr. Dorchester?»

«È anche piuttosto basso, e aveva un modo di camminare che non mi è piaciuto.»

Strinsi le labbra per reprimere un sorriso. «Forse a Manchester camminano in modo diverso.»

«Immagino sia un commerciante.»

«Ha una fabbrica.»

Fece schioccare la lingua e prese un pezzetto del formaggio che avevo tagliato dalla forma, ma non lo mangiò. «Puoi trovare di meglio che un brutto operaio di Manchester.»

«Ha dimenticato il suo strano modo di camminare.»

«Non è uno scherzo, India.»

Posai il coltello con un sospiro. «Apprezzo la sua preoccupazione, ma non ce n'è bisogno. Non sto considerando Mr. Dorchester come un pretendente.»

«Forse tu non lo consideri, ma *lui* potrebbe considerare *te*. A volte gli uomini — non mi riferirò a lui come a un gentiluomo, poiché non conosco le sue origini — possono essere difficili da allontanare una volta che ti si attaccano. Ho visto ragazze molto appetibili travolte da un gesto romantico di un uomo per nulla adatto.»

Stavo per protestare che non ero suscettibile ai gesti romantici, ma l'esperienza passata dimostrava il contrario. Sebbene Eddie non avesse gridato il suo amore per me da un tetto, mi aveva fatto dono di fiori e ninnoli regolarmente ed era stato premuroso fin dall'inizio.

Mi riempii la bocca di pane e marmellata per evitare di rispondere, e sperai che Miss Glass lasciasse perdere l'argomento di Mr. Dorchester. Sfortunatamente, aveva appena iniziato e procedette ad avvertirmi sui pericoli di una donna sola al mondo e di uomini dalle conoscenze ignote. L'unico modo che vidi per fermarla fu dirle che avevo imparato la lezione da Eddie. Per fortuna entrò Willie, distraendo Miss Glass. Non ero mai stata così felice di vederla, anche se sul volto portava un'espressione minacciosamente cupa.

«Pane?» offrii. «Formaggio?»

«Dio, sì.» Willie si avventò sul tavolo come un falco su un topo di campagna. «Sono mezza morta di fame.»

Le porsi una fetta di pane con la marmellata e sperai che bastasse a scacciare il suo umore nero. La addentò, strappandone un pezzo con i denti come un leone che sbrana una povera creatura appena catturata.

«Non ti si vede spesso quaggiù,» disse a Miss Glass con la bocca piena. Miss Glass apparve inorridita, cosa che sospettai fosse l'intenzione di Willie. «Quella ragazza, Polly, non ti dà da mangiare?»

«Picket si prende buona cura di me, grazie.»

«Perché la chiami per cognome?»

«È così che si usa qui. Non mi aspetto che uno di una remota provincia americana possa capire.»

«Miss Glass voleva parlarmi di Mr. Dorchester,» dissi in

fretta, prima che l'ira di Willie avesse modo di divampare. «Mi ha accompagnata a casa poco fa.»

«Chi?»

«L'uomo della partita di poker di ieri sera. Quello che ha dato un pugno a Lord Dennison.»

«Un pugno!» La mano di Miss Glass svolazzò sul colletto di pizzo nero. «Lo sapevo che non era un brav'uomo.»

«Mi ha difesa,» dissi.

«Sciocchezze. È un Dorchester di Manchester. Suona persino ridicolo.»

Willie sbuffò. «Questo è vero.»

Non potei fare a meno di sorridere, anche se volevo difenderlo. «Non è questo il punto. È stato gentile con me e mi piace, ma non in *quel* modo,» assicurai a Miss Glass. «Né sarò sedotta da gesti romantici, se ne farà. Ci vuole molto di più che ninnoli e promesse per incuriosirmi, adesso.»

«Bene,» disse Miss Glass con un cenno soddisfatto. «Sono lieta di sentirlo. Vostra madre sarà contenta che io vi abbia salvata da un legame sfavorevole.»

Mia madre? Io e Willie ci scambiammo un'occhiata. Lei si disegnò un cerchietto sulla tempia e roteò gli occhi, poi si infilò altro pane in bocca.

«Forse dovrebbe riposare un po',» dissi a Miss Glass.

«In effetti mi sento un po' stanca.» Uscì vagando dalla cucina, e sperai che non vagasse fuori di casa. Quando sentii la voce della sua cameriera, la mia preoccupazione si attenuò. Polly si sarebbe presa cura di lei.

Willie trascinò uno sgabello e vi si accasciò sopra. Gettò il pane non mangiato, spalmando marmellata sul tavolo. Sembrava che il nostro discorso non le avesse sollevato il morale.

«Sei ancora arrabbiata per il tuo medaglione,» dissi, sedendomi anch'io. Le cercai la mano ma lei la ritrasse.

«Sono andata a trovare Travers.»

Oh, santo cielo. Non mi serviva una sfera di cristallo per capire dove stava andando a parare. «Ti ha parlato?»

Annuì. «Mi sono offerta di ricomprare il medaglione, ma ha rifiutato.»

Dubitavo che le fossero rimasti dei soldi dopo la notte precedente, ma non le chiesi dove pensava di trovare i fondi.

«Ha detto che potevo provare a rivincerlo,» proseguì.

«Gli hai detto di no, vero?»

«Ho dovuto. Non ho più niente, e Matt, Duke e Cyclops non mi prestano nulla. Odiano che io giochi a poker. Mi avevano avvertita che sarebbe successo.» Appoggiò la fronte nell'incavo del braccio sul tavolo. «Ora si staranno dando delle gran pacche sulle spalle.»

«Non mi sembra una cosa che farebbero.» Le toccai la spalla, ma lei si scrollò. «E se offrissi a Lord Travers il doppio del suo valore, e poi chiedessi un prestito a Mr. Glass? Sono sicura che ti aiuterà se saprà che così riavrai il medaglione.»

«Travers non accetterà. Vuole giocare a poker, e quello che vuole l'altolocato e potente lord, l'altolocato e potente lord ottiene.» Procedette a chiamarlo con un nome così volgare che mi fece arrossire.

Cercai di pensare a un'altra soluzione, ma non mi venne in mente nulla. Se l'era cercata, e non avrei dovuto dispiacermi per lei, ma lo feci. Anche se non potevo vederle il viso, capii dal suo tirare su col naso che stava piangendo.

«Pensi di poterlo battere?» chiesi.

«Sì. Se mi capitano buone carte e se lui non bara di nuovo.»

Sospirai. Era senza speranza. «Dovresti parlare con Matt. Voglio dire, con Mr. Glass. Forse può parlare lui con Lord Travers, da uomo a uomo. È ingiusto, ma Travers mi dà l'impressione di essere uno che rispetta gli uomini e non le donne. Mr. Glass sa usare le parole e potrebbe convincerlo a rivenderti il medaglione.»

Si raddrizzò e si asciugò occhi e guance. «Non dirglielo, India. Quello che dici ha senso, e se c'è qualcuno che può convincere Travers, quello è Matt. Ma ha già così tante gatte da pelare in questo momento, non ha bisogno di questo peso in più. Né ne ha il tempo.»

Era la dimostrazione meno egoista che avessi visto da parte sua e mi rovesciò l'opinione che avevo su di lei. «Sta piuttosto male, non è vero?» chiesi a bassa voce. Trattenni a malapena il respiro in attesa della sua risposta.

Giunse sotto forma di un piccolo cenno del capo, nient'altro.

«Cosa dice il suo medico?» incalzai.

Saltò giù dallo sgabello. «Matt non vorrebbe che ne parlassi, quindi non chiedere.»

«Ma—»

«La sua salute non è affar tuo.» Mi afferrò le spalle e me le scosse. «Il tuo lavoro è trovare l'orologiaio. Anche se Matt è preso da altre questioni, devi continuare la ricerca da sola.» Mi scosse di nuovo, questa volta più forte. «Promettimi che lo farai.»

«Lo farò,» dissi. «Lo prometto. C'è un'importante riunione della gilda stasera. Ci saranno diversi orologiai. Parteciparvi mi farà risparmiare molto tempo rispetto a incontrarli individualmente.»

Mi lasciò andare. Il sollievo le inondò il viso. Sorrise persino, più o meno. Era un sorriso incerto e nervoso, ma era un miglioramento rispetto al suo cipiglio di prima. «Bene.»

Sfortunatamente, il mio piano di portare Mr. Glass con me alla riunione non si realizzò. Per le sette non era ancora tornato a casa. Aspettare ancora avrebbe potuto significare perdere del tutto la riunione. Avrei portato Cyclops o Duke, ma anche loro erano ancora fuori. Willie probabilmente sarebbe venuta, ma era un'arma instabile che avrebbe potuto esplodere al momento sbagliato. Avrei dovuto affrontare la gilda da sola.

La cosa non mi entusiasmava affatto.

CAPITOLO 13

La Venerabile Compagnia degli Orologiai si riuniva nella sua moderna sede di Warwick Lane, non lontano da St. Paul. L'edificio era stato completato solo due anni prima e io non c'ero mai entrata. I mattoni rossi e il contorno dell'ingresso ad arco, pesantemente intagliato, erano puliti rispetto agli edifici fuligginosi vicini, e i colori dello stemma erano ancora vivaci. Il Vecchio Tempo, vestito solo con un perizoma, e l'imperatore in abiti cerimoniali mi fissavano dall'alto della porta, severi, mentre impugnavano rispettivamente la clessidra e lo scettro. *Tempvs Rervm Imperator*, così mi ricordava il motto. *Il Tempo è il signore di tutte le cose.*

E così era. Il tempo mi aveva certamente dominata, di recente, così come dominava Mr. Glass. La sua clessidra si stava esaurendo.

Bussai e un uomo di mezza età con folte sopracciglia bianche aprì la porta. Non lo riconobbi.

«Sì?» intonò.

Mi feci largo oltrepassandolo. Lo colsi di sorpresa.

«Si fermi! Questa è una sede privata.»

«Devo parlare con la Corte» gettai oltre la spalla. «Mi ci vorrà solo un momento.»

Corsi oltre le vetrate colorate e i pannelli di legno, chiedendomi se alcuni degli orologi esposti fossero appartenuti ai miei antenati. Non c'era tempo per controllare le targhette. Il portiere mi stava raggiungendo. Spinsi la porta più vicina e fui ricompensata da una ventina di teste che si voltarono verso di me. Avevo trovato la sala della corte dove si riunivano i membri. Le riunioni erano obbligatorie solo per i dieci eletti della Corte degli Assistenti, gli uomini incaricati della gestione quotidiana della gilda, ma erano aperte a tutti i membri. Venti era una buona affluenza.

«India!» Eddie si alzò di scatto, un'espressione di totale stupore sul viso. «Che cosa stai facendo? Non dovresti essere qui.»

«È quello che ho cercato di dirle io» disse il portiere, ansimando al mio fianco. Provò ad afferrarmi il gomito, ma mi scansai.

«La lasci stare, Mr. Carter» disse Mr. Abercrombie. Sedeva a capotavola, la veste da maestro di velluto cremisi e pelliccia bianca drappeggiata sulle spalle, lo scettro cerimoniale posato sul tavolo davanti a un registro aperto. Gli mancava solo una corona per assomigliare all'imperatore dello stemma appeso dietro di lui. «Non vogliamo che questa situazione degeneri in una farsa.»

«Quindi non vuole che chiami i gendarmi?» chiese Carter.

Mr. Abercrombie sospirò. «Non credo che ci sarebbero d'aiuto.»

Grazie al cielo. La mia più grande paura era stata che mi avrebbe fatta arrestare per il cosiddetto furto nel suo negozio. Sembrava che avesse abbandonato davvero quell'accusa.

«Miss Steele, non fingerò di essere lieto di vederla.» Fece un gesto a Carter e il portiere uscì con un inchino.

Scrutai i volti degli uomini al tavolo mentre Eddie riprendeva posto. Li riconobbi tutti. Eddie era di gran lunga il più giovane. Tutti gli altri avevano i capelli bianchi, grigi o erano calvi. Mr. Mason non era presente.

Mr. Abercrombie mi fece cenno con un dito. «Si avvicini, Miss Steele.»

Avanzai lentamente, sentendomi proprio come un'umile cortigiana che aveva attirato lo sguardo di disapprovazione del re. Mi fermai ben lontana dal tavolo, ma i tizi all'estremità più vicina spostarono le loro sedie più indietro. Cercai di ricordare il discorso che avevo provato durante il tragitto, ma l'inizio mi sfuggiva.

«India» disse Eddie, con una voce più profonda del solito. Suonava così ridicolmente falsa che quasi mi scappò da ridere. Gonfiò il petto e si sedette molto eretto sulla sedia, senza dubbio per apparire più imponente e autorevole tra uomini così importanti. «Cosa significa tutto questo?»

«Silenzio, per favore, Mr. Hardacre» disse Abercrombie con un cenno della mano. Si tolse il pince-nez e lo posò sul registro. «Mi permetta di interrogarla.»

Interrogare? Oh no, no e poi no. Non ero venuta perché *lui* potesse fare domande a *me*. «Mr. Abercrombie, vorrei delle risposte.»

«Allora le avrà.»

Tutte le teste si voltarono a guardarlo. «Cosa?» scattarono più persone. «Non farlo» dissero altri. Abercrombie alzò la mano per chiedere silenzio. Non mi fidavo del suo sorriso sornione, della sua apparente franchezza.

Proseguii comunque. «Perché avete tutti paura di me?»

«Paura di lei?» Rise. «Non sia assurda. È solo una donnetta. Nessuno di noi ha *paura* di lei». Alla sua risata si unirono altre, tutte flebili, caute.

Abbandonai quella linea e ne intrapresi un'altra. «Come molti di voi sanno, il mio datore di lavoro, Mr. Glass, sta cercando un orologiaio in particolare, che potrebbe o meno rispondere al nome di Mirth. Qualcuno di voi conosce Mr. Mirth?»

Diversi membri guardarono Abercrombie. «Lo conosco io» disse.

Fui così sorpresa che feci un passo avanti prima di ricordare che non volevo avvicinarmi troppo.

«Mirth non è l'uomo che cerca il suo datore di lavoro» continuò.

«Come lo sa?»

«La confusione è nata perché Mirth si recò all'estero nello stesso periodo in cui, secondo Mr. Glass, il suo misterioso orologiaio si trovava in America. Mirth, tuttavia, non andò in America, ma in Prussia.»

«Come può esserne sicuro?»

«Perché all'epoca si confidò con me. Stava cercando sua figlia. Era fuggita con uno straniero. Purtroppo, non la trovò mai, il che spiega in parte perché non riaprì mai il suo negozio. Non ne aveva più la forza. Temo che da allora sia un uomo perso».

Sembrava plausibile, ma non potevo fidarmi che dicesse la verità. Mi odiava e avrebbe cercato di ostacolarmi in ogni modo. A quale scopo, tuttavia, non riuscivo a immaginarlo. «Allora perché è improvvisamente scomparso dalla casa della Aged Christian Society?»

Allargò le mani. «La sua ipotesi vale quanto la mia. Non l'ho visto molto di recente». Prese il suo pince-nez e lo picchiettò sul registro davanti a sé. «Tutto ciò che so è che il piccolo sussidio che riceve dalla gilda viene versato su un conto presso la Banca d'Inghilterra, e continuerà a esserlo fino a quando non avremo notizia della sua morte. Facciamo il possibile per tutti i nostri membri bisognosi, passati e presenti».

«Ben detto» disse un uomo, mentre un altro batteva un pugno sul tavolo in segno di approvazione.

«Conoscete qualcun altro che si sia recato all'estero circa cinque anni fa?» chiesi, scrutando i loro volti mentre parlavo, sperando di trovare un barlume di riconoscimento in uno di loro. Quelli che incrociarono il mio sguardo erano inespressivi. Quelli che non lo fecero, guardarono Abercrombie.

«No» disse lui.

Diversi orologi, sia all'interno della sala che all'esterno, suonarono le sette e mezza con ritmo orchestrale.

Mi feci forza. «Non le credo.»

Nella stanza echeggiò un respiro collettivo trattenuto. «Miss Steele, ha considerato che l'orologiaio non voglia essere trovato?» chiese Abercrombie.

«Abbiamo considerato che possa essere morto, ma perché non vorrebbe essere trovato?»

Posò di nuovo il suo pince-nez. «Il suo datore di lavoro, Mr. Glass...»

«Sì?»

«Cosa sa di lui?»

«Dove vuole arrivare, Mr. Abercrombie?»

Eddie scosse la testa e roteò gli occhi. Senza dubbio si stava congratulando con se stesso per essersi liberato del fidanzamento con una donna così difficile.

«Il punto è» disse Abercrombie «che Mr. Glass mi ha minacciato.»

L'aveva fatto, dunque? Era difficile trattenere il sorriso dalle labbra e dalla voce. «Non posso fingere che mi dispiaccia. Lei mi ha accusata di furto e, qualunque cosa pensiate tutti di me, io non sono una ladra.»

Molti di loro si mossero a disagio sulle sedie. Eddie non incrociava più il mio sguardo. Abercrombie si limitò ad alzare una mano in segno di congedo, come se le mie preoccupazioni riguardo alla sua accusa non fossero importanti.

«Quell'incidente non è in discussione» disse.

«Mi permetto di dissentire. Mi piacerebbe molto sapere perché l'ha fatto. Sarei potuta finire in prigione se non fosse stato per l'intervento di Mr. Glass in mio favore. Non mi dispiace che l'abbia minacciata. Nemmeno un po'.»

«Non sono state solo le sue minacce». Fece di nuovo un gesto con la mano. «Ma questo ormai non conta. È acqua passata. Dovremmo tutti andare avanti.»

Santo cielo, che qualcuno mi trattenga dal saltare dall'altra parte del tavolo per strangolarlo. «Mr. Glass ha visto un'ingiustizia e si è fatto avanti per salvarmi. Penso che sia stato nobile. Sta insinuando qualcos'altro sul suo carattere?»

«Sto semplicemente suggerendo che dovrebbe fare attenzione alle persone che frequenta, Miss Steele. Dopo che mi ha fatto pressioni per ritirare l'accusa, ho deciso di fare qualche ricerca. Ciò che ho scoperto è che il suo *datore di lavoro*,» disse con un'arricciatura sprezzante del labbro superiore, «frequenta dei criminali.»

Sapevo già della famiglia di sua madre, ma fu comunque un promemoria tempestivo.

«Questo nella migliore delle ipotesi» continuò Abercrombie.

«Migliore delle ipotesi?» feci eco.

«Nella peggiore, è lui stesso un criminale.»

Diversi membri rimasero senza fiato, compreso Eddie. Io no. Dall'espressione compiaciuta sul volto di Abercrombie, capii che sapeva che avevo già sospettato che Mr. Glass fosse il Dark Rider.

«Chiunque abbia letto i giornali di recente sa che il fuorilegge americano noto come il Dark Rider è qui in Inghilterra» disse. «Non è un grande sforzo collegarlo a Mr. Glass. Anzi, non è un grande sforzo dire che l'uno è anche l'altro».

«Non può dirlo con certezza.»

Abercrombie scosse la testa. «Lei è ingenua per la sua età. Per rispetto verso suo padre, devo metterla in guardia contro uomini come Mr. Glass.»

«Non tiri in ballo mio padre» ringhiai.

«Calmati, India» disse Eddie. «Tuo padre era un membro stimato, qui. Nessuno lo sta denigrando.»

«Piantala, Eddie».

Un paio di membri sogghignarono, ma l'uomo seduto accanto a Eddie si rivolse a lui e disse: «È sempre stata così ostinata?»

Eddie scosse la testa. «Se l'avessi saputo prima, non le avrei mai chiesto la mano.»

«E ti saresti perso l'eredità del mio negozio?» sbottai.

«Non è mai stato il *tuo* negozio, per cominciare.» La replica di Eddie fu accolta da una serie di cenni d'assenso da parte degli altri membri.

«Forse anche l'orologiaio che Mr. Glass sta cercando è un criminale» disse Abercrombie, lisciandosi i baffi impomatati. «Questo potrebbe spiegare perché non vuole farsi trovare e perché nessuno qui riesce a identificarlo. La Venerabile Compagnia degli Orologiai sostiene i più alti principi. I nostri membri sono uomini onorevoli, perbene, e non frequentano fuorilegge. Ci pensi, Miss Steele» disse, interrompendo la mia protesta. «Consideri che la ragione per cui è così difficile trovare quell'orologiaio sia perché è un uomo ricercato. Gli uomini ricercati frequentano altri uomini ricercati, e la visita di Mr. Glass coincide con quella del Dark Rider. Troppo perfettamente, direbbe un osservatore indipendente.»

Un brivido mi percorse la schiena e mi fece rizzare i peli sulla nuca. Volevo contraddirlo, ma non potevo. Non avevo prove dell'innocenza di Mr. Glass, ma ne avevo una bella pila che ne suggeriva la colpevolezza, dalla coincidenza del suo arrivo con quello del Dark Rider, alla sua abilità nel combattimento, al legame con i Johnson, e ora alle sue minacce nei confronti di Abercrombie. Deglutii rumorosamente.

«In memoria della lunga appartenenza di suo padre alla gilda» continuò Abercrombie, «le offrirò un consiglio, Miss Steele. Tronchi i rapporti con Mr. Glass. Gli dica che non può più assisterlo nella sua ricerca. Suo padre sarebbe deluso nel vedere che si è mischiata con gente poco raccomandabile».

«Ma… è imparentato con Lord Rycroft». La mia voce suonò debole, patetica. Non credevo che il suo legame con il titolo dei Rycroft avesse importanza, considerando che li aveva appena conosciuti.

Abercrombie si limitò ad allargare le mani, come a dire: «E allora?»

Eddie si mosse sulla sedia e si sporse in avanti. Il suo viso si illuminò. Si rivolse ad Abercrombie per un momento, poi a me. «In effetti, è la reputazione di Mr. Glass come Dark Rider che ci rende tutti diffidenti nei tuoi confronti, India». Guardò i suoi colleghi, un sopracciglio pallido sollevato in un'inclinazione speranzosa. Abercrombie lo incoraggiò con un piccolo cenno. «Te lo abbiamo detto prima che non sei *tu* a preoccuparci, India. È a causa di Mr. Glass».

Non gli credevo del tutto. Perché non menzionarlo prima? Eppure era logico. Troppo logico. Non potevo trovarci difetti.

Eddie guardò di nuovo Abercrombie. Il maestro della gilda lo ignorò. «Se ha un po' di buonsenso, Miss Steele,» disse Abercrombie, «avviserebbe la polizia e lo farebbe arrestare. Lo faremmo noi, ma potrebbe sembrare una vendetta dopo le sue recenti minacce nei miei confronti. Se fosse *lei* a parlare con loro dei suoi sospetti, tuttavia, sono sicuro che verrebbe presa sul serio.»

Mi rivolse un sorriso piatto che molti altri membri imitarono, compreso Eddie. I sorrisi erano falsi, ma ciò non diminuì l'impatto delle sue parole.

Perché sapevo che aveva ragione. Mr. Glass doveva essere il Dark Rider.

* * *

Non vidi Mr. Glass fino alla mattina seguente. Doveva essere tornato a casa molto tardi, e lo si notava dalle profonde occhiaie sotto gli occhi, dal pallore delle guance e dal ritardo con cui si unì a noi per colazione. Si era rasato, ma non bene, tralasciando parte della barba scura vicino alle orecchie e sotto la mascella. Non si era preoccupato di mettere la cravatta o il panciotto. Chiaramente il suo orologio speciale non era sufficiente, e aveva bisogno di più riposo per combattere la sua misteriosa malattia.

«Mangia in fretta, Matthew» disse Miss Glass con un sorriso per suo nipote. «Non abbiamo molto tempo.»

«Per cosa?» chiese lui, portando il piatto e la tazza al tavolo. Mi rivolse un piccolo sorriso, che cercai di ricambiare senza far trapelare il tumulto dei miei pensieri. Avevo passato metà della notte a rigirarmi nel letto pensando a tutte le cose terribili che il Dark Rider aveva fatto e se dovessi o meno comunicare i miei sospetti alla polizia.

«Per la chiesa, naturalmente» disse Miss Glass. Si era unita a noi per colazione quel giorno, mentre di solito mangiava da sola nella sua stanza. Sembrava particolarmente vivace e vigile. Forse le piaceva la chiesa, o semplicemente uscire di casa. Avrei fatto una passeggiata con lei, più tardi, se Mr. Glass non avesse avuto bisogno di me.

«La chiesa? È già domenica?» Mr. Glass si pizzicò la radice del naso e strinse gli occhi.

«Ci andrai, non è vero, Matthew?»

«No, non ci andrà» disse Willie. «Non ne ha il tempo.»

«Le chiedo scusa, signorina». Le labbra di Miss Glass si strinsero così tanto da diventare bianche. «È una pagana?»

«Sono tanto devota quanto lei e prego regolarmente come chiunque altro. *Io* ci andrò, ma Matt è troppo occupato.»

«Nessuno è troppo occupato per rendere grazie a Dio».

«Basta» disse Mr. Glass con un lungo sospiro. «Desidera partecipare alla funzione stamattina, Miss Steele?»

«Io?»

«Ho bisogno che continui la nostra ricerca, oggi, ma se preferisce assistere alla funzione...»

Mr. Dorchester mi aveva lasciato intendere che sarebbe potuto venire in chiesa per vedermi, ma non ero sicura di volerlo fare io. Miss Glass poteva aver ragione sulla possibilità che lui fosse interessato a qualcosa in più di un'amicizia. Non ero pronta a intraprendere quella strada. "Ancora", disse una vocina nella mia testa.

«Anche la maggior parte degli orologiai sarà in chiesa, quindi non credo che avremo molta fortuna se facciamo visita stamattina.»

Willie schioccò la lingua e sbuffò. «Stiamo esaurendo il tempo» mormorò alle uova fritte nel suo piatto.

Mr. Glass le posò la mano sulla sua. «Sarà un'ora e mezza, al massimo. E Miss Steele ha ragione. Nessuno sarà a casa stamattina».

«Ho delle notizie» dissi. «Sono andata alla riunione della Gilda degli Orologiai ieri sera e—»

«Ha fatto *cosa*?» Il boato di Mr. Glass fece sussultare sua zia e puntare gli occhi di tutti gli altri su di lui. «Perché ci è andata senza di me?»

«Lei non c'era. Avevo pianificato—»

«Allora non sarebbe dovuta andare affatto. Andarci da sola era pericoloso, considerando quello che Abercrombie ha cercato di fare.»

Deglutii. «Ne ero consapevole, ma dopo attenta considerazione, ho ritenuto che non avrebbe più dato seguito alla sua accusa. Grazie a qualunque cosa lei gli abbia detto, o fatto.»

Grugnì. «Tuttavia, era un rischio che non avrebbe dovuto correre.»

«È stato un rischio che ha dato i suoi frutti. Ho saputo che i membri presenti non conoscono nessun orologiaio che si sia recato all'estero cinque anni fa. Sono venti che non dobbiamo più visitare. Li ho riconosciuti tutti e ho scritto i loro nomi non appena sono tornata a casa.»

«Ottimo lavoro, India» disse Willie, con più ammirazione nella voce di quanta ne avessi mai sentita quando si rivolgeva a me.

Anche Duke e Cyclops mi elogiarono. Miss Glass sembrava essere caduta in uno dei suoi stati di trance, e Mr.

Glass continuava a guardarmi accigliato, ma con un po' più di dolcezza.

«Non solo» continuai, «ma Mr. Abercrombie mi ha informata che conosce Mirth e crede che non sia l'uomo che lei cerca.»

«Come mai?»

«Mirth si recò in Prussia, non in America, in cerca della sua figlia ribelle. Tornò distrutto senza di lei e senza più più interesse per il suo negozio.»

«Potrebbe mentire.»

«Perché dovrebbe mentire?»

Il suo sguardo scivolò via.

«Perché non gli piaci» disse Duke con una scrollata di spalle.

Cyclops si mosse sulla sedia e Duke sussultò, poi lo fulminò con lo sguardo. Sospettai che il suo amico gli avesse appena dato un calcio sotto il tavolo.

«Sì» dissi, decidendo di affrontare la questione di petto. «Ma *perché* non gli piaccio?»

«Perché sei una donna» disse Willie, parlando in fretta. «Sei più intelligente di lui e sfidi le regole con cui vive. Minacci le fondamenta del sistema patriarcale di cui approfitta.»

«Patri-cosa?» chiese Duke, storcendo il viso. «Willie, mi stai facendo la lezione?»

Cyclops sorrise. «Ti ha nascosto le sue doti, Duke.»

«Qualcosa l'ha nascosto. Non sono sicuro che siano delle doti, però.»

«E io non sono sicura che questo spieghi perché Mr. Abercrombie mi detesti così intensamente» dissi. «Ma vedo che nessuno è disposto a dirmelo.» Spinsi indietro la sedia e uscii. Non mi voltai, anche se sentivo i loro sguardi trafiggermi.

* * *

FECI UN CENNO col capo a Mr. Dorchester quando lo vidi seduto in fondo alla Cappella di Grosvenor mentre passavamo. Lui sorrise.

«Chi è?» sussurrò Mr. Glass.

«Una conoscenza che abbiamo incontrato alla casa da gioco»

dissi mentre prendevamo posto tre banchi davanti a Mr. Dorchester.

Mr. Glass si guardò alle spalle, fece un cenno di saluto e poi si rivolse di nuovo a me. «Era coinvolto nell'incidente che ha spinto Willie a estrarre la sua Colt?»

«No. Se n'era già andato»

Non parlai più con Mr. Glass fino a dopo la funzione, mentre stavamo uscendo. Mentre attraversavamo il nartece, mi afferrò improvvisamente il gomito e mi diresse a destra. Fu solo quando ci allontanammo dalla folla di parrocchiani che vidi Mr. Dorchester sulla sinistra, in attesa.

Mi vide e salutò con la mano. Ricambiai il saluto. «Un momento» dissi a Mr. Glass. Mr. Dorchester era venuto alla Cappella di Grosvenor appositamente per vedermi. Il minimo che potessi fare era scambiare qualche frase con lui. Sarebbe stato scortese non farlo.

Mi liberai dalla presa di Mr. Glass e andai incontro a Mr. Dorchester mentre si avvicinava. «Buongiorno» dissi, sorridendo.

«Buongiorno, Miss Steele.» Si tolse il cappello. «È un piacere rivederla. Sono contento di essere venuto.» Il suo sguardo si sollevò. Fece un cenno di saluto.

Mi voltai per vedere Mr. Glass in piedi dietro di me, con un'espressione cupa e tratti duri. Feci le presentazioni.

«Lei gioca a poker?» chiese Mr. Glass.

«Niente affatto» disse Mr. Dorchester ridendo. «Sono andato per capire di cosa si trattasse, ma ho deciso che il gioco non fa per me. È stata una serata, ehm, interessante, però. Non è vero, Miss Steele?» Il suo atteggiamento allegro mi fece domandare se si stesse riferendo a qualcosa di cui non ero a conoscenza. Per quanto mi riguardava, quella sera non era successo nulla di allegro.

Lo sguardo di Mr. Dorchester passò dal mio viso a quello di Mr. Glass dietro di me. Si schiarì la gola più di una volta, e il silenzio si protrasse. Sembrava scortese andarsene subito, così cercai qualcosa da dire.

«Sembra che sarà un pomeriggio piacevole» cominciai.

Mr. Dorchester sorrise. «Infatti. Perfetto per una passeggiata a

Hyde Park. Miss Steele, posso essere così audace da invitarla a unirsi a me?»

Aprii e chiusi la bocca senza che uscissero parole. Poi, all'improvviso, Mr. Glass fu proprio dietro la mia schiena, così vicino da poterne sentire il calore. Fortunatamente non rispose per me. Se l'avesse fatto, mi sarei arrabbiata parecchio.

«Temo di essere impegnata per tutto il pomeriggio» dissi a Mr. Dorchester. «Ma grazie per l'invito. Lo apprezzo.»

Sollevò le sopracciglia, non verso di me, ma verso Mr. Glass. La sua mascella si indurì. «Capisco.» Toccò la tesa del cappello. «Buona giornata, Miss Steele. Mr. Glass.» Si allontanò a grandi passi.

Mr. Glass mi si affiancò e mi offrì il braccio. «Pronta?»

Esitai. Ora che il momento era arrivato, non ero più sicura che andarmene con lui fosse una buona idea. Saremmo stati soli in carrozza per tutto il pomeriggio. Non ci sarebbe stata alcuna opportunità di andare dalla polizia e raccontare loro i miei sospetti su di lui come Dark Rider.

E non ci sarebbe stata alcuna opportunità di fuggire.

Duke, Willie e Miss Glass decisero di tornare a casa a piedi, mentre Cyclops salì a cassetta. Tirò fuori la sua mappa stropicciata e io indicai le zone che avremmo coperto. Mr. Glass mi tenne aperta la portiera e poi la chiuse sedendosi di fronte a me. Mentre la carrozza si avviava sobbalzando, lui prese a scrutare la strada.

«Ogni volta che usciamo, ha il naso incollato al finestrino» dissi. «Si aspetta che l'intruso ci segua?»

Pensai che non avrebbe risposto, o che mi avrebbe liquidata con una storia, ma si appoggiò allo schienale con un sospiro rassegnato. «Mi è giunta voce che qualcuno che conosco mi sta cercando.»

Lo sceriffo. Annuii, ma non riuscii più a sostenere il suo sguardo. Perché non ero andata dalla polizia prima, soprattutto dopo aver saputo dello sceriffo che aveva seguito Matt fin qui? Ero una vera stupida, ecco perché.

«Quel tipo, Dorchester» disse rigidamente. «Che interesse ha per lei?»

La domanda mi colse di sorpresa, ma non quanto il suo

sguardo serio e penetrante. Non c'era più traccia di stanchezza mentre si concentrava su di me. «So che voi americani siete più audaci di noi inglesi, ma penso che persino lei sappia che la sua domanda sta oltrepassando i limiti del nostro rapporto.» Sembravo una maestrina puritana, eppure non potei fare a meno di usare un tono secco. «Il suo interesse per me non è affar suo.»

Il mio rimprovero non ebbe alcun effetto su di lui. Il suo sguardo non vacillò, la sua mascella non si addolcì. «*È* affar mio.»

«Perché?»

Finalmente, sbatté le palpebre. Distolse lo sguardo e si strofinò il mento. «E se fosse lui l'intruso?»

Risi, ma senza umorismo. «Chiaramente ha bisogno di dormire di più se la sua mente vaga in quella direzione.»

«Sono semplicemente preoccupato per il suo benessere.»

«Non lo sia. So badare a me stessa quando si tratta di gente come Mr. Dorchester. È assolutamente innocuo.»

Il suo sguardo scattò di nuovo sul mio. «Come può esserne sicura?»

«È stato molto gentile con me. Mi ha salvata da un bruto l'altra sera, se proprio vuole saperlo. Questa non è l'azione di qualcuno intenzionato a farmi del male. Tutt'altro.»

«Cosa intende dire con "l'ha salvata"?»

Liquidai la sua domanda con un gesto della mano. «Non ha più importanza. Mr. Dorchester è un brav'uomo e penso di piacergli. Tutto qui. O mi sta dicendo che non sono il tipo di donna che interesserebbe a un gentiluomo?»

«Non è affatto quello che sto dicendo» ringhiò a denti stretti.

«Allora cosa sta dicendo?»

Piantò le mani sulle ginocchia e si sporse in avanti. «Sto dicendo che non tutti sono come sembrano. Lei lo conosce appena.»

Il sangue mi si gelò nelle vene. Una sensazione nebbiosa mi avvolse e mi sentii quasi disincarnata, come se non fossi più padrona della mia mente. «Conosco appena anche *lei*». La mia voce suonò dura, tagliente. «E i fatti che conosco mi spaventano. Eppure osa definire *lui* quello di cui non ci si può fidare.»

Si raddrizzò. «Quali fatti?»

«Il fatto che la famiglia di sua madre sia composta da fuori-legge. Il fatto che uno sceriffo la stia inseguendo. Il fatto che lei sia arrivato in Inghilterra contemporaneamente al Dark Rider». Ogni frase era come un pugno, che lo spingeva un po' più indietro contro lo schienale del sedile. «Il fatto che il suo speciale orologio la rinvigorisca temporaneamente iniettandole una... una sostanza nelle vene che le fa brillare.»

Le sue mani si aggrapparono al bordo del sedile, ai suoi lati. Le nocche diventarono bianche. «Lei è un'osservatrice»

Mi premetti una mano sullo stomaco e aspettai che confutasse i miei fatti. Non lo fece. Nemmeno uno. Si voltò a guardare fuori dal finestrino e si rifiutò di parlarmi per il resto del viaggio.

Terminammo la nostra ricerca ben prima del tramonto. Mr. Glass era troppo stanco per continuare, nonostante avesse usato il suo orologio per ricaricarsi un po' dopo la nostra sosta per il pranzo in una locanda a Hampstead. Finse di dover parlare con Cyclops nel cortile, ma sapevo che era andato a usare il suo orologio in privato. Per quale altro motivo avrebbe chiuso le tende della carrozza?

Non avemmo successo. Alcuni degli orologiai che visitammo non erano in casa, e quelli che c'erano ci trattarono con riserbo. Non ci fu offerto il tè, e a mogli e figli fu ordinato di lasciare la stanza in nostra presenza. Un orologiaio ci chiuse la porta in faccia non appena mi vide avvicinarmi. Dopo di che, rimasi in carrozza e lasciai che fosse Mr. Glass a parlare.

Tornammo a casa e lui andò subito a coricarsi. Willie e Duke, notando la carrozza arrivare, ci accolsero sulla porta, la speranza che illuminava i loro volti. Le loro espressioni si spensero non appena videro le spalle curve e le palpebre pesanti di Mr. Glass. Lui non scambiò una sola parola con loro e si diresse dritto verso le scale. Ogni passo sembrava richiedergli uno sforzo enorme, come se riuscisse a malapena a mettere un piede davanti all'altro. Lo guardammo finché non scomparve.

«È senza speranza, non è vero?» Willie guardò Duke, con le lacrime agli occhi.

«C'è sempre speranza.» Si voltò a guardarmi e aggrottò la fronte. Aspettai, ma non disse nulla, si limitò a guardare.

«Pensi che...?» gli chiese Willie.

«Non lo so» disse lui.

«Chiediglielo.»

«Chiedermi cosa?» Passai lo sguardo dall'una all'altro, ma era come se non fossi più lì. Parole non dette sembravano passare tra loro, e non avevo la minima idea di cosa stesse succedendo. Mi schiarii la gola.

«Si infurierà se lo facciamo» ammonì Duke.

«Solo se lei non sa» disse Willie. «Se sa, allora nessun danno. Anzi, se sa, potrebbe cambiare tutto. Potrebbe curarlo.»

«Cosa?» sbottai, quasi ridendo.

«Ma se sa, non avrebbe già detto qualcosa in proposito?» disse Duke. «È quello che dice lui.»

Misi le mani sui fianchi. «Volete dirmi di cosa state parlando?»

«Glielo chiedo io» dichiarò Willie.

Duke schioccò la lingua e scosse la testa. «Non credo—»

«India, sai usare la magia?»

CAPITOLO 14

Magia? Willie aveva forse perso la testa? E anche Duke?

«Non so quali storie vi racconti il vostro governo in America, ma la magia non esiste,» dissi. «Né qui né là.» Risi e attesi che si unissero a me. Non lo fecero. «È roba da fantasie infantili,» aggiunsi, facendomi seria.

La speranza che luccicava nei loro occhi svanì. Willie sembrava sul punto di piangere. «Tu possiedi o no la magia?» ripeté con una voce sottile e tesa.

«A giudicare dalla sua espressione scioccata, non ne ha.» Duke sospirò. «Dimenticate quello che abbiamo detto, Miss Steele. E non raccontate di questa conversazione a Mr. Glass. Ci staccherebbe la testa.»

«Ma Matt ha detto che diventa più caldo quando lei è vicina, come se le rispondesse.»

Credeva anche lei che l'orologio di lui reagisse alla mia presenza? E io che pensavo fosse Miss Glass la pazza.

«Non farlo,» la ammonì Duke. «Adesso basta. Si è sbagliato.»

«Non si sbaglia mai.» Il viso di Willie si contrasse. «Su niente. Mai.» Si voltò e corse su per le scale, salendo i gradini a due a due.

La fissai allontanarsi. Non seppi per quanto. Il tempo

206

rallentò. L'aria si fece più densa. I miei respiri suonavano affannosi e il mio sangue sembrava scorrere pigro.

Magia.

La parola mi rimbombava nella testa. Cercai con fatica qualche pensiero lucido, ma erano come nastri sospinti dalla brezza. Afferravo la fine di uno, solo per vedermelo strappare dalle dita prima di poterlo raccogliere tutto.

La mano sul mio braccio mi riscosse dalla mia trance. «Miss Steele?» disse Duke con dolcezza. «State bene?»

Annuii, intontita. «Duke… cosa intendeva Willie quando ha detto che l'orologio di Mr. Glass rispondeva alla mia presenza?»

«Allora l'hai sentito?» Le sue dita si strinsero. «Comunica con te davvero?»

«No. Quindi… cos'è? Come funziona? Perché brilla in quel modo e fa brillare anche le sue vene?»

Se avesse detto magia, allora io avrei… cosa? Fatto le valigie e me ne sarei andata?

«Quindi l'hai visto,» disse. «L'hai visto funzionare su di lui.»

Annuii. «Ma come fa quell'orologio ad aiutare Mr. Glass a sentirsi meglio? Non capisco.»

«Non lo aiuta,» rispose, cupo. «È questo il problema. Un tempo lo faceva, ma ora è rotto.»

«Rotto?»

«Un tempo lo faceva sentire meglio più a lungo. Matt poteva passare giorni senza doverlo usare di nuovo. Ora sono solo poche ore.»

«Capisco.»

«Davvero?»

Scossi la testa.

Lui sospirò. «Immaginavo di no.» Lanciò un'occhiata alle scale. «È meglio che dimentichiate che questa conversazione sia mai avvenuta, Miss Steele. Meglio che Matt non ne sappia nulla. Non gli piacerebbe scoprire che vi abbiamo parlato di magia.»

«Perché no?» Perché non voleva che sapessi che era pazzo come loro? Pazzo come sua zia?

«Perché è un segreto.»

«Per me?»

«Per tutti.»

* * *

DALLE ESPRESSIONI A COLAZIONE era chiaro che nutrivano poche speranze di trovare l'orologiaio nell'ultimo giorno di ricerca. Persino Miss Glass sembrava afflitta, e lei non era consapevole di cosa fosse in gioco. Forse era semplicemente ansiosa perché sapeva che suo nipote sarebbe partito il giorno seguente; sebbene continuasse a negarlo. Quando sorprese Duke e Cyclops a discutere dei piani di partenza, li rimproverò di perdere tempo in "sciocchezze".

Mentre stavamo per uscire, Willie mi fece cenno di seguirla. Se avesse ricominciato a blaterare di magia, me ne sarei andata. Mi rifiutavo di essere presa per una stupida. Dopo aver passato molte ore a letto a pensare a ciò che lei e Duke avevano detto, ero riuscita a vedere attraverso i veli che avevano cercato di gettarmi sugli occhi. Ciò che vidi era tuttavia altrettanto preoccupante del fatto che Mr. Glass fosse il Dark Rider.

Doveva essere un oppiomane. O, se non era oppio, qualche altra potente sostanza che gli faceva brillare le vene. L'orologio non era che un ingegnoso dispositivo per nascondere la sostanza in forma liquida. Probabilmente era munito anche di una minuscola siringa per iniettarsi il liquido mentre veniva tenuto nel palmo della mano. Restava da vedere se fosse anche un segnatempo funzionante.

Chiaramente il congegno aveva smesso di funzionare a dovere, perciò aveva bisogno che il suo creatore originale lo riparasse. Non avevo mai visto un orologio simile prima, quindi molto probabilmente richiedeva una cura speciale. Non avevo ancora capito perché Mr. Glass non potesse iniettarsi la sostanza senza usare l'orologio, ma doveva esserci una ragione.

Non intendevo dire a nessuno di loro che conoscevo quanto andavano nascondendo.

Intendevo dire alla polizia, invece, di aver trovato il Dark Rider. Non appena fossi riuscita ad allontanarmi.

«Oggi devi fare del tuo meglio per trovare l'orologiaio,» mi disse Willie. Mi prese le mani e le strinse così forte che dovetti chiederle di lasciarmi andare. «Sai quanto è importante. Tu *lo sai*.»

Non le dissi che era quasi senza speranza. O che la polizia avrebbe impedito loro di partire l'indomani.

Forse.

Oh, non sapevo che fare! Forse avrei dovuto restare in silenzio. Nessuno mi aveva fatto del male. Anzi, Mr. Glass mi aveva salvata da Abercrombie e dai suoi sgherri e si era assicurato che fossi ben curata. Tradire la sua fiducia sarebbe stato crudele. Inoltre, se fossero partiti l'indomani, non sarebbero più stati un problema dell'Inghilterra. Per quanto ne sapessi, qui non avevano compiuto nulla di illegale, in ogni caso.

Mr. Glass cercò di intavolare una conversazione, in carrozza, ma non ero dell'umore per parlare. Ero in subbuglio. Non solo per il fatto che mi dibattevo se parlare con la polizia, ma anche per la sua dipendenza. Avrei dovuto cercare di aiutarlo? Poteva questo spiegare i suoi modi da fuorilegge? Se era alla disperata ricerca di oppio e non poteva permetterselo, allora doveva rubare per pagarlo. Forse, se la sua dipendenza fosse sparita, non ci sarebbe più stato bisogno di compiere attività criminali.

«Siete molto silenziosa oggi,» disse lui.

«Davvero?»

Sorrise storto. «State pensando a quanto vi mancherò quando me ne sarò andato?»

Alzai gli occhi al cielo. «Penso a dove vivrò e a cosa farò.» Il che mi ricordò che non gli avevo ancora chiesto le referenze.

Stavo per farlo quando lui disse: «Forse dovremo posticipare il nostro viaggio. Anche se trovassimo l'orologiaio, non c'è bisogno di tornare di fretta. Mi piace qui. Londra mi incuriosisce. E, a essere onesti, non c'è molto che mi trattenga in America.»

«I vostri amici e Willie ne saranno delusi.»

«Non sono obbligati a restare.»

«Delusi di lasciarvi qui, intendevo. Vi sono molto affezionati.»

«E io a loro.»

«Se restate, avrete bisogno della mia assistenza.» Non era una domanda, poiché conoscevo la risposta prima che parlasse.

Annuì. «Vorrei che mi aiutaste. Lo fareste, alle stesse condizioni?»

Il mio sguardo scivolò al finestrino. «Non lo so. Io… non so più cosa pensare. Di niente.»

Si sporse in avanti e posò la sua mano sulla mia. Probabilmente voleva essere un gesto rassicurante, ma fece saltare il mio cuore a un ritmo più irregolare. «Mi dispiace se a volte non sono l'uomo più facile del mondo.»

Sbattei le palpebre, guardandolo. Non tolse la mano, né io volevo che lo facesse. «Non avete nulla di cui scusarvi.» Non con me. Era sempre stato un perfetto gentiluomo. Lacrime calde mi salirono agli occhi e dovetti di nuovo guardare fuori dal finestrino perché non mi vedesse.

Il suo pollice accarezzò il mio, gentile e insistente. Il mio respiro si mozzò di fronte a quell'intimità. Non avrei dovuto desiderare che mi toccasse in quel modo. Non lui… questo fuorilegge, questo drogato. Ma non riuscii a dirgli di smettere. Rimasi semplicemente seduta lì e gli permisi di farlo.

«India,» disse, la voce bassa e roca. «Posso chiamarvi così?»

Annuii.

Mi lasciò andare, ma solo per toccarmi il mento e costringermi dolcemente a guardarlo. «Allora d'ora in poi devi chiamarmi Matt o Matthew.»

Annuii di nuovo.

«So che non siamo amici,» disse. «Non proprio. Ma… sento un legame con te, e spero che per te sia lo stesso.»

Mi morsi l'interno della guancia. Annuii ancora, incapace di parlare e non osando dissentire. Non volendo farlo.

«Bene. Allora… devo dirti una cosa.» Mi lasciò il mento e posò la mano sul ginocchio. Chinò la testa e la scosse leggermente. Dopo un momento, alzò lo sguardo. «Perché una donna straordinaria come te non è sposata?»

Non era quello che voleva dire. Per cominciare, era una domanda, eppure aveva detto di volermi *dire* qualcosa. Quindi, cosa aveva in mente? Stava per dirmi che un orologio magico lo teneva in vita? Che era dipendente dall'oppio? O che era un fuorilegge?

La carrozza rallentò e lui si appoggiò allo schienale. Non era nemmeno interessato alla mia risposta.

Il primo orologiaio sulla lista era un certo Mr. Ingham, un

uomo basso e rotondo con la testa calva e un paio di occhiali appollaiati sulla punta del naso. Mi diede un'occhiata e si allontanò dal bancone. Io mi feci da parte mentre Mr. Glass — Matt — gli parlava di Chronos.

Mentre Mr. Ingham gli diceva di non conoscere nessuno che corrispondesse a quella descrizione, il mio sguardo cadde sul giornale aperto sul bancone lì vicino. L'articolo principale parlava di nuovo del Dark Rider; la polizia credeva che si trovasse qui a Londra, basandosi su informazioni ricevute dalle loro controparti americane.

Mentre Matt si voltava per andarsene, Mr. Ingham mi guardò, poi abbassò lo sguardo sul giornale e di nuovo su di me. Lo raccolse. «Buona giornata, Miss Steele.»

«Buona giornata, Mr. Ingham,» dissi e seguii Matt fuori dal negozio.

Lavorammo sodo, visitando molti negozi e fermandoci solo per un boccone veloce e perché Matt potesse usare il suo orologio mentre io mi incipriavo il naso in una locanda di Wandsworth. Non avemmo fortuna, tuttavia, e tornammo a Mayfair in un umore pensieroso e cupo.

«Questi sono tutti gli orologiai che conosco in città,» dissi. «Ce ne sono altri, naturalmente, ma non li ho mai incontrati. Anche se rimaneste a Londra per continuare la vostra ricerca, non avete più bisogno dei miei servigi. Non posso aiutarvi.»

Aveva chiuso gli occhi non appena si era sistemato in carrozza, e ora sollevò lentamente le palpebre, a metà. L'effetto gli conferiva un'aria pigra e dissoluta. «Permettimi di dissentire. Conosci bene Londra. Avrò bisogno di una guida.»

«Cyclops sa dove non siamo stati. Può portarvi senza la mia guida.»

Chiuse di nuovo gli occhi e pensai che si fosse addormentato, quando i suoi occhi si riaprirono all'improvviso. Fece un gran sorriso. Fu così inaspettato che non potei fare a meno di sorridere a mia volta nel vedere il cambiamento in lui. «Ho trovato! Puoi fare da dama di compagnia a mia zia.»

«Io? Una dama di compagnia?» Sbuffai. «Non essere ridicolo.»

«Perché no? Sei onesta.» Alzò un dito. «Di compagnia gradevole.» Un altro dito si alzò. «Gentile.» Ne sollevò un terzo. «E piaci a mia zia. Ecco. È deciso. Vivrai con lei.»

«Dove? A casa tua, o torna da Lord Rycroft dopo che te ne sarai andato?»

Si strofinò la fronte. «Sembra che resterò. Voglio che viviate entrambe con me.»

Non dissi nulla, e lui non sembrò attendere una risposta. Chiuse di nuovo gli occhi e inclinò la testa all'indietro. Dopo un momento, la sua testa si piegò di lato e il suo respiro divenne regolare. Si era addormentato.

Dovetti scuoterlo per svegliarlo, quando arrivammo a casa. Non sembrava affatto riposato; anzi, sembrava più stanco che mai.

«Perché non hai usato il tuo orologio?» chiesi prima di rendermi conto che gli avevo appena confessato di sapere a cosa gli servisse.

Mi scrutò attentamente e il mio cuore si fermò. Deglutii. Mi avrebbe odiata per essere a conoscenza della sua dipendenza?

Non mi rispose, ma scese e aprì lo scalino per me. Presi la sua mano tesa e scesi. Non mi lasciò andare quando i miei piedi toccarono il selciato, ma strinse la presa.

«Matthew.» Non seppi perché dissi il suo nome. Se avevo pianificato di chiedere o dire qualcosa, mi volò via dalla mente quando mi attirò più vicino.

«Sì?» mormorò.

Il suo mignolo si agganciò al mio. Rimanemmo vicini quanto le mie gonne permettevano, il suo viso a pochi centimetri sopra il mio. Sembrava esausto, eppure era ancora così bello. La malattia non lo sminuiva.

«Dovresti entrare a riposare,» dissi, facendo un passo indietro.

Non lasciò andare il mio dito. «India—»

«Ha ragione,» gridò Cyclops dal sedile del cocchiere. «Entra, Matt. Riposa.»

Matt rivolse il suo sguardo gelido all'amico ma mi lasciò andare. Mentre Cyclops si allontanava con la carrozza, salii i gradini. Willie aprì la porta, ma la speranza nei suoi occhi svanì presto.

«Hai un aspetto terribile,» disse. «Dovresti riposare.»

«Lo so,» sbottò lui.

Il mento di Willie tremò.

Matt sospirò e l'attirò in un abbraccio. Le baciò la fronte. «Scusa. Vado di sopra, adesso.»

«Ti lascerò la cena sulla scrivania,» disse lei, mentre lui si dirigeva alla scala con passi strascicati.

Duke e Miss Glass emersero dalla sala da pranzo. Duke aveva le mani intrappolate in un filo da ricamo che lo collegava al rocchetto nelle mani di Miss Glass. Alla mia espressione sorpresa, lui si limitò a dire con un'alzata di spalle: «Grovigli.»

Qualcuno bussò alla porta, e Willie andò ad aprire. Un uomo dall'aspetto burbero con un cappotto marrone e una cravatta storta color senape stava sul pianerottolo. Non meno di cinque agenti di polizia, vestiti con la loro distintiva uniforme blu e l'elmetto, si accalcarono sul portico dietro di lui.

«Mr. Matthew Glass è qui?» domandò l'uomo davanti.

«Chi lo cerca?» disse Willie, con le mani sui fianchi.

«Ispettore Detective Nunce, Scotland Yard.»

«Non c'è nessuno qui con—»

«Sono io Matthew Glass,» disse Matt, posando una mano sulla spalla di Willie.

Lei lo spinse via. «Matt! Lo *sai* perché sono qui.»

«Willie, va tutto bene.»

Nunce entrò senza essere invitato. I suoi agenti lo seguirono come un'ombra. «Mr. Glass, lei è in arresto.»

«No!» gridò Willie.

Uno degli agenti afferrò il polso di Matt, ma lui si liberò.

«Cosa significa tutto questo?» domandò.

«Lei è in arresto con l'accusa di essere il fuorilegge americano noto come il Dark Rider.» Nunce fece un cenno con la testa e due agenti afferrarono Matt, uno per braccio.

«C'è stato un errore,» disse Matt, con voce calma. «Non sono un fuorilegge.»

«Lasciatelo andare!» Willie si lanciò contro uno degli agenti che teneva Matt, solo per essere afferrata da dietro da un altro. «Toglimi le mani di dosso!» Scalciò e si divincolò, ma non riuscì a raggiungere l'uomo dietro di lei. Il braccio di lui si strinse attorno alla sua vita e venne trascinata via. Le sue grida si fecero più forti.

«Anche lei è in arresto,» le disse Nunce.

«Per cosa?» urlò Willie.

«Per essere un membro della banda del Dark Rider.»

«Sei un dannato idiota!»

«Lasciatela andare,» disse Duke, facendosi avanti. Cercò di separare le mani, ma riuscì solo a ingarbugliarsi di più nel filo. «Maledizione!» gridò, ricorrendo alla forza bruta e fallendo comunque.

Miss Glass lasciò cadere il rocchetto e venne a mettersi accanto a me. «La smetta subito,» disse con altera secchezza. «C'è stato un errore. Questo gentiluomo è mio nipote, e il nipote di Lord Rycroft. Rilasciatelo immediatamente.»

Nunce si toccò la tesa del cappello. «Non posso, signora. È il Dark Rider.»

«Chi o cosa è il Dark Rider?»

«Un fuorilegge americano. Non leggete i giornali?»

Lei si irritò. «Certo che no. Non ho interesse per i pettegolezzi vani.»

Nunce fece segno a un altro dei suoi uomini di afferrare Duke. «Prendete anche lui. Sembra americano.» Mi squadrò.

«È inglese,» disse Matt. «Un'amica di mia zia. La conosco appena.»

Nunce grugnì ma non ordinò a nessuno di arrestarmi. Uno degli agenti afferrò il braccio di Duke, ma Duke diede uno strattone e si liberò. L'agente gli si gettò contro e, con le mani ancora legate, Duke non poté difendersi. Crollarono entrambi a terra.

«Questo era del tutto fuori luogo,» ringhiò Matt.

Nunce si limitò a scrollare le spalle.

«Duke!» urlò Willie. «Duke, ti sei fatto male?»

Le dita di Miss Glass si strinsero sul mio braccio. Le coprii la mano con la mia, sperando di rassicurarla un po'. Non credo che aiutò. Molto probabilmente sentiva il mio corpo tremare.

«Contatti il Commissario Munro,» istruì Matt a Nunce, cercando di liberarsi dai due agenti che lo bloccavano. «Lui le chiarirà le cose.»

Nunce sbuffò. «È quello che dicono tutti.»

Willie pestò il piede della guardia che la teneva e riuscì a liberarsi. Corse verso Duke, che stava lottando per tirarsi su a sedere, ma fu riacciuffata dal giovane allampanato in uniforme. Lei gli sferrò un pugno sulla guancia, facendolo sanguinare, prima che lui le afferrasse le mani e gliele torcesse dietro la schiena.

«Mi stai facendo male!» gridò.

Matt si gettò a sinistra, usando il suo peso e la sua stazza per far perdere l'equilibrio all'agente che si trovava da quel lato. Anche quello a destra si sbilanciò e Matt riuscì a liberarsi di entrambi.

Ma la libertà fu di breve durata. L'ultimo degli agenti gli sferrò un pugno alla mascella. Matt riuscì a schivarlo, ma l'interruzione diede agli altri poliziotti preziosi secondi per riprendersi e passare al contrattacco.. Uno lo colpì alla bocca, l'altro allo stomaco. Matt si piegò in due, tossendo.

Miss Glass gemette e si strinse la gola. La feci voltare in modo che non assistesse alla scena di violenza e cercai di confortarla con dei piccoli colpi sulla schiena. Ma il mio cuore martellava e ogni parte di me tremava.

«Smettetela subito!» gridai. «Ispettore Nunce, controlli i suoi uomini. State turbando una signora anziana con questa esibizione non necessaria.»

Nunce non rispose, ma fu Matt a parlare.Smise di combattere. «Verrò con voi,» disse. «Anche Willie e Duke.»

«No!» urlò Willie. «Perché dovresti andare, Matt? Non hai fatto niente di male.»

«Risolveremo tutto alla stazione. Vine Street?»

Nunce annuì. «Controllate che non abbiano armi nascoste addosso,» disse ai suoi uomini.

I suoi agenti controllarono le tasche, rimuovendo ogni oggetto che trovavano e posandolo sul tavolo dell'ingresso. Tra i fazzoletti e le monete c'era lo speciale orologio d'argento di Matt.

«Portateli via,» disse Nunce.

Willie e Duke sussultarono. «Il tuo orologio!» gridò Willie. «Matt!» Lottò contro l'agente che cercava di spingerla fuori dalla porta.

«Posso portare il mio orologio con me?» chiese Matt a Nunce.

Nunce strinse le labbra, guardò l'orologio, guardò Matt, poi disse: «No. Non avete bisogno di sapere l'ora nelle celle di detenzione.»

Una goccia di sudore scivolò lungo la tempia di Matt. Il suo respiro divenne affannoso. Il suo viso divenne del colore della cenere fredda. I due agenti ai suoi fianchi lo fecero avanzare.

«Deve prendere l'orologio,» disse Duke a Nunce. «Per favore. È importante. Morirà senza.»

Morirà!

Miss Glass singhiozzò sulla mia spalla. Provai a darle delle pacche più forti sulla schiena, ma era inutile. Non potevo offrire supporto quando ne avevo disperatamente bisogno io stessa. Il mio sguardo si incrociò con quello di Matt sopra la testa di lei. Ciò che vidi nei suoi occhi portò lacrime brucianti nei miei. La malattia lo straziava, eppure non era quello che mi dilaniò il cuore. Erano il dolore e la delusione dipinti sul suo volto.

Vi leggevo chiaramente che credeva l'avessi tradito. Pensava che fossi stata io a dire alla polizia che era il Dark Rider.

E non era l'unico.

«Sei stata tu!» sibilò Willie.

«No,» replicai, con la gola secca «Non sono stata io.»

Ma lei gridò sopra la mia voce, e non poté avermi sentito. «Strega senza cuore! Se muore, verrò a cercarti. Ti farò a pezzi—»

«Willie!» La voce tagliente di Matt si udì a malapena sopra le sue urla.

Nunce e i suoi agenti trascinarono fuori Duke e Matt, e il mio cuore sprofondò ancora quando vidi Cyclops unirsi a loro, trattenuto da altri due poliziotti. Tutti sembravano urlare. Colsi frammenti di suppliche che imploravano Nunce di permettere a Matt di avere l'orologio. L'ispettore continuava a rifiutare.

«È colpa *tua*!» urlò Willie. «L'hai condannato a morte, India!»

Scossi la testa, ma nessuno mi stava guardando.

«Se non avrà quell'orologio,» continuò, venendo portata via, «la sua morte peserà sulla *tua* coscienza.»

CAPITOLO 15

Io e miss Glass restammo avvinghiate l'una all'altra in un orrore silenzioso. Le parole di Willie mi rimbombavano nella testa, risuonando come una campana. Pensava che fossi io la causa dell'arresto. Lo pensavano tutti, compreso Matt. Eppure non era quello a farmi sentire la nausea fin nel profondo. Erano le suppliche disperate di Willie, le sue affermazioni folli e fantasiose che senza quell'orologio Matt sarebbe morto. Doveva esserci una medicina al suo interno, non oppio come avevo pensato all'inizio.

Affidai miss Glass a Polly, che era sbucata dal retro della casa con il terrore negli occhi sgranati. «Andrà tutto bene» assicurai a entrambe. La mia voce calma e sicura parve rincuorare almeno Polly. «Porti di sopra miss Glass» dissi alla cameriera. «Si assicuri che abbia tutto ciò di cui ha bisogno.»

Mi sentivo tutt'altro che calma e sicura. Non riuscivo a smettere di tremare. *Aveva bisogno dell'orologio o sarebbe morto.* Lo raccolsi per la catena. Un'ondata di calore m'investì, risalendo il braccio dalla mano.

Lasciai cadere l'orologio e saltai all'indietro. Il meccanismo pulsò una volta e poi si fermò.

Pulsò.

Gli oggetti inanimati non pulsavano. Non si scaldavano. Non erano vivi.

Dovevo essermi sbagliata. Raccolsi di nuovo l'orologio. Ancora una volta, il calore mi inondò, partendo dalla mano e risalendo lungo il braccio con una tale rapidità e forza che l'aria mi uscì dai polmoni per la sorpresa.

Ma non lo lasciai. Lo tenni nel palmo della mano, con la catena che mi penzolava tra le dita. La cassa pulsò, come un cuore che riparte dopo un arresto, poi smise. Rimase caldo, anche se non bollente come al primo tocco. Potevo sentire il calore diffondersi in tutto il corpo, come se le vene lo stessero trasportando insieme al sangue. Quando Matt teneva l'orologio, le sue vene si illuminavano, ma le mie non lo stavano facendo.

Era un congegno incredibile. Non sentivo alcuna medicina infiltrarsi in me, eppure in qualche modo doveva essere in grado di emettere una sostanza. Lo girai e ne studiai il retro. Non c'erano caratteristiche distintive, né fori o fessure da cui la medicina potesse fuoriuscire.

Aprii la cassa. Il respiro mi si mozzò in gola. Non perché fosse piena di medicinali, come mi ero aspettata, ma proprio perché non lo era. L'orologio assomigliava a qualsiasi altro orologio su cui avessi mai lavorato. Il quadrante e le lancette erano semplici, sobri, i numeri romani chiaramente segnati in bronzo.

Lo portai nelle mie stanze e usai i miei attrezzi per aprire la cassa sulla toletta. Il meccanismo consisteva di ruote e viti, piccole molle, pignoni e uno scappamento, proprio come un normale orologio. Ne avevo riparati a centinaia come quello. Qualsiasi orologiaio avrebbe potuto fabbricarne uno simile. Secondo l'incisione nel metallo, era stato realizzato da A.W. Waltham, NY.

New York. Era dunque un orologio americano. Allora perché Matt stava setacciando Londra in cerca del suo orologiaio? Non poteva non aver notato il nome del fabbricante, inciso nella cassa.

Lo richiusi e lo fissai a lungo. In qualche modo, quest'orologio si scaldava quando lo toccavo, e anche quando lo faceva Matt. In qualche modo prendeva vita. E in qualche modo era responsabile di tenere in vita Matt.

Magia.

La parola mi svolazzò nella mente come una farfalla, delicata e con cautela all'inizio, ma più forte e più intensa a ogni secondo che passava. Cercai di scacciarla, ma non ci riuscii.

Infilai l'orologio nella tasca del panciotto, dove presto scaldò la pelle sopra le costole inferiori. Corsi giù per le scale e uscii di casa.

* * *

LA STAZIONE DI POLIZIA DI VINE STREET proiettava una lunga ombra nel tardo pomeriggio e presentava al mondo un aspetto austero. Sbarre di ferro coprivano le finestre a livello della strada e un poliziotto se ne stava sull'uscio, rigido e impettito. Andava e veniva più gente di quanto mi sarei aspettata, anche se c'erano pochi agenti. Supposi che la maggior parte di loro usasse l'ingresso posteriore del cortile, dopo aver arrestato dei criminali. Quale finestra sbarrata nascondeva Matt e gli altri? O la loro cella di detenzione non l'aveva neppure una finestra?

Raccolsi un po' di coraggio e passai decisa davanti all'agente di guardia alla porta. «Buon pomeriggio, signorina» salutò.

L'interno era molto simile a un qualsiasi ufficio, solo che il personale era composto da poliziotti in uniforme. Dietro il lungo bancone di accoglienza erano disposte diverse scrivanie, e contai non meno di quattro porte che davano alle ali del vasto edificio. Chiesi di Matt al bancone, dove il poliziotto dalle sopracciglia folte mi guardò torvo.

«Non gli sono permesse visite» disse, tornando alle sue scartoffie.

L'orologio nella tasca del panciotto pulsò. «Può dargli una cosa da parte mia?»

«No» disse senza alzare lo sguardo.

Sbuffai. «Ho solo bisogno di vederlo per un momento. Potete farmi accompagnare da qualcuno per assicurarvi che non lo aiuti a fuggire.»

Il mio tentativo di battuta fu accolto da un'occhiataccia. Prese la penna e la intinse nel calamaio. Il grattare sul registro stridette sui miei nervi già tesi.

«Posso parlare con l'ispettore capo Nunce?» chiesi.

«Riguardo a?»

«Riguardo a Mr. Matthew Glass.»

«No.»

«Perché no?»

«Perché gli farebbe sprecare il suo tempo prezioso chiedendogli se può visitare Glass nelle celle, e lui le dirà solo la stessa cosa che le ho detto io: no.»

«Potrebbe almeno guardarmi quando mi parla.»

Sollevò lo sguardo, ma non la testa. «No.» Tornò al suo registro.

L'orologio in tasca pulsò di nuovo, questa volta più forte. Cosa si aspettava che facessi? «La prego, dica all'ispettore Nunce che ho bisogno di vederlo.»

L'agente sospirò. «Signorina, le ho già detto che è occupato.»

«È una questione di vita o di morte!» Sottolineai la frase con uno schiaffo sul bancone. Una dozzina di teste si alzarono dalle loro scartoffie.

L'agente roteò gli occhi e borbottò qualcosa che suonava come «Maledette donne» a mezza voce.

La porta più vicina a me si spalancò e Nunce stesso fece irruzione. «Chiamate un medico!»

«Signore?» chiese il poliziotto.

«Un medico!» Nunce estrasse un fazzoletto dalla tasca e si asciugò la fronte sudata.

Il sangue mi si gelò nelle vene. «Il medico è per Mr. Glass?»

Nunce strinse lo sguardo su di me. «Lei viene dalla casa di Glass.»

«Sono la dama di compagnia di sua zia. Lei è la sorella di Lord Rycroft.»

«Non c'è bisogno di dirlo di nuovo. Anche i suoi amici continuano a ripeterlo, ma non me ne frega un accidente, anche se fosse il Principe di Galles in persona. Non andrà da nessuna parte finché non affronterà il processo. A meno che non muoia prima, ovviamente. Non si mette troppo bene per lui.»

Oh, mio Dio. Mi strinsi la gola e raccolsi le idee. «La prego, ispettore, devo vederlo. Per il bene di sua zia.» Ebbi un'idea e, prima che potesse negarmi l'ingresso, aggiunsi: «Ho la sua medicina.»

«Che tipo di medicina?»

«È in questo recipiente.» Tirai fuori l'orologio. «So che non sembra un farmaco, ma ai produttori americani piace trasformare le loro boccette di medicinali in oggetti curiosi. Così mi ha raccontato Mr. Glass.» *Ti prego, non chiedermi di aprirlo.*

«Non sono sicuro che possa aiutarlo» disse Nunce. «È privo di sensi.»

Coprii il mio sussulto con la mano. Le lacrime mi salirono agli occhi. «Non è troppo tardi. La prego, non lo lasci morire, signore, quando l'aiuto è a portata di mano.»

Sollevò la barriera. «Passi.»

Mi fece perquisire da un agente. Quando diede il via libera, mi affrettai dietro a Nunce, lungo corridoi imbiancati a calce e oltre porte di legno, tutte chiuse. Ogni porta aveva un piccolo pannello rettangolare progettato per scorrere e consentire la comunicazione tra chi era dentro e chi era fuori.

Qualcuno bussò a una delle porte mentre passavamo, e altri chiamarono, con le voci attutite dalle spesse pareti. Più avanti, tre agenti piantonavano una porta. Uno stava guardando attraverso il pannello e chiamava la persona dall'altra parte. Non ci fu risposta.

«Ancora incosciente, signore» disse il poliziotto quando Nunce chiese dello stato di Matt.

«Posso somministrare la medicina?» dissi. «Sono un'infermiera qualificata» aggiunsi, colpita dall'ispirazione. «È per questo che sono la dama di compagnia di sua zia. Di tanto in tanto richiede cure infermieristiche.»

Lui esitò.

«Andiamo, signore. Cosa crede che succederà? Il suo agente mi ha perquisita e non ha trovato armi, Mr. Glass è incapace di stare in piedi, figuriamoci di combattere, e io sono solo una semplice donna circondata da poliziotti.»

«Signore, sembra che abbia smesso di respirare» disse l'agente alla porta.

Il sangue mi defluì dal viso. Mi morsi il labbro inferiore, ma non riuscii a impedirgli di tremare.

«Aprite la porta» disse Nunce. «La faccia entrare.»

L'agente sembrò impiegare un'eternità a trovare la chiave

giusta appesa all'anello alla sua cintura. Finalmente la inserì nella toppa e aprì la porta. La spinsi io stessa e corsi da Matt, disteso sul pavimento su un fianco. Il taglio rosso sul labbro e un livido bluastro spiccavano nettamente sul suo viso mortalmente pallido. Era così immobile che temetti fosse troppo tardi. Poi espirò, anche se debolmente.

Sentii i poliziotti entrare alle mie spalle, ma nessuno parlò mentre premevo l'orologio nella mano di Matt. Gli cullai la testa e le spalle in grembo. Con la schiena rivolta ai poliziotti e le sue mani coperte dalle mie gonne, la sua pelle esposta era al riparo dalla vista.

Centimetro dopo centimetro, il suo corpo si scaldò, a cominciare dalla mano che teneva l'orologio. Gli tenni le dita avvolte intorno ad esso affinché non lo facesse cadere, e osservai il bagliore farsi strada in lui scacciando il pallore malaticcio fino all'attaccatura dei capelli.

Il suo petto si espanse. Inspirò profondamente e tossicchiò. Sentii il respiro contro la gola e sorrisi tra le lacrime.

«Grazie a Dio» sussurrai. Lo strinsi a me, incerta se avessi dovuto già lasciarlo andare. Se l'orologio non avesse ancora finito la sua opera, Nunce avrebbe visto il bagliore. E poi, era così bello tenerlo stretto. Non avevo mai tenuto un uomo così, prima.

Il suo corpo era caldo ora, vivo grazie al respiro regolare, e non più debole. La sua mano libera si chiuse sulla mia, così solida e meravigliosa. Nessuno di noi due indossava i guanti.

Nunce si schiarì la gola. «È una medicina potente.»

Matt sciolse le mani dalle mie e si infilò l'orologio in tasca mentre il suo corpo era ancora nascosto alla vista. Le sue vene smisero di brillare. Mi guardò e mi rivolse un sorriso abbagliante che mi toccò qualcosa nel profondo. Lo ricambiai. Era vivo. Era tutto ciò che contava.

«Mi dia un momento» disse a Nunce. «Sono appena stato riportato in vita da un bellissimo angelo. Mi perdoni se vorrei assaporarlo il più a lungo possibile.»

Uno dei poliziotti ridacchiò.

«Si alzi, Glass» disse Nunce nel suo tono monotono. «Signorina? Se permette.»

Matt si alzò e mi tese la mano. La presi e gli permisi di aiutarmi ad alzarmi. Mi accarezzò le guance bagnate con il polpastrello del pollice. «Sapevo che un giorno mi avresti salvato» mormorò. «Solo non pensavo che sarebbe stato oggi.»

«Non sono stata io» dissi. «Non gli ho detto io che eri il Dark Rider.» Volevo che lo sapesse. *Avevo bisogno* che lo sapesse.

Mi toccò il mento. «Ti credo.»

«Va bene, fuori di qui, signorina» disse Nunce, venendo a mettersi accanto a noi. «L'agente Stanley la scorterà.»

Scossi la testa. Era tutto sbagliato. Matt non poteva essere il Dark Rider. Non avevo prove per confutare la sua affermazione, tranne la sensazione che sentivo alla base dello stomaco. Mi voltai verso Nunce. «È innocente» dissi. «Non avete prove contro di lui, tranne qualche pettegolezzo malizioso.»

«Basta così, signorina.» Mi scacciò con le mani.

«Non me ne andrò! È un oltraggio. State trattenendo un uomo innocente—»

«India.» Matt mi afferrò le spalle e mi costrinse a guardarlo. Sembrava in salute, il suo colorito normale, ma la stanchezza lo segnava ancora. Avrebbe dovuto essere a casa, a riposare come si deve. «Non c'è bisogno di creare scompiglio. Una volta che il commissario Munro saprà che sono qui, farà in modo che io venga liberato.» Lanciò un'occhiata a Nunce. «Sempre che il commissario venga informato, s'intende.»

«Il commissario è troppo impegnato per ascoltare storie» disse Nunce. «Se lo mandassi a chiamare ogni volta che un colpevole lo chiede, non concluderebbe mai niente.»

Ruckus. Scompiglio. Avevo sentito quella parola tre volte in altrettanti giorni, mentre l'avevo sentita usare solo una volta, prima, e si riferiva a una sommossa in America, riportata su un giornale inglese. Il giornalista, tuttavia, era stato un americano presente sulla scena.

Fissai Matt. Lui ricambiò lo sguardo e aggrottò la fronte. «So chi è» sussurrai, sentendomi nauseata ma anche sollevata. «*Ruckus.*»

A un cenno di Nunce, uno degli agenti mi prese per il gomito e mi guidò verso la porta. Quello con le chiavi la tenne aperta.

«India?»

Lanciai un'occhiata oltre la spalla, a Matt. Stava ancora aggrottando la fronte, la preoccupazione incisa in ogni solco stanco del suo viso. «Sarai libero presto» gli dissi. «So chi è veramente il Dark Rider.»

«Chi?»

«Dorchester.»

Il viso di Matt si rabbuiò. «Come lo sai?»

«Basta così» disse Nunce. «Portala fuori di qui, Stanley.»

Puntai i piedi sul pavimento e incrociai le braccia. L'agente Stanley non si avvicinò. «C'è un tizio che si fa chiamare Dorchester» dissi a Nunce. «*Lui* è il Dark Rider.» *Doveva* essere il Dark Rider e non lo sceriffo. Lo sceriffo non aveva bisogno di nascondere il suo accento al mondo e di aggirarsi furtivamente per la città.

Nunce si grattò la barba ispida. «Dove posso trovarlo?»

«Vicino a Piccadilly, ma non so esattamente dove. E anche quell'informazione che mi ha dato potrebbe essere stata una bugia.»

«Perché dovrei crederle, signorina? Forse sta cercando di ingannarmi per farmi rilasciare Mr. Glass. Quali prove ha della colpevolezza di questo Dorchester?»

«Ha usato la parola: *ruckus.*»

Mi rivolse uno sguardo vacuo. «E allora?»

«*Ruckus* è una parola americana, e Mr. Dorchester ha affermato di essere inglese. Di Manchester, per l'esattezza, anche se il suo accento era completamente sbagliato. Avrei dovuto capirlo fin dall'inizio, ma io... io volevo credergli.»

Non riuscii a sostenere lo sguardo di Matt. Non volevo che vedesse la mia vergogna. Avevo voluto credere che piacessi a Mr. Dorchester per quello che ero e non perché potevo dargli qualcosa. Ero una maledetta sciocca. Ancora una volta, ero stata accecata dal fascino e dal mio patetico bisogno di essere apprezzata. La verità bruciava, ma non portava lacrime; solo rabbia e la determinazione a far pagare a Dorchester i suoi crimini.

«Una parola?» grugnì Nunce. «Non è una prova, signorina. Avanti. Fuori.»

«India?» La preoccupazione nella voce tranquilla di Matt mi

fece alzare lo sguardo mentre l'agente Stanley mi prendeva il gomito. «Starai bene?»

Raddrizzai la schiena. «Certo. Ora, se voi signori volete scusarmi, ho un commissario da visitare prima che torni a casa per la giornata.»

Matt sorrise.

L'agente Stanley mi scortò fino all'ingresso della stazione, ma mi fermai di colpo sulla soglia. Mr. Dorchester era al bancone, a parlare con il poliziotto di turno. «È lui» sussurrai, afferrando la manica dell'agente Stanley. «È quello il vero Dark Rider.»

Il giovane dal viso brufoloso squadrò Dorchester. «È sicura, signorina?»

«Certo. Lo arresti.»

Lui guardò indietro verso la porta chiusa dietro di noi. «Ha sentito l'ispettore. Una parola non è sufficiente per arrestare un uomo. E poi, a me sembra una persona perbene.»

«Non può interrogarlo? Chiedergli quale fiume scorre a Manchester, o qualche altro fatto sulla città che un residente dovrebbe conoscere.»

«Quale fiume scorre a Manchester?»

Sospirai. «L'Irwell. Avanti. Gli parli.»

Non si mosse nonostante la mia spinta. «Devo seguire gli ordini dell'ispettore, ma mi farò dare il suo indirizzo attuale, se questo la soddisfa.»

Stavo per dirgli che non mi avrebbe soddisfatto quando Dorchester si voltò improvvisamente verso di noi. Il cuore mi balzò in gola. Cercai di non reagire, ma doveva aver visto qualcosa sul mio viso perché non sorrise in saluto come avrebbe fatto il gentile Mr. Dorchester. Guardò torvo l'agente al mio fianco.

«Avanti» dissi al giovane poliziotto. «Vada a parlargli adesso.»

Mi allontanai e feci un cenno di saluto a Dorchester mentre gli passavo accanto. Lui si toccò la tesa del cappello. Lo scambio fu così rigido e formale che sospettai sapesse esattamente perché ero lì e cosa pensavo di lui.

Uscii di corsa, decisa ad allontanarmi da lui il più in fretta possibile. Il sole era calato dietro gli edifici, avvolgendo la strada in inquietanti ombre grigio-verdi. Mi guardai alle spalle, ma Dorchester non era uscito dalla stazione di polizia.

Svoltai sulla trafficata Piccadilly Street, dove mi confusi con gli altri pedoni diretti a casa o alle stazioni ferroviarie e alle fermate degli omnibus dopo il lavoro. C'erano molte strade da Vine Street a Victoria Embankment, alcune delle quali mi avrebbero portato a New Scotland Yard più velocemente, ma rimasi sulle strade più affollate per sicurezza. Anche se diverse occhiate alle spalle dimostrarono che Dorchester non mi stava seguendo, non volevo correre rischi.

C'era qualcosa di confortante nell'imponente edificio della torre dell'orologio che ospitava il Big Ben nel suo campanile. Era visibile oltre la nuova sede della Polizia Metropolitana e si ergeva con sicurezza in mezzo al trambusto di carrozze, carri e pedoni sottostanti, proprio come aveva fatto per tutta la mia vita. Mio padre mi portava a vederlo e mi spiegava come l'orologio gigante funzionasse secondo gli stessi principi del mio orologio da tasca.

Un orologio da tasca che improvvisamente suonò nella mia borsetta. Un orologio che non aveva mai suonato prima e non era progettato per farlo.

Aprii la borsetta, ma qualcosa mi urtò da dietro, spingendomi in avanti. Accadde così in fretta che riuscii solo a emettere un gemito prima che una mano guantata mi tappasse la bocca. Nelle ombre nere di un profondo portone incassato, mi premette la schiena contro i mattoni freddi. Sebbene non potessi vedergli il viso, l'uomo aveva la stessa altezza, corporatura e odore di Dorchester. Doveva aver saputo che sarei venuta qui, e aveva preso una scorciatoia.

«Stupida sciocca» ringhiò con una voce bassa molto diversa da quella che conoscevo. Era dura e crudele, con un accento americano. «Avresti dovuto tenere il naso fuori dagli affari di Glass. Fuori dai *miei* affari.»

Come mi era mai potuto piacere quest'uomo? Ero stata davvero una sciocca a credere alla sua storia. Mi divincolai, ma era troppo forte, premeva il suo peso contro di me, schiacciandomi le scapole contro le pietre. La sua mano guantata soffocava le mie grida e, dopo un intenso flusso di traffico, il marciapiede era ora privo di pedoni.

Il panico mi salì alla gola. Scalciai, ma le mie maledette gonne m'intralciarono. Dorchester si premette contro di me, bloccandomi le gambe in modo che non potessi più scalciare. Ero inchiodata al muro, incapace di muovermi o di emettere un suono.

«Se te ne fossi rimasta fuori, avrei potuto finalmente vendicarmi di quella feccia. Sì, sono stato io a dire alla polizia che era il Dark Rider. Era il piano perfetto. Viene arrestato e processato qui, lontano dagli amici che possono aiutarlo. Ma poi scopro che ha anche il commissario in tasca, quindi so che devo agire in fretta prima che venga rilasciato. Sono andato alla stazione di polizia per dargli il mio regalo d'addio.» Un clic echeggiò nel portone di pietra, seguito dal sibilo di metallo su metallo. Qualcosa di affilato mi punse il collo sopra il colletto. Aveva un coltello: il suo "regalo" per Matt, destinato a trafiggergli il cuore, senza dubbio.

Deglutii, chiusi gli occhi e sperai che qualcuno passasse, che mi vedesse in balia di quest'uomo malvagio. Ma i nostri abiti erano scuri e i lampioni non erano ancora accesi, e comunque non c'era nessuno.

«Ma non mi hanno fatto entrare a vederlo, grazie a te, piccola stronza. So che gli hai parlato di me. L'ho visto negli occhi di quel ragazzino, e in quelli del suo capo, quando è uscito. Sono riuscito a scappare per un pelo dopo aver inventato una scusa.»

Cercai di morderlo, ma mi ritrovai solo la bocca piena di guanto di pelle.

Lui ridacchiò. I suoi denti brillarono bianchi nell'oscurità e un lampo gli illuminò gli occhi. «Lo sai che l'uomo che stai aiutando è un traditore? Era anche lui un fuorilegge. Ha le mani sporche di sangue, Glass. Un sacco di sangue.»

Il respiro mi si mozzò in gola. Il mio corpo si irrigidì.

Lui ridacchiò di nuovo. «Quindi si è dimenticato di dirlo alla sua piccola amichetta, eh? Odia che la gente comune lo sappia. Odia essere imparentato con i Johnson. Ma non è questa la cosa peggiore, no signora. Tu pensi che io sia cattivo, ma lui è peggio. Entrambi abbiamo ucciso uomini, prima, ma almeno io non ho assassinato un mio parente.»

La bile mi risalì in gola. Mi sentii mancare il fiato e gli occhi iniziarono a lacrimare, il naso a colare. Le lacrime si accumularono ma non traboccarono. *Doveva* stare mentendo.

«Ha assassinato suo nonno a sangue freddo» continuò Dorchester. «Glass avrebbe potuto farlo arrestare, come gli altri della banda del vecchio, ma ha scelto di sparargli. Mio fratello minore era uno della banda di Johnson. Era solo un ragazzino, quando lo hanno impiccato.» Tirò su col naso e se lo asciugò sulla spalla. «Allora, cosa ne pensa di questo, signorina Perbene? Cosa ne pensa ora del suo grande e bell'eroe?»

Il suo alito caldo mi scottò la fronte. La punta affilata della lama mi scalfì la pelle, spillando sangue sul colletto. Gemetti e chiusi gli occhi. Il mio orologio suonò di nuovo, più forte questa volta. Pregai che qualcuno lo sentisse e si incuriosisse.

Ma nessuno passò.

«Non verrà a salvarti, adesso», disse Dorchester, ridacchiando. «È rinchiuso, sta assaggiando la sua stessa medicina. Peccato che probabilmente uscirà, prima o poi. Ma quando lo farà, scoprirà che la sua graziosa amichetta è stata vittima di un altro assassino di Londra, proprio qui sotto il naso di Scotland Yard. Lui mi ha tolto qualcuno, quindi io toglierò qualcuno a lui.»

Volevo urlargli che conoscevo appena Matt, che non ero importante per lui. Ma non ero sicura che gli sarebbe importato. Dorchester mi odiava per essere dalla parte di Matt, per aver attirato l'attenzione su di lui. Mi voleva morta, e nessuna supplica avrebbe fatto la differenza. Con la bocca coperta, non potevo nemmeno provarci.

Premette di nuovo la lama. Sangue fresco colò e mi scese lungo il collo. Chiusi gli occhi e pregai per la mia anima. Non potevo fare altro.

CAPITOLO 16

*D*orchester digrignò i denti, poi si chinò e leccò il sangue sul mio collo. Ebbi un conato di vomito. Lui rise e lo rifece, godendosi il mio orrore. Si divertiva a tormentare il coniglio nella sua trappola.

La reticella si mosse nella mia mano. Il cuore mi balzò in petto ed emisi un grido soffocato, ma continuai a stringerla. Se non avessi sentito il rintocco dell'orologio poco prima, se non avessi sentito la parola *magia* pronunciata con leggerezza, avrei pensato che un topo vi si fosse infilato. Ma una piccola, folle parte di me sapeva che il mio orologio stava cercando di uscire.

Avevo le braccia bloccate, ma le mani possedevano ancora un po' di margine di movimento. Riuscii a manovrare la reticella e a infilare le dita nella sua apertura a coulisse per allargarla. L'orologio mi scivolò in mano. La cassa d'argento, solitamente fredda al tatto, era così calda che potevo sentirla attraverso il guanto.

La mente mi tornò alla notte della partita di poker, quando avevo lanciato la pendola da viaggio per mettere fuori combattimento il mio aggressore. Un pensiero strano si fece strada in me, uno di cui non riuscivo a liberarmi: non era stata la mia buona mira né la forza del mio lancio a farle raggiungere la fronte di Dennison. Era stata la pendola stessa, che aveva cambiato traiettoria per colpirlo. Era stato magico.

Dorchester rise di nuovo. Mi leccò l'orecchio, poi premette la lama con più forza contro il mio collo. Gridai, non per il dolore acuto, ma perché l'orologio mi cadde di mano. L'avevo perso! No, no, NO!

Dorchester si immobilizzò. La pressione della lama si allentò. Poi il suo corpo prese a tremare con violenza. Mi lasciò andare e barcollò all'indietro, in preda alle convulsioni. Sembrava che stesse eseguendo una danza folle. Cercò di parlare, ma non gli uscirono parole. I suoi occhi implorarono aiuto, ma non mi mossi, sebbene sapessi che era il mio orologio a causargli tutto ciò. La catena gli si avvolse intorno al polso e l'orologio stesso premette contro il suo palmo.

Cadde in ginocchio come se qualcuno più forte di lui lo avesse spinto a terra. Poi stramazzò in avanti, sbattendo la faccia sulle pietre.

Corsi via. «Aiuto! Aiutatemi!»

Tre uomini si affrettarono verso di me; due di loro erano poliziotti in uniforme, l'altro si presentò come un ispettore capo di Scotland Yard.

Indicai la soglia della porta. La mano mi tremava e la voce era incrinata, ma riuscii a dire loro che un uomo di nome Dorchester era là dentro. «È il fuorilegge americano noto come Dark Rider e mi ha aggredita. Lui... lui voleva mettermi a tacere.»

Nella luce fioca potei appena distinguere le loro espressioni incredule. Dovevano avere una dozzina di domande da farmi, ma tutti sapevano che la preoccupazione più urgente era catturare il mio aggressore. Si avvicinarono con cautela all'ingresso, manganelli alzati. Io li seguii, incerta su ciò che avremmo trovato.

L'agente che era davanti abbassò il manganello. «È morto?»

Barcollai, con lo stomaco sottosopra. *Ti prego, fa' che non sia morto.* Sapevo che sarebbe stato impiccato per i suoi crimini, qui o in America, ma non volevo essere io quella che aveva premuto il grilletto, per così dire. Non volevo che la sua morte fosse il risultato della mia... magia.

I poliziotti trascinarono Dorchester fuori dall'ingresso. Gemette e si mosse. Tirai un sospiro di sollievo e mi avvicinai, girandogli al largo finché non fui sulla soglia. Il mio orologio luccicò nell'ombra. Mi chinai e lo raccolsi. Non era più caldo, e sembrava un comune orologio d'argento.

«Cos'ha lì, signorina?» domandò l'ispettore.

«Il mio orologio.» Glielo mostrai. «Mi è caduto durante la colluttazione.»

Lui annuì, soddisfatto. «Come ha fatto a sopraffarlo?» domandò mentre i due agenti sollevavano Dorchester, ancora stordito, reggendolo tra loro.

«Io... suppongo sia stata una combinazione di fortuna e tempismo.» Riposi l'orologio nella reticella. «Un tempismo eccellente.»

«E questa storia che sarebbe il Dark Rider?»

«È una lunga storia, e devo parlarne immediatamente con il vostro commissario. È nel suo ufficio?»

«Il commissario è occupato, signorina.»

«Non m'importa!» Buon Dio, quell'uomo era più inaccessibile della regina. «Ho informazioni vitali sul Dark Rider da dargli, e solo a lui. Mi porti da lui, subito. Per favore,» aggiunsi, con più contegno.

Lui scrutò me, poi le schiene degli agenti che si allontanavano portando via Dorchester. «Può raccontarmi tutto su come è venuta a sapere che quell'uomo è il Dark Rider mentre saliamo all'ufficio del commissario.»

Fui così grata che gli strinsi la mano. «Andiamo, allora!»

Mentre camminavamo, gli diedi il mio nome e l'indirizzo di Matt, ma gli dissi che volevo conservare i dettagli sul Dark Rider per le orecchie del commissario.

L'edificio era buio all'interno e l'ispettore ordinò a uno degli agenti di servizio di porgergli una lampada. Questa diffuse luce a sufficienza perché potessimo orientarci nei corridoi di New Scotland Yard. L'odore di vernice fresca ci seguì. I pomelli d'ottone delle porte e i ganci per i cappotti luccicavano alla luce ambrata. A differenza della stazione di polizia di Vine Street, le finestre non erano coperte da sbarre. Mi domandai dove avessero portato Dorchester e se si fosse ripreso.

Entrammo in un ufficio al secondo piano con mobili lucidati a specchio e un ritratto della regina sulla parete. Era vuoto, ma sembrava essere solo un'anticamera che conduceva a un altro ufficio. L'ispettore bussò e fui sollevata nel sentire una voce burbera ordinarci di entrare. Per fortuna il commissario non era ancora andato a casa.

Il commissario Munro era un signore dall'aspetto distinto con capelli bianchi ai lati della testa e grigi sulla sommità. I suoi baffi bianchi si arricciavano alle estremità. Indossava un'uniforme con spalline riccamente decorate, e un berretto d'ordinanza era appeso a un gancio accanto a un altro ritratto della regina. Occhi acuti mi osservavano, ma con curiosità, non con scortesia.

Si alzò e ci stringemmo la mano. L'ispettore fece le presentazioni e gli fornì un breve resoconto del nostro incontro. Il commissario mi invitò a sedermi e ordinò all'ispettore di prepararmi del tè.

«No, grazie,» dissi. «Il tè non è necessario.» Qualsiasi cosa che ritardasse la liberazione di Matt non era necessaria.

«Miss Steele, perché è così certa che l'individuo che l'ha aggredita sia il Dark Rider?» domandò. «Forse è semplicemente un opportunista che ha visto una giovane donna camminare da sola al crepuscolo.»

«Proprio fuori da New Scotland Yard? Ci vorrebbe un aggressore sfrontato per essere così audace. No, commissario, è il Dark Rider e me lo ha confessato lui stesso.»

Si appoggiò allo schienale. La pelle della poltrona scricchiolò. Appoggiò i gomiti sui braccioli e unì le punte delle dita. «Il Dark Rider è già stato catturato. Al momento è detenuto a—»

«Alla stazione di polizia di Vine Street. Sì, sì, so tutto. Ma quell'uomo non è il Dark Rider.»

Le sopracciglia nivee gli si inarcarono sulla fronte. «Sta mettendo in dubbio la competenza dell'ispettore Nunce?»

«Il suo ispettore sarà anche esperto, ma è uno sciocco. Ha arrestato l'uomo sbagliato. Credo che lei lo conosca, signore, e possa garantire per la sua innocenza.» Speravo di aver capito bene e che la richiesta di Matt di vedere il commissario fosse un'indicazione che di quest'uomo ci si poteva fidare. In base a ciò che mi aveva detto Dorchester, non ero più sicura di chi o cosa fosse Matt, ma sapevo che non era il Dark Rider. Sapevo anche che sperava che il commissario Munro potesse aiutarlo. Per il momento, questo mi bastava.

«Sono incuriosito,» disse lui. «Chi è, allora, l'uomo che ha arrestato?»

«Mr. Matthew Glass.»

Il commissario abbassò le mani. «Grazie, Toohey, può andare.»

L'ispettore, che era rimasto in piedi dietro di me, se ne andò, chiudendo la porta dietro di sé.

«Esigo l'intera storia,» disse il commissario con una voce calma ma tagliente come l'acciaio. «Adesso.»

Spiegai tutto, laddove avevo una spiegazione. Sorvolai sull'uso del mio orologio per sfuggire a Dorchester e non speculai su come Matt potesse conoscere il commissario, dato che era a Londra solo da una settimana.

Il commissario si alzò prima che finissi. Prese il cappello dal gancio e se lo mise sotto il braccio. «Sembra che io debba fare una visita a Vine Street prima di tornare a casa. Speriamo che Mrs. Munro non si dispiaccia troppo per il mio ritardo per la cena.»

Si fermò in un ufficio al piano di sotto per parlare con l'ispettore Toohey e assicurarsi che Dorchester rimanesse ben rinchiuso, poi ordinò a uno degli agenti di far portare la sua carrozza. Mentre aspettavamo, il Big Ben suonò l'ora. Il suo rintocco profondo e sonoro mi vibrò dentro. Feci un respiro profondo, aspirando l'aria nei polmoni con quello che mi parve il primo vero respiro dall'attacco di Dorchester.

Fu un breve tragitto di ritorno a Vine Street, durante il quale il commissario mi interrogò sui miei legami, sul mio passato e, infine, mi chiese dettagli su come fossi sfuggita a Dorchester.

«Non lo so,» dissi, onestamente. «Davvero, non lo so. Un attimo prima il suo coltello era qui,» toccai il piccolo taglio sopra il colletto, «e l'attimo dopo era a terra, in preda alle convulsioni.»

«Epilessia,» disse lui con certezza.

Strinsi la reticella più vicina al corpo e ne premetti la stoffa morbida finché non sentii la presenza dell'orologio. Una forma familiare e confortante. Quell'orologio mi aveva salvata; ne ero certa. Aveva cercato di avvertirmi che Dorchester era vicino, con i suoi strani rintocchi, ma non avevo ascoltato. Poi era balzato dalla mia mano alla sua e gli aveva trasmesso una sorta di scarica elettrica.

Ma come poteva essere? Quale spiegazione logica c'era per un orologio che agiva e *pensava* da solo? Era assurdo. Dovevo aver perso la testa anche solo a considerarlo. Eppure eccomi lì, a prenderlo in considerazione molto seriamente. Se si fosse trattato solo del mio orologio e solo di questo incidente, sarei stata più scettica, ma non era la prima volta. Anche la pendola sul caminetto della casa da gioco mi aveva salvato la vita. La mia mira non era *così* buona.

Forse tutti gli orologi erano magici e non mi ero mai trovata in una situazione di pericolo per assistere al loro potere. Eppure la gente veniva assassinata di continuo pur portando orologi con sé, o veniva uccisa in presenza di pendole. Nemmeno la pendola sotto il campanile del Big Ben si era scagliata contro il mio aggressore. Sorrisi dell'assurdità di questi pensieri, ma il sorriso svanì in fretta come era apparso. Avevo maneggiato sia la pendola nella casa da gioco sia l'orologio nella mia reticella. Li avevo aperti e ne avevo toccato i meccanismi.

Io ero la chiave che metteva in moto la loro magia.

Le mie dita si strinsero attorno alla borsetta. Il commissario disse qualcosa e dovetti chiedergli di ripetere. Fu solo quando un agente aprì la portiera della carrozza che mi resi conto che eravamo arrivati.

I poliziotti della stazione di Vine Street rimasero a bocca aperta quando videro il commissario, poi salutarono battendo i tacchi. La stazione era più tranquilla, ora, e l'agente Stanley si trovava al bancone d'ingresso al posto del suo collega più burbero. Sorrise nel vedermi, ma il suo sorriso si trasformò in stupore quando si rese conto di chi mi stava accompagnando.

«Da questa parte, signore,» disse quando Munro chiese di vedere Matt. Non l'ispettore capo Nunce, ma Matt stesso.

Lo seguii, solo per sentirmi ordinare dal commissario di rimanere indietro. Considerai l'idea di discutere con lui, poi decisi di sedermi e aspettare. Probabilmente c'erano cose di cui lui e Matt dovevano parlare da soli prima che Munro ordinasse il suo rilascio.

Se avesse ordinato il suo rilascio.

Se non l'avesse fatto, allora i miei tentativi sarebbero stati vani. Non c'era altro che potessi fare.

Sembrò passare un'eternità prima che la porta si aprisse di nuovo, ma secondo l'orologio a parete erano trascorsi solo dieci minuti. Emerse Willie. Mi vide e sorrise. Ricambiai il sorriso, sollevata. Mi sentivo euforica.

Duke la seguì, poi Cyclops e, infine, Matt e il commissario. I nostri sguardi si incrociarono brevemente prima che un'entusiasta Willie mi abbracciasse, quasi facendomi cadere. Mi strinse forte, ridendo.

«Sapevo che ci avresti salvati!» esclamò, dandomi un pugno amichevole sul braccio prima di lasciarmi andare.

«Bugiarda,» disse Duke prima di spingerla via con una gomitata per potermi abbracciare a sua volta. «*Io* sapevo che ci avresti salvati. Non ne ho mai dubitato.»

«Nemmeno io,» disse Cyclops, stringendomi a sé e baciandomi sulla testa. «Vedo che gli hai portato anche l'orologio,» sussurrò, accennando a Matt. «Pare che dobbiamo ringraziarti due volte.»

Dovettero firmare alcuni documenti per poter essere rilasciati, ma non ci volle molto prima che Willie, Matt, Munro e io salissimo sulla carrozza del commissario, in attesa. Cyclops si unì al cocchiere e Duke si posizionò sulla pedana del lacchè sul retro.

Willie, seduta accanto a me, mi prese la mano. Alternava sorrisi a sguardi preoccupati. Sospettavo che ci fossero cose che voleva dirmi. Cose che si sentiva a disagio a esprimere. Le strinsi la mano per farle capire che la perdonavo.

Guardai Matt, studiandone l'aspetto, esaminando ogni centimetro del suo viso. Sembrava ancora stanco, ma non esausto o malato, per fortuna. Sorrise e la sua mano si mosse verso la tasca dove aveva infilato l'orologio.

«Commissario,» cominciò, «devo dissentire da lei.»

Inarcai le sopracciglia. Chiaramente, questa era la continuazione di una conversazione precedente a cui non avevo assistito.

«È poco saggio,» disse il commissario, guardandomi. «Meno persone sanno, più al sicuro siete.»

«Miss Steele è l'anima della discrezione. Non lo dirà a

nessuno. Penso che abbia dimostrato di esserne degna, non crede?»

Le labbra del commissario si assottigliarono. Decisi di rendergli le cose un po' più facili. «Si tratta del fatto che voi lavorate per le forze dell'ordine americane per aiutarle a catturare i fuorilegge?»

Tutti e tre mi fissarono. «Dorchester mi ha detto qualcosa,» ammisi.

Matt inspirò bruscamente. Mi fissò, il corpo rigido. «Cosa ti ha detto?»

Che hai ucciso tuo nonno. Distolsi lo sguardo, incapace di sostenerlo oltre. Ci voleva un certo tipo di uomo per uccidere, e un altro ancora per uccidere la propria famiglia.

«Non creda a tutto ciò che quell'uomo le ha detto, Miss Steele,» disse Munro. «Incluso il suo nome. Scotland Yard invierà un telegramma in America per avere maggiori informazioni e manderà uno schizzo di quell'individuo che abbiamo arrestato per averla aggredita.»

«Aggredita!» urlò Matt.

Munro fece un gesto con la mano. «Sta benissimo, come può vedere.»

Matt non riuscì a stare fermo per il resto del viaggio verso Park Street. Le sue dita tamburellavano sul ginocchio, sulla parete, sulla maniglia della portiera, sul sedile. Nessun altro sembrava notarlo, tranne me.

«Credo di potervi aiutare con il suo nome,» dissi. «Mi ha detto che Mr. Glass è stato coinvolto nella morte di suo fratello minore.»

«Potrebbe essere chiunque,» borbottò Willie.

Matt la fulminò con lo sguardo, e lei scrollò le spalle prima di guardarmi e fare una smorfia.

«Suo fratello era un membro della banda di vostro nonno,» dissi.

«Quindi sai di lui,» disse Matt seccamente.

«Sì.»

Abbassò lo sguardo e si strofinò la fronte. Dopo un momento, si rivolse al commissario. «Date queste informazioni, sospetto che Dorchester sia un certo Patrick McTierney. Fate inviare il suo schizzo allo sceriffo di Lake Valley. È un brav'uomo, e la famiglia di Patrick McTierney vive nella sua giurisdizione.»

«Maledizione,» disse Willie con un sospiro. Si sporse in avanti, appoggiando i gomiti sulle ginocchia e scuotendo la testa. «Abbiamo sempre temuto che sarebbe venuto a cercarti, prima o poi. Non avremmo mai pensato che sarebbe stato qui.»

«Non avete mai incontrato quell'individuo, prima?» chiese Munro.

«No. Non Patrick,» disse Matt. «È vero che suo fratello minore faceva parte della banda di mio nonno.» Parlava a me, non a Munro. «La mia testimonianza lo fece arrestare e fu impiccato per i suoi crimini.»

«Avrebbero dovuto andarci piano con lui, data la sua età,» disse Willie cupa. «Non lo fecero.»

Doveva esserci altro nella storia, ma non feci domande e Matt non offrì risposte. Forse non le avrei mai avute. Non avrei mai scoperto se avesse ucciso suo nonno a sangue freddo, o come si sentisse al riguardo. Non ero sicura di volerlo sapere.

Scendemmo dalla carrozza, ma Munro trattenne Matt. «Può dirle tutto ciò che ritiene necessario che sappia. Concordo con la sua valutazione: ha dimostrato il suo valore.»

Matt annuì. «Grazie, signore. Mi farò sentire.»

«Se rimane a Londra, ho in mente del lavoro per Lei.» Il commissario si toccò la tesa del cappello. «Per ora, si goda la libertà.»

La porta d'ingresso si aprì e apparve Miss Glass, schiena dritta, testa alta. «Finalmente! Sei a casa! Allora, cosa mi hai portato, mascalzone?»

Matt salì i gradini e la strinse in un abbraccio. Lei gli diede delle leggere pacche sulla schiena. «Cosa intendi con "portato"?» domandò lui.

«Dai tuoi viaggi,» disse lei. «Harry, vuoi forse dirmi che sei stato in giro per il mondo e non mi hai portato nemmeno una spilla per capelli?»

Lui la abbracciò di nuovo. «È nel mio bagaglio, arriva domani.»

Lei batté le mani e sorrise. «Oh, non vedo l'ora di vedere cos'è.»

Ci ritirammo tutti nelle nostre stanze per rinfrescarci e cambiarci per la cena preparata da Polly. Non mi aspettavo di vedere Matt, pensando che sarebbe rimasto a letto a riposare, ma era già giù prima di me, ad aspettare da solo accanto al gong della cena.

«Non ho ancora avuto modo di ringraziarti,» disse a bassa voce.

«Non ce n'è bisogno.»

«Ce n'è ogni bisogno.» Mi prese le mani tra le sue e il mio cuore si arrestò di colpo. Si chinò. Profumava di lavanda e spezie, un aroma unicamente suo. «Grazie, India. Oggi mi hai salvato la vita, e non lo dimenticherò mai.» Le sue labbra si posarono sulla mia fronte e vi indugiarono molto più a lungo di quanto il decoro dettasse.

Non mi mossi. Ero paralizzata. Mi aggrappai alle sue mani e sentii le sue dita stringere le mie. Il mio cuore ebbe un sobbalzo, ma mi affrettai a smorzarlo. Questa era la vita reale, non una favola. Era grato, sì, ma era tutto lì.

«Ti devo una spiegazione,» disse, allontanandosi.

Annuii, con il cuore ancora in gola, dove sembrava essersi trasferito. «Lavori per quella famosa agenzia investigativa americana? Pink qualcosa? Ne ho sentito parlare.»

«I Pinkerton. No, sono un agente indipendente, ma si potrebbe dire che il mio ruolo è simile a quello dei Pinkerton. Sono specializzato nella cattura di fuorilegge degli stati e territori dell'Ovest. Grazie ai miei legami familiari, ho conoscenze che gli uomini di legge non hanno. La famiglia di mia madre è piuttosto nota, e sono rimasto invischiato in quella vita dopo essere tornato da loro alla morte dei miei genitori. Alla fine ne sono uscito, così come Willie.»

E ora li stava assicurando alla giustizia. Era nobile, eppure anche sinistro. Erano la sua famiglia, dopotutto.

«Rende le riunioni di famiglia imbarazzanti.» Sorrise timidamente, come per sondare la mia reazione alla sua battuta macabra. Ricambiai il sorriso, ma mancava di calore. Non ero ancora sicura di cosa pensare del suo lavoro. «Ho contatti con le forze dell'ordine locali, così quando ho detto loro che stavo venendo a Londra, uno di loro ha dato i miei recapiti al commissario

Munro, suggerendo che i miei servigi potessero essergli utili. Infiltrarmi nelle bande criminali è la mia specialità, vedi, e pensava che potessi essere utile mentre ero qui. Munro, però, non aveva accettato l'offerta.»

«Quindi il Dark Rider ti ha seguito in Inghilterra, non il contrario.»

Annuì.

«Era lui anche l'intruso?»

«Ora credo di sì, anche se al momento non lo sospettavo. Non ho prove, però. Non so come sapesse dove trovarmi. Forse frequentava le case da gioco dove si gioca a poker e una sera ha seguito Willie a casa. Ho avuto la sensazione che fossimo seguiti da alcuni giorni.»

«Da qui il tuo continuo sbirciare fuori dalle finestre.» Mi venne un pensiero. Dorchester—McTierney—doveva aver seguito anche me, dopo che ero venuta a lavorare per Matt. Questo spiegava perché si trovasse fuori dalla macelleria con un ombrello esattamente nello stesso momento in cui c'ero io. Un brivido gelido mi percorse le vene e rabbrividii. «Perché non spararti semplicemente per strada?» domandai.

«Per evitare di finire sulla forca per i suoi crimini. Far ricadere la colpa su di me sarebbe stato lo scenario perfetto, per lui. Finora, il suo volto non è mai stato visto. Sospetto che sia stato dietro ad alcuni attacchi contro di me negli ultimi anni, ma non ho mai avuto prove. I suoi metodi sono stati subdoli, codardi, senza mai rivelarsi apertamente come il responsabile.»

«Che cosa terribile. Ti considera davvero responsabile della morte di suo fratello minore.»

«In un certo senso, lo sono. Sono responsabile di molte morti.»

«Inclusa quella di tuo nonno,» dissi a bassa voce.

Chiuse gli occhi sbattendo le palpebre venate di blu. Annuì. «Gli ho sparato per legittima difesa dopo che lui mi aveva sparato. Forse un giorno ti mostrerò la cicatrice che il suo proiettile ha lasciato.»

Suo nonno gli aveva sparato! Gli scrutai il viso. Era illeso.

Le sue sopracciglia si mossero maliziosamente. «È in un punto innominabile.»

Il mio viso avvampò. Lui rise e io gli lanciai un'occhiataccia fulminante.

Mi prese di nuovo le mani. Il suo pollice accarezzò il mio e i suoi lineamenti si ricomposero, di nuovo serio. «So che hai delle domande in merito all'orologio.» Si diede una pacca sulla tasca. «E ora sono consapevole che devi essere messa al corrente. Possiamo parlarne domani? Richiede una lunga spiegazione e non voglio che zia Letitia lo sappia.»

Sospettavo anche che fosse troppo stanco per una tale discussione. Annuii.

«Bene.» Sorrise di nuovo. «Sono contento che tu abbia deciso di rimanere come sua dama di compagnia.»

«Ma—»

«Credo di sentirla arrivare. Glielo diciamo, che ne dici?» Mi porse il braccio.

Esitai, poi lo accettai scuotendo la testa. «Dovresti fare il politico. Hai un talento naturale per convincere le persone del tuo punto di vista.»

«Sei troppo gentile, specialmente considerando che raramente mi credi quando sono sincero.»

Stavo per protestare di nuovo, ma lui mi rivolse quel suo sorriso storto e fanciullesco e le mie viscere si sciolsero un po'. Inoltre, Miss Glass si stava avvicinando.

Matt la informò di avermi assunta come sua dama di compagnia. Ne fu deliziata, in un modo riservato e altolocato. Mi diede una pacca sulla guancia, poi insistette che suo nipote la accompagnasse in sala da pranzo, dato che lei era il membro femminile più importante della casa e lui il più importante maschile. Lui si limitò a porgerle l'altro braccio, che lei accettò con un sorriso negli occhi.

«Domani, Miss Steele, la porterò a fare acquisti,» dichiarò lei. «Se deve essere la mia dama di compagnia, ha bisogno di abiti nuovi. Quelli sono fin troppo tetri.»

CAPITOLO 17

Il mio orologio sembrava del tutto normale. Passai la mattinata a smontarlo e a ispezionare ogni minuscolo meccanismo. Niente era fuori posto. Non c'erano suonerie, martelletti, gong o ripetizioni nascoste. Non avrebbe mai potuto suonare.

Lo rimontai, un'operazione familiare che potevo compiere anche a occhi chiusi. Non era stato il primo orologio su cui avessi mai lavorato, ma era quello che avevo aperto più spesso. I miei genitori me lo avevano regalato per il mio sedicesimo compleanno. La cassa d'argento aveva il monogramma con le mie iniziali e all'interno era inciso un messaggio di auguri. Era il mio bene più prezioso.

In qualche modo, mi aveva salvato la vita.

Bussarono alla porta e Willie chiamò: «Sono io. Posso parlarti, India?»

«Certo. Entra.»

Aprì la porta quel tanto che bastava per infilarsi dentro, poi vi si appoggiò con la schiena. Si morse il labbro e guardò ovunque tranne che me.

«Posso fare qualcosa per te, Willie?»

Sbuffò. «Non ti avrei mai fatta a pezzi, sai.»

Mi pizzicai il dorso della mano per impedirmi di sorridere. «Lo so. Grazie per avermelo detto.»

«Matt dice che rimarrai.»

«Sarò la dama di compagnia di sua zia.» Non avevo avuto tempo di discutere del nuovo accordo con nessuno dei due, ma mi sentivo immensamente più leggera da quando la decisione era stata presa. Il peso dell'incertezza sul mio futuro mi aveva oppressa senza che me ne rendessi conto.

Si precipitò in avanti e mi afferrò gli avambracci. «Non rinuncerai a trovare l'orologiaio, vero?»

«Matt non ha più bisogno del mio aiuto. Abbiamo fatto visita a ogni orologiaio che conosco. Cyclops è in grado di portarlo da—»

«No, devi aiutarlo *tu*. Tu conosci Londra meglio di chiunque di noi, e conosci anche gli orologi.» Mi conficcò le dita nelle braccia. «Hai visto cosa fa il suo orologio, India. È di vitale importanza che venga riparato.»

«Sembra funzionare perfettamente. Lo... rinvigorisce quando lo usa.»

«Sta rallentando.» Mi lasciò andare e si appollaiò sul bordo della toeletta dove stavo lavorando. Chinò il capo e alcune ciocche di capelli le ricaddero sul viso. «Non funziona più per giorni interi, come faceva una volta. Verrà il momento in cui si fermerà del tutto.»

«E non c'è nessun altro che possa ripararlo?»

«Nessuno che conosciamo.»

Che razza di orologiaio poteva riparare un orologio magico che donava la vita? Un mago, supposi. L'idea era del tutto assurda, eppure non riuscivo a liberarmene.

«Aiuterò Matt ogni volta che ne avrà bisogno» la rassicurai. «Ora, dimmi, verrai a fare spese con me e Miss Glass più tardi? La tua compagnia ci farebbe piacere.»

«Perché?» Si pizzicò il tessuto dei pantaloni sulle cosce. «Sono un pessimo giudice in fatto di moda.»

«O forse semplicemente nascondi la tua femminilità come forma di protezione?»

Contorse il viso in un'espressione assai poco signorile. «Neanche per sogno. Inoltre, non posso venire a fare spese. Vado di nuovo da Travers a dirgli che ho deciso di giocare per il mio medaglione.»

«No! Willie, non dovresti. Lo hai promesso a Matt.»

Si diresse a grandi passi verso la porta. «Devo farlo.»

«Come? Hai detto di non avere soldi.»

«Non ho bisogno di soldi.»

«Hai chiesto un prestito a Matt?»

Scosse il capo. «Ha già troppi pensieri per la testa.» Spalancò la porta, sorprendendo suo cugino che aveva il pugno alzato per bussare.

Lui si fece da parte con un sopracciglio inarcato mentre lei gli passava davanti infuriata.

«Perché è di malumore?» domandò. «Era mortificata quando le ho parlato, prima.»

Sospirai. «È ancora turbata per il suo medaglione.» Non gli dissi che aveva intenzione di giocare d'azzardo per riaverlo. Non era affar mio, e a lei non sarebbe piaciuto che facessi la spia. «Come ti senti stamattina?»

«Meglio.»

In effetti sembrava stare meglio, ma ormai mi ero abituata a vedere la stanchezza nei suoi occhi. «Ma non completamente in salute.»

Passò un istante. Due. «Non mi aspetto di esserlo» aggiunse.

Mi si strinse il cuore. Che cosa terribile sentirsi sempre stanchi, essere preoccupati per la propria salute. Nessuno dovrebbe esserlo, soprattutto un uomo giovane, atletico e capace come Matt.

«Non farlo, India.» Il tono basso della sua voce mi avvolse. «Non compatirmi.»

Facile a dirsi, non altrettanto a farsi. Studiai l'orologio che avevo in mano, tracciando il monogramma con l'unghia del pollice. «Parlami del tuo orologio magico, Matt. Dimmi tutto.»

Si toccò la tasca del panciotto. Forse non voleva separarsene neanche per un istante, nemmeno a casa. Avendo visto cosa succedeva quando ne era separato troppo a lungo, e ora sapevo il perché.

Chiuse la porta e si sedette sul baule ai piedi del letto. Appoggiò i gomiti sulle ginocchia e mi guardò. «Allora credi nella magia.»

«Io... non lo so ancora. Sembra una cosa così infantile e fantasiosa, eppure ho visto degli eventi... Dimmi quello che sai, Matt E dimmi perché non ho mai sentito parlare prima d'ora di cose come orologi magici che donano la salute.»

«Non ne hai mai sentito parlare perché la magia è stata soppressa da centinaia di anni. I maghi furono quasi sterminati in epoca medievale, dopo che un piccolo gruppo di loro commise crimini efferati usando la magia. La gente si fece prendere dal panico e attaccò *tutti* i maghi, non solo i pochi colpevoli. Quelli che riuscirono a fuggire mantennero il loro segreto, per paura.»

Annuii, quasi senza osare respirare. Poteva una storia simile essere davvero possibile? «Come sai tutte queste cose?»

«Me le ha raccontate uno degli uomini che mi ha dato questo orologio. Uno di loro era l'orologiaio noto come Chronos, l'altro un chirurgo. Mi hanno salvato la vita.»

«Un chirurgo? Credo che tu debba cominciare dall'inizio.»

Mi rivolse un sorriso sghembo. «Lo farò, signorina Impazienza. Cinque anni fa, sono quasi morto per una ferita da proiettile. La ferita che mi ha inferto mio nonno, per inciso.»

«Oh, Matt» mormorai.

«Niente compassione, India.»

Strinsi le labbra e annuii.

«Ero in una città chiamata Broken Creek, e la sparatoria avvenne fuori dal saloon. Si dava il caso che in città ci fosse anche un chirurgo di uno degli ospedali più prestigiosi di New York.»

«Cosa ci faceva così lontano da casa in un minuscolo borgo sperduto?»

«Era un alcolizzato. Gli avevano dato un congedo per disintossicarsi. Sfortunatamente per lui, non gli servì a molto. Fortunatamente per me, mi spararono alle dieci del mattino, quando il saloon non era ancora aperto. Era un chirurgo eccellente, anche con la mano tremante.»

«Era?»

«È morto. Lo so per certo perché sono andato a cercarlo prima di venire qui. Gli ho parlato pochi giorni prima della sua morte. Considerando quanto beveva, mi ha sorpreso che sia vissuto così a lungo. Conoscevo il *suo* nome, vedi, e speravo che sapesse il vero nome di Chronos. Lavorarono insieme alla mia operazione dopo la sparatoria. Non ricordo nulla di tutto ciò, ma Duke, Cyclops e Willie mi raccontarono che fu al tempo stesso un incubo e un sogno che si avverava. Dissero che il dottor Parsons mi operò su un tavolo nel saloon. Aveva rimosso il proiettile, ma la mia vita stava scivolando via e non aveva ancora suturato la ferita. Sarei morto se non si fosse prodotto un miracolo.»

«O una magia.»

Annuì. «I miei amici mi raccontarono che una piccola folla si era radunata per osservare il dottor Parsons al lavoro su di me. Un altro uomo si fece avanti. L'avevo visto parlare con Parsons alcune sere prima nel saloon. Gli chiese se voleva provare la sua idea, e Parsons rispose che non c'era alcuna possibilità di sopravvivenza per me con i normali metodi chirurgici. Duke mi disse che nessuno aveva capito cosa intendessero, ma Willie urlò loro di provare qualsiasi cosa volessero pur di farmi vivere. Ordinarono a tutti di andarsene, ma Willie si nascose sotto un tavolo, nell'ombra. Secondo il suo racconto, l'uomo che si faceva chiamare Chronos mi perquisì e trovò il mio orologio.» Si batté di nuovo la tasca. «Willie quasi si rivelò per accusarlo di furto, ma quando vide cosa fece, rimase nascosta.»

«Che cosa fece?» chiesi, senza fiato.

«Chronos tenne l'orologio in mano, con il palmo rivolto verso l'alto, chiuse gli occhi e sussurrò alcune parole. L'orologio cominciò a brillare, ma nessuno dei due uomini si allarmò. Willie pensa che io avessi già smesso di respirare perché Parsons gridò: "Ora! Deve essere ora!" Chronos prese la mia mano e la poggiò sopra la sua, con l'orologio in mezzo. Mentre lui intonava una cantilena, Willie vide il bagliore violaceo infondersi nella mia pelle e diffondersi nelle mie vene.»

«L'ho visto funzionare» dissi.

Inarcò un sopracciglio e grugnì.

«Continua. Poi cosa è successo?»

«Willie disse che il dottor Parsons lavorò di nuovo su di me, ricucendo la ferita mentre Chronos continuava a cantilenare tenendo l'orologio premuto contro il mio palmo. Quando Parsons finì, annunciò a Chronos che era fatta, e Chronos posò l'orologio sulla ferita. Il dottor Parsons intonò a sua volta la cantilena e l'orologio divampò all'improvviso. Willie raccontò che pensava avesse preso fuoco, ma la luce svanì rapidamente nel nulla. Anche le mie vene smisero di brillare. Fu allora che notò il mio petto sollevarsi con un respiro profondo. Ricordo tutto da quel momento in poi. È così nitido, come se fosse successo ieri. Mi misi a sedere. Mi diedero un goccio di whisky. Ero ancora coperto di sangue, ma la ferita era stata ricucita. Il dottor Parsons mi porse l'orologio. Lui e Chronos mi spiegarono che mi avrebbe tenuto in vita. Ogni volta che mi fossi sentito innaturalmente stanco, avrei dovuto tenere l'orologio nel palmo della mano e avrebbe operato la sua magia su di me, riportandomi in vita. Li presi per pazzi e glielo dissi. Si guardarono l'un l'altro, sospirarono, poi mi dissero che potevo andare al diavolo. Non gli importava cosa ne sarebbe stato di me. Ma c'era qualcosa nei loro occhi. Euforia, credo, come se avessero ottenuto una vittoria. Si diedero pacche sulle spalle a vicenda e si scambiarono complimenti. Cominciarono a discutere del futuro della loro scoperta e di cosa significasse per il mondo, ma erano in disaccordo sul fatto che dovesse essere portata alla luce. Non avevo idea di cosa stessero parlando, ma non sembrava riguardarmi. Era come se io non fossi stato più importante.»

«Ti sei semplicemente trovato a essere l'uomo moribondo più vicino» dissi. «Volevano sperimentare con la magia, e tu eri lì al momento giusto.» Mi sorprese di aver accettato la sua storia e l'idea della magia così facilmente. Ma mi fidavo di lui, e mi fidavo del fatto che non avrebbe creduto a qualcosa senza prove concrete. «Cosa è successo dopo? Hai più visto quegli uomini a Broken Creek?»

Lui scosse il capo. «Mi alzai e me ne andai. Qualche tempo dopo, Willie mi trovò. Era sotto shock. Mi raccontò ciò a cui aveva assistito nel saloon. All'inizio nessuno di noi le credette, ma una settimana dopo, quando cominciai a sentirmi esausto senza alcuna ragione, mi suggerì di tenere l'orologio nel palmo della mano e vedere cosa succedeva. Pensai che fosse impazzita e rifiutai. Peggiorai rapidamente, tanto da arrivare a un passo dalla morte. I medici non sapevano cosa avessi. Un giorno, Willie mi mise semplicemente l'orologio in mano, mentre giacevo a letto, e tornai in salute. Non come mi vedi ora, ma completamente ristabilito.»

«Le vene luminose non ti hanno allarmato?»

«Allarmato? Mi hanno proprio terrorizzato. Ma allo stesso tempo percepivo il loro potere curativo. Non lasciai l'orologio finché non mi sentii di nuovo completamente bene. Noi quattro discutemmo su cosa potesse significare, su come fosse accaduto. Cyclops aveva sentito storie sulla magia, ma solo dicerie. Chiedemmo a sua nonna, ma lei si rifiutò di parlarne. Disse che la magia era pericolosa e che era tenuta segreta al mondo per una ragione. Ci disse però che le persone nascevano con poteri magici, da genitori maghi, ma che tuttavia era un'abilità che richiedeva addestramento per funzionare in modo efficiente. Dal resoconto di Willie sull'operazione, era chiaro che Parsons e Chronos avevano lavorato insieme in qualche modo, ed erano entrambi maghi. Per cinque anni, ho usato l'orologio ogni volta che mi sentivo debole senza ragione, e ha funzionato perfettamente. Ma quattro mesi fa, il suo potere ha cominciato a diminuire e ne ho avuto bisogno più spesso. Sapevo che dovevo cercare Parsons e Chronos.»

«Prima che smettesse di funzionare del tutto» dissi con un filo di voce.

Fece un leggero cenno col capo.

Mi si serrò la gola. Cercai di non mostrare pietà, ma non fui molto brava a tenere per me i miei pensieri.

Lui si studiò le mani. «Non sapevo nulla di Chronos, ma sapevo dove lavorava Parsons, così andammo a New York. Era sul letto di morte, con solo pochi giorni di vita.»

«Cosa ha detto?»

«Che si pentiva di aver sperimentato su di me.»

«Perché?»

«Perché era come giocare a fare Dio. Fu un'idea di Chronos riportarmi in vita, e Parsons sentì di essere stato in qualche modo costretto a farlo. Non lo aveva più visto da quel giorno.»

«Aveva praticato molta magia prima di allora?»

«Solo raramente. Pensa di averne parlato a Chronos in stato di ebbrezza un giorno a Broken Creek, e Chronos, essendo anche lui un mago, aveva cominciato a discutere di teorie folli e di modi per combinare i loro poteri. Parsons spiegò che c'erano diversi tipi di magia, basati sulla propria professione o abilità. Come medico, la sua magia lo aiutava a guarire le persone, ma non poteva restituire loro la vita, solo prolungarla per brevi periodi. Sosteneva che fosse quasi inutile, per quella ragione. Un ingegnere poteva creare acciaio di resistenza superiore ma, anche in quel caso, durava di più solo per brevi periodi. Un falegname poteva infondere la propria magina nel legno in modo che non bruciasse, ma il fuoco l'avrebbe consumato comunque qualche ora dopo.»

«Però Chronos aveva scoperto un modo per combinare la propria magia con quella di altri, per estenderla» dissi. «Mio Dio.» Era geniale ed elettrizzante. Eppure così strano. Una parte di me non poteva credere che stessi discutendo di magia senza ridacchiare. Forse l'indomani mi sarei svegliata da questo sogno e ne avrei riso.

Ma la vivida espressione di Matt era molto reale. «Chronos non aveva mai combinato la sua magia con quella di un medico, prima. In effetti, aveva lavorato solo con falegnami e simili fino a quel giorno, a Broken Creek. Chronos sapeva di poter estendere la magia di altri maghi, ma estendere la vita di un moribondo non era mai stato tentato, a sua conoscenza.»

«È davvero notevole. Quindi anche Parsons ha messo la sua magia nell'orologio?»

«La magia di entrambi i maghi esiste nell'orologio e in me. Le due entità non possono essere separate a lungo o la magia svanisce, e l'orologio non può funzionare su un altro essere umano, solo su di me. È una parte di me tanto quanto il mio cuore e i miei polmoni.»

«Ecco perché non si illumina quando lo tiene in mano qualcun altro» dissi, più a me stessa che a lui. «Parsons ti ha detto cosa è successo tra lui e Chronos dopo averti guarito?»

«Dopo che l'euforia del loro successo svanì, Parsons disse a Chronos che aveva delle riserve. Disse che non avrebbe mai più lavorato con Chronos per salvare una vita. Chronos andò su tutte le furie, convinto che fossero sulla soglia di qualcosa di infinitamente importante per l'umanità. Ma Parsons aveva paura di cosa potesse accadere se la magia fosse finita nelle mani sbagliate. Chronos era furioso. Non aveva mai incontrato un medico magico prima, e temeva che non ne avrebbe mai trovato un altro in vita sua. A quanto pare, i guaritori sono i maghi più rari.»

«Mi chiedo se ne abbia mai incontrato un altro.»

Matt si strinse nelle spalle. «Parsons non poteva aiutarmi a riparare l'orologio. Poiché il problema risiede nella magia meccanica, non in quella medica, è necessario un mago degli orologi per la sua manutenzione. Nessun orologiaio comune può farlo.»

«E un altro orologiaio magico?» chiesi, stringendo le dita attorno al mio orologio. «Uno che non sia Chronos, ma che sia un mago?»

«Parsons sembrava pensare che solo il mago originale potesse ripararlo.»

Guardai il mio pugno. La cassa del mio orologio sembrava fredda, adesso, non calda come la sera prima, quando McTierney mi aveva attaccata. Deglutii a fatica. La mente era un guazzabuglio di domande e teorie, tutte in lizza per avere la mia attenzione. Riuscii a fare ordine. C'era un solo punto urgente. E se Parsons si fosse sbagliato?

«Matt» sussurrai, alzando lo sguardo su di lui.

Si accovacciò davanti a me. Il suo sguardo scrutò il mio, preoccupato e allo stesso tempo curioso. «Cosa c'è, India?»

«La notte scorsa... il mio orologio si è avvolto attorno al polso di McTierney e gli ha dato una scossa. Lo ha quasi ucciso.»

Aprii il pugno e lui prese l'orologio dal mio palmo. Lo ispezionò e aprì la cassa. «Lo ha fatto tuo padre?»

Annuii.

«Pensi che potesse essere un mago?»

«Non lo so. Ma quell'orologio ha suonato e si è mosso da solo. Penso che anche la pendola nella casa da gioco mi abbia salvata.» Gli raccontai di come si fosse abbassata inaspettatamente quando l'avevo lanciata per far cadere Lord Dennison.

«Questo mi ricorda» disse cupamente, «che dovrei fargli visita.»

«Non farai nulla del genere. L'incidente appartiene al passato. A ogni modo, quello che sto cercando di dirti è che ho maneggiato quell'orologio. Ho giocherellato con i suoi meccanismi per passare il tempo mentre Willie giocava. Proprio come ho smontato e rimontato questo orologio decine di volte.»

Spalancò gli occhi. «Pensi di essere *tu* una maga? Ammetto di essermelo chiesto. Il mio orologio si scalda quando sei vicina, come se rispondesse alla tua presenza.»

Alzai una spalla. «Non so cosa pensare. L'intero concetto di magia è così nuovo per me, e così strano. Non ne so nulla.»

Mi rimise l'orologio nel palmo e chiuse la sua mano sulla mia. «Anch'io ne so così poco.»

«Matt... se lo sono... potrei essere in grado di aiutarti.» Posi la mano sulla tasca del suo panciotto. Il suo orologio si riscaldò al mio tocco. Lo sentimmo entrambi.

Deglutì a fatica e annuì. Poi lo estrasse. «Smontalo. Fai tutto quello che hai fatto al tuo orologio e a quella pendola e vedremo se cambia qualcosa.»

Non gli dissi che l'avevo già fatto prima di portarglielo alla stazione di polizia di Vine Street. Forse ora che sapevo qualcosa di più, la mia magia mi avrebbe mostrato cosa fare. Mi misi subito al lavoro. Lui non rimase. Smontai i pezzi e li disposi in ordine. Li pulii, li ispezionai e li rimisi al loro posto. Era facile; il meccanismo non era complicato. Ma non avvertii alcuna strana attrazione, nessuna magia all'opera.

Matt tornò con un vassoio su cui c'erano tè e panini. «La zia chiede quando sarai pronta per andare a fare compere» disse, posandolo accanto a me. «Hai finito?»

Chiusi di scatto la cassa dell'orologio e glielo porsi tenendolo per la catena. Lui lo accettò e vi strinse il pugno attorno. Si illuminò all'istante e la magia fluì in lui, rischiarandogli le vene. Ne osservai il percorso lungo la gola, sul viso fino all'attaccatura dei capelli. Respirò, respirò di nuovo, poi se lo rimise in tasca. Il suo colorito ritornato normale.

«Allora?» lo incalzai, incapace di rimanere seduta. «Come ti senti?»

«Che avrei voglia di baciarti.»

Il respiro mi si mozzò in gola. «Quindi ora funziona in modo più efficiente?»

«Non lo so. Non lo saprò prima di qualche ora, ma ho ancora

voglia di baciarti.» Sorrise. Sembrava più felice di quanto non l'avessi mai visto. «Ti ho scioccata.»

«Sì» dissi, voltandomi perché non potesse vedermi il viso arrossato. «Dimmi come ti senti, più tardi.»

* * *

L'OROLOGIO di Matt non era stato riparato. Doveva ancora usarlo ogni poche ore, invece che ogni settimana come una volta. Me lo disse in privato, in biblioteca, dopo cena.

«L'ho appena usato di nuovo» confessò.

Strinsi il bicchiere di brandy con entrambe le mani e fissai il liquido. La vista mi si annebbiò. Ne ingoiai l'intero contenuto. «Mi dispiace, Matt.»

Mi sfilò il bicchiere di mano. «Non è colpa tua.»

«Lo so» dissi con pesantezza. Eppure, sentivo di averlo deluso. «Pensi che la mia magia sia diversa da quella di Chronos?»

«Ci stavo pensando, ma onestamente non lo so. Mi chiedo se la tua magia non sia semplicemente grezza. Forse, con l'addestramento, potresti prolungare la durata del mio orologio.»

Ma non c'era nessuno ad addestrarmi. E dato che la magia era un segreto così profondo, era improbabile trovare un mago tra gli annunci dei giornali. Peggio ancora, era improbabile trovare Chronos stesso.

«Forse se discutessimo di questo sviluppo con la corporazione—»

«No.» Sbatté il bicchiere sul tavolo. «No, India, non devi menzionare loro la magia. Hai visto le loro facce. Già non ti sopportano. Questo non farebbe che peggiorare le cose per te. Inoltre, da quello che mi ha detto il dottor Parsons, le autorità sono le più timorose dei maghi. Non abbiamo corporazioni in America, ma ci sono comitati e altri gruppi che governano mestieri e arti. Parsons sosteneva che i maghi non sono i benvenuti. Anzi, sono disprezzati. Devi mantenere segreta la tua magia, India. Capito?»

Annuii. «Visto che Abercrombie e gli altri membri hanno

paura di me, devono aver sospettato che possedessi la magia» dissi. «Ma come? Pensi che l'abbiano percepita?»

«Forse. Oppure erano a conoscenza che tuo padre era magico, anche se non la usava? Forse l'hanno scoperto quando stava morendo, dato che hai detto che è stato solo verso quel periodo che hanno iniziato ad avere paura di te.»

«Un po' prima, quando ha cercato di farmi ammettere alla corporazione» riflettei, assorta. «Ma mio padre non era un mago. L'avrei saputo, o sospettato. Non è mai stato altro che normale.»

Mi riempì di nuovo il bicchiere dal decanter sulla credenza e me lo porse. «Sono sicuro che ci sia una spiegazione logica.»

Sospirai. «Suppongo di sì.» Bevvi in silenzio, sentendo il suo sguardo intenso su di me ma non osando incrociarlo. Le mie guance erano già abbastanza calde. «Dimmi cosa hai detto ad Abercrombie per convincerlo a smettere di accusarmi di furto. Ha affermato che l'hai minacciato.»

«Non era certo una minaccia. Ho semplicemente spiegato che lavoro per la polizia su due continenti e sono un amico personale del Commissario Munro. Pertanto, è più probabile che Munro creda alla mia versione dei fatti piuttosto che alla sua.»

«Tutto qui? Non ci sono state minacce alla sua persona?»

«Potrei aver usato un linguaggio e un tono di voce che sembrano spaventare facilmente alcune persone.»

«Ah sì, *quella* voce. L'ho sentita.» Sorrisi. «Grazie, Matt. Lo apprezzo.»

Fece un gesto con la mano. «Non è niente.»

Non mi sembrava affatto niente, ma lasciai cadere l'argomento. «Gli altri sanno che ho provato a riparare il tuo orologio?»

Annuì. «È un po' che stavano esortando a chiedertelo.» Frugò nella tasca interna della giacca e tirò fuori una busta. «C'è un altro motivo per cui ti ho chiamata qui.»

«Ah sì?»

«Questo è arrivato per te mentre eri fuori. Volevo dartelo in privato.»

Era un telegramma, giunto fin dall'America. «Dice che Dorchester è davvero Patrick McTierney.» Continuai a leggere e rimasi a bocca aperta. «La ricompensa mi sarà inviata a questo indirizzo in lingotti d'oro!» Mi morsi il labbro, ma non riuscii a trattenere un sorriso. Rilessi il telegramma, poi alzai lo sguardo su Matt. Lui sorrise. «Riceverò io la ricompensa?»

«Certo.»

«Ma... era qui per causa tua.»

«Tu l'hai catturato.»

«È il tuo lavoro, e hai tutte queste persone da mantenere.»

«India, sono un uomo con mezzi propri. Mio padre ci ha pensato. Ha lavorato sodo dopo essere fuggito dalla sua famiglia qui, e ha costruito un impero immobiliare che si estende in tutto il mondo. Non ho bisogno dei soldi della ricompensa.» I suoi occhi scintillarono mentre si appollaiò sul tavolo accanto a me. «Allora, cosa ne farai?»

«Non lo so. A quanto corrispondono duemila dollari in valuta inglese?»

«Circa quattrocento sterline.»

«Quattrocento!» Scolai il resto del mio brandy in un solo sorso.

Matt mi prese il bicchiere. «Calma, India, o dovrò portarti in braccio fino alla tua stanza.»

Lo sentii a malapena. Quattrocento sterline era più di quanto mio padre guadagnava in un anno. Erano abbastanza per comprare il mio negozio e le attrezzature? Erano abbastanza per rilevare l'attività di Eddie?

Forse, ma non potevo ancora diventare una negoziante. La corporazione non mi avrebbe mai concesso una licenza. Avrei potuto comprarmi una piccola casa e affittare una stanza libera a degli inquilini. Le possibilità erano infinite e piuttosto eccitanti. Meglio ancora, non dovevo prendere una decisione subito. Per ora, sarei rimasta come dama di compagnia di Miss Glass e avrei vissuto a Park Street.

«Matt, conosci un uomo d'affari qui a Londra che possa aiutarmi a investire l'oro, per il momento?»

«L'avvocato di mio padre conoscerà qualcuno.»

«Niente di rischioso. Non voglio perderlo.»

«Allora forse in una cassetta di sicurezza in banca, per ora, finché non ne avrai bisogno.» Sollevò il bicchiere in un brindisi.

«Congratulazioni, India, ora sei una donna indipendente. Te lo meriti.»

Un'ondata di calore mi pervase al suo sorriso sbilenco. Doveva essere l'effetto del brandy.

«Matt!» urlò Duke da appena fuori la porta. «Matt, sei qui?» Spalancò la porta e grugnì. «Bene. Vai a impedire a quella pazza di tua cugina di rovinarsi la vita.»

Matt mi lanciò un'occhiata e sospirò. Posò il bicchiere e si staccò dal tavolo. «Cosa sta facendo, adesso?»

«Sta andando a incontrare Lord Travers per cercare di rivincere il suo medaglione.»

«Come?» chiese Matt. «Non le è rimasto più niente con cui scommettere.»

«Indossa un vestito.»

«Inferno.» Matt uscì come una furia dalla biblioteca, lasciandomi a chiedermi quale fosse il problema se Willie indossava un vestito.

E poi capii. Stava per offrire *sé stessa* a Lord Travers come pagamento.

Sollevai le gonne e corsi dietro a Duke e Matt. Li trovai a fronteggiare Willie nella sua stanza. Si era data un po' di colore alle guance e alle labbra, e i capelli le scendevano liberi sulle spalle. Era bellissima.

«Sembri una puttana!» ringhiò Duke.

«È proprio questo il punto» ribatté lei. Fissò Matt, che se ne stava con le spalle rigide, il corpo che si espandeva a ogni respiro profondo. Sospettai che i respiri profondi fossero un tentativo di controllare la sua rabbia, ma non stava funzionando particolarmente bene. Fui contenta che lo scintillio freddo nei suoi occhi non fosse rivolto a me.

Mi misi tra di loro. «Ti presterò io i soldi» dissi a Willie. «Ne riceverò un po' a breve. Forse Lord Travers accetterà una cambiale, per ora.»

Willie sbatté le palpebre, ma ciò non impedì ai suoi occhi di riempirsi di lacrime. «Lo faresti per me?»

«Certo.»

«Non posso accettare. Questo è un mio problema e me ne

tirerò fuori da sola. Grazie, ma non voglio i tuoi soldi. Né i tuoi, Matt.»

«Non te ne sto offrendo» ringhiò lui. «Vincerò io il medaglione per te. Prendi il cappotto.» Si voltò e uscì marciando dalla stanza.

«È un buon giocatore di poker?» chiesi quando fu fuori portata d'orecchio.

«È il migliore che ci sia» disse Willie a bassa voce.

«Lo era» disse Duke. «Non gioca più dalla sparatoria con suo nonno. Ha rinunciato a tutte le abitudini di gioco e di bevute, dopo quello.»

«Non è una cosa che si dimentica» replicò Willie.

«Spera di no. Andiamo, muoviamoci.»

«Vado a prendere il cappotto» dissi, affrettandomi verso la mia stanza.

* * *

MR. UNGER ACCONSENTÌ alla partita privata tra Lord Travers e Matt. Il silenzio che era calato al nostro ingresso si sciolse mentre voci eccitate piazzavano scommesse su chi avrebbe vinto. Tutte le partite furono sospese affinché tutti potessero assistere. Unger ridispose i mobili e Travers e Matt presero posto.

Lord Dennison si infilò tra me e Duke. La cicatrice sulla fronte, lasciata dalla ferita inflittagli dalla pendola, appariva rossa e viva.

«Che piacevole sorpresa» mormorò con voce impastata al mio orecchio. «Se il tuo amico perde, scommetterai te stessa questa volta? Sarei tentato di giocare...»

Venne improvvisamente strappato via. Matt lo teneva per il colletto, tirandolo stretto e in alto contro la sua gola. I tentativi di Dennison di liberarsi riuscirono solo a fargli diventare il viso paonazzo e a strappare qualche risata a sue spese. «È questo l'individuo?» ringhiò Matt.

Alzai il mento. «Se lo è, cosa gli farai?»

Matt guardò Dennison, poi me, poi il tavolo. «Gli prenderò fino all'ultimo centesimo.»

«In tal caso, sì, è lui.»

Sussurri eccitati si propagarono tra la folla. Annusavano l'aria di una partita avvincente e pericolosa. Matt spinse Dennison su una sedia. «Se non giochi, ti porto sul retro e ti frusto.»

«Questo è oltraggioso!» balbettò Dennison. «Lei sa chi sono io?»

«Mi illumini.»

Dennison si tirò il colletto e allungò il collo. «Sono Lord Dennison! Il figlio del Conte di Morecombe.»

Travers sbuffò. «Non è importante. Su, giochiamo.» Accese un sigaro e si appoggiò allo schienale della sedia.

«In piedi» ordinò Matt.

«Scusi?» Travers masticò il sigaro e non si mosse.

«Si alzi, così posso vedere che non nasconde niente.»

«Controllagli le tasche» disse Willie.

«Maledizione!» borbottò Travers, ma spinse indietro la sedia e si alzò con fatica. «Mai stato trattato così da un *inglese*.»

Duke controllò le tasche di Travers e la sedia stessa, e dichiarò di non aver trovato nulla di sospetto.

Travers sbuffò mentre si sedeva. «Non sono un baro.»

Diedi una gomitata a Willie quando aprì la bocca per protestare. La richiuse con un brontolio.

«Dia le carte» ordinò Matt al mazziere. «Cosa ha da puntare?» chiese a Dennison.

«Niente» disse Dennison. «Ho perso tutto al tavolo delle scommesse.»

«È venuto con una vettura?»

«Certo.»

«Allora accetto quella.»

Lord Dennison perse la sua vettura alla prima mano. Si allontanò quatto quatto dal tavolo, a testa bassa, borbottando che suo padre lo avrebbe messo alla gogna quando avesse saputo cosa era successo.

«Rimani dove posso vederti» ordinò Matt a Dennison, indicandogli un punto ben lontano da me.

Travers fu un po' più difficile da battere, ma Matt ci riuscì con solo una coppia di otto, dopo appena dieci mani. Travers avrebbe potuto vincere con la sua coppia di fanti, ma si era ritirato troppo presto. Consegnò il medaglione.

Willie vi si avventò sopra e se lo infilò al collo. Matt si alzò e fece un cenno al mazziere e a Unger.

«Aspetti!» gridò Travers quando si rese conto che Matt se ne stava andando. «Un'altra partita. Mi dia la possibilità di imparare da lei. La sua abilità è sublime. Non sono riuscito a prenderle le misure, neanche un po'.» Afferrò il braccio di Matt mentre questi si avviava, ma lo mancò e quasi cadde dalla sedia. «Andiamo, signore, possiamo renderla interessante quanto vuole. Sono un uomo maledettamente ricco. Chieda a chiunque, qui.»

Matt gli lanciò uno sguardo di puro disprezzo. «Buona serata.» A Dennison disse: «Venga a indicarmi la sua carrozza e a dire al suo cocchiere che non è più necessario.»

Dennison ci seguì giù per le scale, oltrepassando i portieri, a testa bassa e con le spalle curve. Fuori, una carrozza si fece avanti quando uno dei cocchieri riconobbe il suo padrone. Dennison gli diede la cattiva notizia. Il cocchiere apparve costernato.

«Ma ho una famiglia! Come li sfamerò?»

«Lavori per me» disse Matt. «Abito al numero sedici di Park Street. Duke, va' con lui.»

«Vengo anch'io» disse Willie, in fretta, squadrando Matt. Doveva aver sospettato che sarebbe stata il bersaglio della sua rabbia per un bel po' e voleva rimandare la cosa il più a lungo possibile.

«Posso umilmente chiedere un passaggio per tornare a casa?» chiese Dennison.

«Vada a piedi» ringhiò Matt.

Mi tenne aperta la portiera della sua carrozza e mi aiutò a salire. Mi seguì e la richiuse. Cyclops partì, con l'altra vettura dietro di noi.

«Giochi bene» mi avventurai dopo due minuti di silenzio teso.

Grugnì.

«Hai vinto, Matt. Allora perché sei arrabbiato?»

Stava guardando fuori dal finestrino, ma ora si voltò verso di me. Parte della gelidità era già svanita dai suoi occhi, ma erano ancora freddi. «Non sono arrabbiato.»

Scoppiai in una risata secca.

Si strofinò gli occhi e mi sentii malissimo per averlo deriso. Pover'uomo, era esausto. «Avevo molti vizi in gioventù» disse. «Il gioco d'azzardo era uno di questi, così come bere in eccesso, di solito entrambi allo stesso tempo.»

«Non devi spiegare»

«Voglio farlo. Voglio che tu sappia che ho smesso perché non mi piaceva l'uomo che diventavo quando giocavo e bevevo in quel modo. Ho rinunciato dopo che mi hanno sparato. Le cose tendono a essere viste nella giusta prospettiva quando la propria vita è in bilico.»

Nessuno di noi due parlò più. Il sibilo dei fanali della carrozza, il *clop clop* degli zoccoli e il rombo delle ruote erano gli unici suoni. L'aria notturna non era fredda, tuttavia era densa, opprimente. Il corsetto sembrava essermi diventato troppo stretto. «Mi dispiace» dissi, infine.

«Per cosa? Niente di tutto questo è colpa tua.»

«Per averti giudicato male. Ora capisco che non è rabbia, ma tensione. Volevi andartene da lì in fretta.»

«Non volevo nemmeno esserci» disse a bassa voce. «A volte...» Si tolse il cappello e si passò una mano tra i capelli. «A volte lo trovo allettante.»

«Eppure riesci a bere un bicchiere o due senza eccedere, adesso. Perché non una partita di poker ogni tanto?»

Scrollò le spalle. «Non voglio rischiare di ricadere nelle vecchie abitudini. Non giocavo da anni.»

«Potremmo giocare a casa. Forse questo soddisferebbe anche Willie, e le eviterebbe di uscire a cercare avversari. Non dobbiamo giocare per soldi, ma per qualcos'altro. Fiammiferi o gettoni, per esempio.»

L'angolo della sua bocca si piegò in su, di nuovo malizioso. La sua tensione svanì del tutto. «Vuoi imparare a giocare a poker, India?»

«Se mi insegnerai, sì.»

Il suo sorriso divenne decisamente perfido. «Farai meglio a non scommettere nulla che non puoi permetterti di perdere.»

Ricambiai il sorriso, anche se il cuore mi batteva all'impazzata. «E nemmeno tu.»

I suoi occhi si fecero torbidi. «Per la prima volta in vita mia, credo che mi piacerebbe perdere.»

La storia di Matt e India continua in:
L'APPRENDISTA DEL CARTOGRAFO
Il secondo libro della serie *Glass and Steele* di C.J. Archer.
Iscriviti alla newsletter di C.J. per essere informato sui nuovi libri tradotti in italiano. Gli abbonati avranno accesso esclusivo a un racconto GRATUITO *Glass and Steele*.
Iscriviti: WWW.CJARCHER.COM/ITALIANO

RICEVI UN RACCONTO
BREVE GRATUITO

Ricevi un racconto GRATUITO.

Ho scritto un racconto per la serie Glass and Steele, che precede LA FIGLIA DELL'OROLOGIAIO. Si intitola LA SCOMMESSA DEL TRADITORE e segue Matt e i suoi amici nella cittadina di Broken Creek, nel vecchio West. Contiene spoiler su LA FIGLIA DELL'OROLOGIAIO, quindi devi averlo letto prima. Ma la cosa migliore è che il racconto è GRATUITO, in esclusiva per gli abbonati alla mia newsletter. Iscriviti ora sul mio sito web, se non l'hai già fatto:

WWW.CJARCHER.COM/ITALIANO

Se sei già abbonato, troverai le istruzioni nella mia newsletter.

MESSAGGIO DELL'AUTORE

Spero che LA FIGLIA DELL'OROLOGIAIO vi sia piaciuta tanto quanto mi è piaciuto scriverlo. Come autrice indipendente, ho assolutamente bisogno di promuovere i miei libri per garantirne il successo. Quindi, se vi è piaciuto questo libro, sentitevi liberi di dirlo ai vostri amici e di lasciare una recensione sul sito web della libreria dove l'avete acquistato.

INFORMAZIONI SULL'AUTORE

C.J. Archer ama la storia e i libri da sempre e si sente fortunata ad aver trovato il modo di combinare le due cose. Ha trascorso la sua prima infanzia nella spettacolare bellezza dell'outback del Queensland, in Australia, ma ora vive nella periferia di Melbourne con il marito, due figli e un birichino gatto bianco e nero di nome Coco.

Iscriviti alla newsletter di C.J. tramite il suo sito web per essere avvisato quando pubblica un nuovo libro: http://cjarcher.com. Seguila sui social media per gli ultimi aggiornamenti.

facebook.com/CJArcherAuthorPage

instagram.com/authorcjarcher